散文卷

贾平凹文选

荒野地

25

贾平凹／著　｜　作家出版社

目　录

灵 渠

夜 籁

松云寺

荒野地

荒野地

　　这原本是庄稼地，却生长了一片荒草。荒草一人余高，繁荣得蓬勃健美。月夜下没有风，亦不到潮露水的时分，草的枝叶及成熟的穗实萧萧而立，但一种声息在响，似乎是草籽在裂壳坠落，似乎是昆虫在咬噬，静伫良久，跳动的是体内的心一颗。扮演着的是《聊斋》里的人物，时间更进入亘古的洪荒，遥遥地听见了神对命运的招引。

　　月亮在天上明亮着一轮，看得清其中的一抹黑影，真疑心是荒野地的投影，而地上三尺之外便一片迷蒙。夜是保密的，于是产生迟到的爱情。躲过那远远的如炮楼一般的守护庄稼的庵架，一只饥渴的手握住了一只饥渴的手，一瞬间十指被胶合，同时感受到了热，却冷得簌簌而抖。

　　一溜黑地过趟，松软如过草滩，又分明是脚上穿了宽松的鞋。可怜的农人种下了这一溜洋芋，四周的荒草却终使它们未能健长，挖掘过的地上没有收获到拳大的洋芋，肥沃的土地上明日的清晨却能看到两行交织的脚印。

　　已经是草地的中央了，失却的则是东南西北的方向。境界幽幽。心身在启示着坐下来，恰好有两块石头，等待这石头是多少个年月，石头也差不多等待得发凉了。天地之间，塞涌的是这荒草，人也是荒草的一棵，再有一棵。说话的是眼睛，说尽着唐诗宋词的篇章。头顶上的月亮丰丰满满。需要有点风，风果然而至，草把月划成了有条纹的物件，且在晃动不已。不知名的昆虫在呻吟着，散发着那特有的气味。待到死过去几次又活过来几次，一切安静了，望月亮又如深下去的一眼井水，来分辨那里面的身影了。

3

佛殿一样的地方，得到的是心身的和谐，方明白那一溜松软的黑地是通往而来的甬道，铺着毡毯。

生长庄稼的土地却长满了这么多荒草，这是失职的农人的过错吗？但荒草同样在结饱满的果子，这便是土地的功能。失职的农人或许要诅咒的，而娇弱无能的庄稼没有荒草这么并不需要节令、耕作、肥料而顽强健壮啊！

因为草，人归复了原来的形态，这个月下夜晚是这么苍茫壮阔。

生之苦难与悲愤，造就着无尽的残缺与遗憾，超越了便是幽默的角色，再不寄希望于梦境和来世，就这么在荒野地中坐下，坐下如两块石头。或许坐上百年上千年，或许很短的一刻，但已够了。

走出了荒野地，另一处草浅的地方，仍发现了曾是长过瓜果的，是南瓜或是西瓜，肯定的也是未收获到要收获的东西，瓜田早废了，瓜叶腐败为泥，而绳一样纵横的瓜蔓，却还发白地将也已为泥的印缀在地上。踏着这白绳的空格走，像是游戏。突然就会想起月亮上的那一株桂树，还有那一位勇敢的却砍不断树身的吴刚。

而毕竟有这么一块荒野地。

一九八八年十月十一日

进山东

　　第一回进山东，春正发生，出潼关沿着黄河古道走，同车里坐着几个和尚——和尚使我们与古代亲近——恍惚里，春秋战国的风云依然演义，我这是去了鲁国之境了。鲁国的土地果然肥沃，人物果然礼仪，狼虎的秦人能被接纳吗？深沉的胡琴从那一簇蓝瓦黄墙的村庄里传来，音韵绵长，和那一条并不知名的河，在暮色苍茫里蜿蜒而来又蜿蜒而去，弥漫着，如麦田上浓得化也化不开的雾气，我听见了在泗水岸上，有了"逝者如斯夫"的声音，从孔子一直说到了现在。

　　我的祖先，那个秦嬴政，在他的生前是曾经焚书坑儒过的，但居山高为秦城，秦城已坏，凿池深为秦坑，自坑其国，江海可以涸竭，乾坤可以倾侧，唯斯文用之不息，如今，他的后人如我者，却千里迢迢来拜孔子了。其实，秦嬴政在统一天下后也是来过鲁国旧地，他在泰山上祀天，封禅是帝王们的举动，我来山东，除了拜孔，当然也得去登泰山，只是祈求上天给我以艺术上的想象和力量。接待我的济宁市的朋友，说：哈，你终于来了！我是来了，孔门弟子三千，我算不算三千零一呢？我没有给伟大的先师带一束干肉，当年的苏轼可以唱"执瓢从之，忽焉在后"，我带来的唯是一颗头颅，在孔子的墓前叩一个重响。

　　一出潼关，地倾东南，风沙于后，黄河在前，是有了这么广大的平原才使黄河远去，还是有了黄河才有了这平原？哐啷哐啷的车轮整整响了一夜，天明看车外，圆天之下是铅色的低云，方地之上是深绿的麦田，哪里有紫白色的桐花哪里就有村庄，粗糙的土坯院墙，砖雕的门楼，脚步沉缓的有着黑红颜色而褶纹深刻的后脖的农民，和那叫声依然如豹的走狗——山东的风光竟与陕西关中如此相似！这种惊奇使我必然思想，为什么山东能产生孔子呢？那年去新疆，爱上了吃新疆的馕，怀里揣着一块在沙漠上走了一天，遇见一条河水了，蹲下来洗脸，"日"地将馕抛向河的上游，开始洗脸，洗毕时馕已顺水而至，捡起泡软了的馕就水而吃，那时我歌颂过这种食品，正是吃这种食品产生了包括穆罕默德在内的多少伟人！而山东也是吃大饼的，葱卷大饼，就也产生了孔子这样的圣人吗？古书上也讲，泰山在中原独高，所以生孔子。圣人或许是吃简单的粗糙的食品而出的，但孔子的一部《论语》能治天下，儒家的文化何以又能在这里产生呢？望着这大的平原，我醒悟到平原是黄天厚土，它深沉博大，它平坦辽阔，它正规，它也保守而滞板，儒文化是大平原的产物，大平原只能产生儒文化。那么，老庄的哲学呢，就产生于山地和沼泽吧。

在曲阜，我已经无法觅寻到孔子当年真正生活过的环境，如今以孔庙孔府孔林组合的这个城市，看到的是历朝历代皇帝营造起来的孔家的赫然大势。一个文人，身后能达到如此的豪华气派，在整个地球上怕再也没有第二个了。这是文人的骄傲。但看看孔子的身世，他的生前恓恓惶惶的形状，又让我们文人感到了一份心酸。司马迁是这样的，曹雪芹也是这样，文人都是与富贵无缘，都是生前得不到公正的。在济宁，意外地得知，李白竟也是在济宁住过了二十余年啊！遥想在四川参观杜甫草堂，听那里人在说，流离失所的杜甫到成都去拜会他的一位已经做了大官的昔日朋友，门子却怎么也不传禀，好不容易见着了朋友，朋友正宴请上司，只是冷冷地让他先去客栈里住下好了。杜甫蒙受羞辱，就出城到郊外，仰躺在田埂上对天浩叹。尊诗圣的是因为需要诗圣，做诗圣的只能贫困潦倒。我是多么崇拜英雄豪杰呀，但英雄豪杰辈出的时代斯文是扫地的。孔庙里，我并不感兴趣那些大大小小的皇帝为孔子竖立的石碑，独对那面藏书墙钟情，孔老夫子当周之衰则否，属鲁之乱则晦，及秦之暴则废，遇汉之王则兴，乾坤不可以久否，日月不可以久晦，文籍不可以久废啊！

当我立于藏书墙下留影拍照时，我吟诵的是米芾的赞词："孔子孔子，大哉孔子！孔子以前，既无孔子。孔子之后，更无孔子。孔子孔子，大哉孔子！"出得孔府，回首看府门上的对联，一边有富贵二字，将富字写成"冨"，一边有文章二字，将章字写成"章"。据说"富"字没一点，意在富贵不可封顶，"章"字出头，意在文章可以通天。唏，这只是孔门后代的得意。衍圣公也是一代一代的，这如现在一些文化名人的纪念馆，遗孀或子女大都能当个纪念馆长一样的。做人是不是伟大的人，生前姑且不论，死后能福及子孙后代和国人的就是伟大的人。孔子是这样，秦嬴政是这样，毛泽东也是这样，看着繁荣富裕的曲阜，我就想到了秦兵马俑所在地临潼的热闹。

在孔庙里我睁大眼睛察看圣迹图，中国最早的这组石刻连环画，孔子的相貌并不俊美，头凹脸阔，龇牙露鼻。因父亲与一个年龄相差数十岁的女子结婚，他被称为野合所生，身世的不合俗理和相貌的丑陋，以及生存困窘，造就了千古素王。而秦嬴政呢，竟也是野合所得。有意思的是秦嬴政做了始皇，焚书坑儒，却也能到泰山封禅，他到了这里，不知对孔子作何感想？他登泰山而天降大雨，想没想到过因泰山而有了孔子，也可以说因了孔子而有了泰山，在泰山上他能祀天而求得以武功得天下又以武功能守天下吗？

我在泰山上觅寻我的祖先遇雨而避的山崖和古松，遗憾地没有找到这个景点。听导游的人解说，我的祖先毕竟还是登上了山顶，在那里燃起熊熊大火与天接通，天给了他什么昭示，后人恐怕不可得知，而事实是秦亡后就在泰山之下孔庙孔府孔林如皇宫一样矗起而千万年里香火不绝。孔子就是五岳独尊的泰山吗？泰山就是永远的孔子吗？登泰山者，人多如蚁，而几多人真正配得上登泰山呢？我站在北拱石下向北面的峰头上看，我许下了我的宏愿，如果我有了完成凤命的能力和机会，我就要在那个峰头上造一个大庙的。我抚摸着北拱石，我以为这块石头是高贵的，坚强的，是一个阳具，是一个拳头，是一个冲天的惊叹号。

杜甫讲：登泰山而一览众山小。周围的山确实是小的，小的不仅仅是周围的山，也小的是天下。我这时是懂得了当年孔子登山时的心境，也知道了他之所以惶惶如丧家之犬一样到处游说的那一份自信的。

我带回了一块石头，泰山上的石头。过去的皇帝自以为他们是天之骄子，一旦登基了就来泰山封禅的，但有的定都地远，他们可以来泰山祀天，也可以在自家门前筑一个土丘作为泰山来祀，而我只带回一块石头——泰山石是敢当的——泰山就永远属于我，给我拔地通天的信仰了。

进山东的时候，我是带了一批《土门》要参加签名售书活动的，在济宁城里搞了一场，书店的人又动员我能再到曲阜搞一次，我断然拒绝了。孔子门前怎能卖书呢？我带的是《土门》，我要上泰山登天门，奠地了还要祀天啊！我站在山顶的一截石阶上往天边看去，据说孔子当年就站在这儿，能看到苏州城门洞口的人物，可我什么也看不见，我是没有孔子的好眼力，但孔子教育了我放开了眼量，我需要一副好的眼力去看花开花落，看云聚云散，看透尘世的一切。

怀着拜孔子、登泰山的愿望进山东，额外地在济宁参观了武氏祠的汉画像石，多么惊天动地的艺术！数百块的石刻中，令我惊异的是最多的画像竟是《孔子见老子图》。中国最伟大的会见，历史的瞬间凝固在天地间动人的一幕，年轻的孔子恭敬地站在那里，大袖筒中伸出两只雁头，这是他要送给老子的见面礼。孔子身后是颜回等二十人，四人手捧简册，而子路头有雄鸡，可能是子路生性喜辩爱斗的吧。这次会见，两人具体说了些什么，史料没有详载，民间也甚不传说，而礼仪之邦的芸芸众生却津津乐道，于此不疲，以至于这么多的石刻图案。老子在西，孔子在东，孔子能如此地去见老子，但孔子生前为什么竟不去秦呢？这个问题我站在泰山顶上了还在追问自己，仍是究竟不出，孔子说登泰山而赋，我要赋什么呢？我要赋的就只有这一腔疑惑和惆怅了。

一九九七年五月十日夜记

游了一回龙门

　　千里黄河，陡然紧束，前边就是龙门吗？多少个年年月月听说着鲤鱼化龙的传奇，多少个日日夜夜梦想着大禹疏通的险关，全没想到因事赴了韩城，在黄河岸上正百无聊赖地漫走，路人竟遥指龙门便在前头，觅寻是经历了艰辛苦难，到来却是这样的突然，不期然而然的惊喜粉碎了我的心身，我自信我们的会见是有神使和鬼差，是十二分的有缘。为了这一天的会见，我等待了三十七个春秋，龙门，也一定是在等待着我吧，等待得却是这么天长地久。

　　我是个呆痴而羞怯的人，我从不莽撞撞地走进任何名胜之地，在兰州和佳县我曾经多次远看过黄河，惊涛裂岸也裂过我的耳膜，但我只是远看，默默地缩伏在一块石头上无限悲哀。现在，我却热泪满面，跪倒在沙石起伏的黄河滩上，兴奋得身子抖动，如面前的一丛枯干的野蒿，我听得出我的身子同风里的野蒿一起颤响着泠泠的金属声。我从来没有这样的勇敢，吼叫着招喊河中的汽船，我说，我要到龙门去！

　　时已暮色苍茫，正是游龙门的气氛，汽船载着我逆流而上，汽船像是也载不动我巨大的兴奋，步履沉沉，微微摇闪，几乎要淹没了船舷。河水依然是铜汁般的黏滞，它虽在龙门之外的下游肆漫了成里的宽度而汹汹涌涌，在这峡谷中却异常地平静，大智到了大愚之状，看不到浪花，也看不到波涛，深沉得只是漠漠下移，呈现出纵横交织了的斜格条纹。这格纹如雕刻上去一般，似乎隔着船也能感觉到它的整齐的棱坎。间或，格纹某一处便衍化

9

开来，是从下往上翻，但绝不扬波溅沫，只是像一朵铜黄的牡丹在缓缓地开绽。无数的牡丹开绽，却无论如何不能数清，希冀着要看那花心的模样，它却又衍化为格纹，唯有一溜一溜的酒盅般大的漩涡无声地向船头转来，又向船后转去，便疑心这是一排排铁打的铆钉在固守了这水面，黄河方没有暴戾起来。两岸的峡壁愈来愈窄，犹如要挤拢一般，且高不可视，恨不得将头背在脊上。那庞然的危石在摇摇欲坠，像巨兽在热辣辣地眈视你，又像是佛头在冷眼静观你。峡谷曲拐绕转，一曲一景，却不知换景在什么时候什么地方，我不禁想到了那打开的一幅古画长卷，更想到了农家麦场上的那一夜古今的闲聊。正这么思想，峡壁已失却了那刀切的光洁，乃一层一层断裂为方块，整齐如巨砖砌起。而逼我大呼小叫的是那砖砌的壁墙上怎么就生长了那么高大的一株古树，这是万年物事吗？能看清它的粗桩和细枝，却全然没有叶子，将船靠近去，再靠近，却原来是峡壁裂开了一条巨缝，那石缝的一块尖石上正坐着一头同样如石头的黑鸟。这奇景太使人惊恐，或许是因为吓唬了我，随之而来的则是数百米长的大小不一、错落有序的凹凸壁，惟妙惟肖的是佛龛群了。我去过敦煌，我也去过麦积山，但敦煌和麦积山哪里有这般的壮观和萧森？我完全将此认作佛的法界了，再不敢大声说笑，亦不敢轻佻张狂，佛的神圣与庄严使我沉静，同时感到了一种说不出的平和和亲近。船继续往上行，峡谷窄到了一百米、八十米、六十米，水面依然平静，自不知了是水在移还是船在移？峡峰多为锯齿形了，且差不多峰起双层，里层的峰与外层的峰错位互补，想，若站在外层峰上下视船行，一定是前峰见船首，后峰见船尾了。恰恰一柱夕阳腐蚀了外层峰顶，金光耀眼，分外灿烂，坐船头看外层金黄的峰头与里层的苍黑的峰头，一个向前蹿一个向后遁，峡峰变成了活动体。如此大观，我看得如痴如醉，倏忽间有蓝色的雾从峡根涌出，先是一团一缕，后扯得匀匀细细充融满谷，顿时感到鼻口发呛，头发上脸面上湿漉漉地潮起水沫了。忽然峡谷阴暗起来，但同时仍在峡谷的另一处却泛起光亮，原来船正靠着一边的峡岸下通过，惊奇的是阴暗和光亮的界线是那么分明，它们是立体的几个大三角形，将峡谷的空间一一分割了。我明明知道这是光之所致，却不自觉地弯下了身子，担心被那巨大的黑白三角割伤，船工们却轰然告我：龙门已进了！

　　龙门，这就是龙门吗?！传说里黄河的鲤鱼一生下来就做着一个伟大的梦想往这里游，游到这里就可以化龙，那么，有多少游到了这里实现了抱负，又有多少牺牲了，半途而废了，完成了一个悲壮的形象？今日我也来到了龙门，龙在哪里呢？神话中有龙宫，龙宫有龙王也有龙女，不知洞庭湖的龙与黄河的龙是否一家，那让我做个传书的柳毅多好啊！不不，我进了龙门，我也要成龙了，我就是一条游龙，多自在，多得意啊，瞧高空上有云飞过，正驮着奇艳的落霞，这云便是翔凤了。有游龙与翔凤，天地将是多么丰富，一阴一阳，相得益彰，煌煌圆满，山为之而直上若塔，水为之乃远源长流，大美无言地存留在天地间了。

　　汽船终究是扭转了船头要顺流归返了，我的身子随船而下，我的心我的灵魂却永远驻恋在了龙门。试想过多少多少年，或许我已经垂垂暮老，或许我身躯早已不复存在，而更多更多的后来人到此，他们又是会看到夜空的星子静照河面，就知道那是我深情的永不疲倦的眼睛。风在峡谷回鸣，那也是我的心声，他们听得懂是我沉沉地抒发着三十七年里来得太晚的遗憾和寻见了我应寻见的企望的礼赞。那靠近水面的石壁上腐蚀斑驳的图案，他们也读得懂是我感念这次辉煌会见的画幅和诗篇，他们更以此明白，那汽船并不是船而是我踏水走来的巨鞋，或者醒悟进入龙门的十多里黄河之所以平稳，将波澜深藏，那格纹正是我来时走过的印有牡丹的绒毯。他们一定会记住一九八九年十月三十日有一个叫贾平凹的学子到此一游，从此他再不消沉，再不疲软，再不胆怯，新生了他生活和艺术的昭昭宏业。

一九八九年十一月六日夜

走了几个城镇

　　中国的行政区域，据说，还沿用了明清时的划分，那就是不规则，或竖着或横着，相互交错，尤其省会城市必须都与邻省的距离最近，以防地方造反动乱。至于县与镇，就无所顾忌了，基于方便管理吧，百十里一县，二十里一镇。但在民间的习惯上，可能老百姓最营心的还是县，一般把省会城市不叫省城，叫省，镇当然还叫镇，而说到城，那就是指县城了。这如同所有的大路都叫官道，即便长江黄河从县城边流过，也都一律叫作县河。

　　今年，在断断续续的几个月里，我沿着汉江走了十几个城镇，虽不是去做调研和采风，却也是有意要去增点见识。那里最大的河流是汉江，江北秦岭，江南巴山，无论秦岭巴山，在这一地段里都极其陡峭，汉江就没有了滩，水一直流在山根。那里有一句咒语：你上山滚江去！也真是在山上一失足，就滚到汉江里去了。沿江两岸南北去数百里，凡是沟岔，莫不是河流，所有的河流也都是汉江的秉性，没堤没岸，苦得城镇全在水边的坡崖上建筑，或开崖劈出平台，或依坡随形而上。我和司机每次都是悄然出发，不事声张，拒绝应酬，除了反复叮咛限制车速外，一任随心所欲，走哪儿算哪儿，饥了逢饭馆就进，黑了有旅社便宿，一路下来，倒看到了平日看不到的一些事，听到了平日听不到的一些话，回来做一次长舌男，给朋友唠叨。

达州

傍晚到达，城里人多如蚂蚁，正好手机上有了朋友发来的短信：想我的，赏个拥抱，不理我的，出门让……蚂蚁绊倒。我就笑了，在达州，真会被蚂蚁绊倒呢。

不仅人多，人都还忙着吃，每个饭馆里都有人站着等候凳子，小吃摊更是被人围着。随处可见有女孩儿，女孩儿都是三四个并排走的，一边走一边端着个小纸盒子，把什么东西往嘴里塞。

这让我想起二十世纪九十年代去过关中的一些县城，满地都是嚼过的甘蔗皮和渣子，所有的电影院里，上千人全都嗑瓜子，嚓嚓嚓的声音像潮水一般，你不也买一包来嗑就无法坐下来。

但达州街上很干净。

好比看见青年男女相拥相爱觉得可爱，而撞着年纪大的人偷情便恶心一样，达州城里女孩子的吃相倒优雅，是个风景。

只是街道窄。街道窄一是人太多，二是两边的楼房太高也太密。楼大多没外装饰，就显得是水泥的灰气。楼高就楼高了，其实也不是摩天大厦，而几乎一座挨着一座，同样格式，一般地高，齐刷刷地盖过去，我就感觉每条街上便是两座楼，左边是一座，右边是一座。

寻着一个宾馆住下，从最上边的窗子能俯视全城。城原来是建在一个山窝子里，楼把山窝子挤得严严实实，楼顶与四边的山冈几乎齐平，冈在上边跑，风的脚可以从东跑到西，从北跑到南，风跑不到街上去。

一个县城，怎么会有这么多人呢？达州离大城市远，方圆数百里的大山里，这座城就是繁华地了吧。国家实施发展城镇化，人越来越多，楼就建得密密匝匝，要把小山窝子撑炸了。人是一张肉皮包裹了五脏六腑，人都到这里来讨好生活，水泥的楼房就把人打了包垒起来。

第二天离开达州，半路上遇着一辆运鸡的卡车，车上架着一层一层铁丝笼，每个铁丝格里都伸出个鸡头。擦车而过的瞬间，我看到那些鸡的冠都紫黑，张着嘴，眼睛惊恐不已。

13

镇安

没通高速公路前，从镇安到西安的班车要走七八个小时，通了高速公路，只需两个小时；双休日，西安人就多驾车去那里玩了。

隔着一条县河，北边的山坐下来，南边的山也坐下来，坐下来的北边山的右膝盖对着南边山的右膝盖，城就在山的脚弯子里，建成了个葫芦状。北山的膝盖上有个公园，也有个酒店，我在酒店里住过三天。

差不多的早晨都有一段雨。那雨并不是雨点子落在地上，而是从崖头上、树林子里斜着飞，飞在半空里就燃烧了，变成白色的烟。在这种烟雨中，一溜带串的人要从城里爬上山来，在公园里锻炼。他们多是带一个口袋或者藤篮，锻炼完了路过菜市买菜，然后再去上班。而到了黄昏，云很怪异，云是风，从山梁后迅疾刮过来，在城的上空盘旋生发，一片一片往下掉，掉下来却什么也没有。这时候，机关单位的人该下班了，回家的全是女的，相约着饭后去跳舞，而男的却多是留下来，他们要洗脚，办公室里各人有各人的盆子，打了热水洗了，才晃悠晃悠地离开。

八点钟，广场上准时就响喇叭了，广场在城里最中心处，小得没有足球场大吧，数百个女人在那里跳舞。世上上瘾的东西真多，吸烟上瘾，喝酒上瘾，打牌上瘾，当然吃饭是最大的瘾，除了吃饭，女人们就是跳舞，反复着那几个动作，却跳得脖脸通红，刘海儿全汗湿在额上。

这舞一直要跳过十二点，周围人没有意见，因为有了跳舞，铺面里的生意才兴旺。

镇安离西安太近，乡下的农民去西安打工的就特别多，城里流动人口少，那些老户就把自家的房子都做了铺面，从西安进了各种各样的货，再批发给乡镇来的小贩。而机关单位的人，最能行的已调往西安去了，留下来的，因为有份工作，也就心安理得留在县城。县城的生活节奏缓慢，日子不富不穷，倒安排得十分悠然。

我在夜市的一个摊位上坐下来，想吃碗馄饨，看着斜对面的那家铺面，光头老板已经和一个小贩讨价还价了半天，末了，小贩开始装雨鞋，整整装了两麻袋。一个穿着西服的人提了一瓶酒、三根黄瓜往过走，光头在招呼了：

啊，去接嫂子呀？

穿西服的人说：让她跳去，我买瓶酒，睡前不喝两盅睡不着么。

光头说：好日子么，啥好酒？

穿西服的说：苞谷酒。

光头说：咋喝苞谷酒了？

穿西服的说：没你发财呀！

光头说：发什么财，要是能端公家饭碗，我也不这么晚了还忙乎！

穿西服的说：这倒是，你比我钱多，我比你自在么。

夜市的南头，单独吊着一个灯泡，灯泡下放着一盆水，飞虫在盆子里落了一指厚。但仍有蚊子咬人。卖馄饨的给了我一把蒲扇，那扇子后来不是扇，是在打，又打不住蚊子，一下一下都在打我。

小河

从镇安到旬阳去，走的是二级公路。车到一个半山弯，路边有一排商店，商店里不知还有什么货，商店门口都摆了许多摊位，出售廉价的鞋帽衣物。没有顾客，摊位后是一妇女给婴儿喂奶，还有一只狗。

商店的左前是一个急转而下的路口。

我从路口往下看，路是四十度的斜坡，一边紧贴着崖，崖石龇牙咧嘴，一边还是商店，开间小，入深更小，像是粘在塄沿上。有人就拉着架子车爬上来，身子向前扑得特别厉害，眼睛一直盯着地面，似乎他不敢抬头，一抬头，劲一松，车子就倒溜下去了。

也真是，我在商店里买了一包烟，烟是假烟，吸着的时候店主再拿一瓶饮料让我买，又拿一包糕点让我买，我一直吸烟，店主有些生气，说：要不要，你说个话呀！我说：我能说话吗，我一说话烟就灭了。

我顺着坡道一直往下走，这就到了镇上，两边门面房的台阶又窄又高，门开着，里边黑洞洞的，看不清是卖货的还是卖饭的，门口都有一块光溜溜的石头，差不多四五个石头上站着鸭子，鸭子总是痒，拿长嘴啄身子。转过弯，又往下走，人家和商店更多些。再转个弯，就是河，河上有一座桥。桥头上有一个饭店，摆有三张木桌，饭店旁坐着个钉鞋的，他一直盯着我的脚。

桥应该是石拱桥，或者木桥，但它是水泥桥，已经破坏了护栏。站在桥上可以看到这个镇子一分两半，一半在东边的山坡，一半在西边的山坡。一个小镇分为两半，中间是一条不大的河，所以镇名叫小河吧。

河对面是另一条街，其实是从桥头一家杂货店门口像梯子一样陡的下坡路，一直下到河滩。这条街上多卖副食，山果也在这里卖。一黑瘦女人一见我来就拿一根竹枝扇肉案上的一个猪头，说：肉耶，没喂饲料的肉！路尽头的河滩上，篱笆里长着萝卜，叶子很青，萝卜很白。

从桥那边返回来，许多人也是路过了停车下来到镇上的，站在桥上讨论着要买鸡蛋，说这里的鸡蛋一定是土鸡蛋，还说买一头猪吧，五六十斤的，拉回去喂三个月苹果，那肯定好吃哩。讨论完了，就趴在护栏往下看，两边那屋场下的石阶上，有女人在河里淘米，他们不知是在看淘米的人，还是在看水里自己的影子。

在镇街转弯处，一家门口有一堆树根，见一个酒盅粗的柴棍似龙的形状，拿了要走时，忽有三个孩子跑来说那要钱哩，不给十元钱不能拿。我很生气，说一个柴棍都要钱呀？抬头看见六七个男人全端了饭碗蹴在不远的台阶上吃，我说：是你们教唆的吧？我朋友十年前路过这儿看见一个汉代石狮子，值三百元钱你们十元钱就卖了，现在一个柴棍儿值不了一毛钱倒要十元钱？六七个男人不说话，全在笑。我就把柴棍儿扔回树根堆了。

又回到入镇的那个慢坡路上，有人赶着一头毛驴迎面走来，人走一步，驴走一步，人总想去拉驴尾，但就差一步，一步撵不上一步，驴尾到底没拉住。

半山弯的鞋帽衣物摊边，妇女不见了，婴儿坐在那里，嘴里叼着一个塑料奶嘴。狗也嚼根骨头，骨头上没肉，狗图的是骨头上的肉味，在不停地嚼。

白河

白河县城最早可能是一条街，河街。从湖北上来的，从安康下来的，船都停在城外渡口了，然后在河街上吃饭住店，掏钱寻乐。但现在是城沿着那座山从下往上盖，盖到了山顶，街巷就横着竖着，斜横着和斜竖着，拥拥挤挤，密密匝匝。所有的房子都是前后或左右墙不一样高，总有一边是从坡上凿坑栽桩再砌起来，县河上的鸟喜欢在树枝上和电线上站立，白河人也有着在峭岩堎头上筑屋的本事。

地方实在是太仄狭了，城还在扩张，因为这里是陕西和湖北的交界，真正的边城，它需要繁华，却如一棵桃树，尽力去开花，但也终究是一棵开了鲜艳花的桃树。

城里人口音驳杂，似乎各说各的话，就显得一切都乱哄哄的。尤其在夜里，山顶的那条街上，更多的是摩托，后座上总是坐着年轻的女人，长腿裸露，像两根白萝卜。街上的灯很亮，但烤肉摊上炸豆腐摊上还有灯，有卖烧鸡的脖子上拴个带子，把端盘吊在身前，盘子里也有一盏灯。一片高跟鞋叩着水泥地面响，像敲梆子，三四个女孩儿跑过来，合伙买了半块鸡，旁边的小吃摊上就有人发怪声，喂喂地叫，女孩儿并不害怕，撕着肉往舌根送，不影响着口红的颜色。

第二天的上午，我到了那条河街上。因为来前有人就提说过河街，说有木板门面房，有吊脚楼，有云墙，有拱檐，能看到背架和麻鞋，能听到姐儿歌和叫卖山货声，能吃到油炸的蚕蛹和腊肉。但我站在街上的时候我失望了，街还是老街，又老不到什么地方去，估摸也就是二十世纪八十年代吧，两边的房子非常窄狭，而且七扭八歪的，还有着一些石板路，已经坑坑洼洼，还聚着雨水。没有商店，没有饭馆，高高台阶上的人家，木板门要么开着，要么闭着，门口总是坐着一些妇女，有择菜的，菜都腐败了，一根一根地择，有的却还分类着破烂，把空塑料瓶装在一个麻袋里，把各种纸箱又压平打成捆。我终于看到了三间房子有着拱檐，大呼小叫地就去拍照，台阶上的妇女立即变脸失色地跑下来，要我不要声高，说是孩子在屋里复习哩。这让我非常奇怪，问这是怎么回事，一妇女拉我到了一边，叽叽咕咕给我说了一通。

她虽然也说不清，但我大致知道了这里原本是白河老户最多的街，当县城不停地拆不停地盖，移到了山顶后，老户的人大多就离开了，现在只剩下一些老年人和空房子，而四乡八村来县城上学的孩子又把空房子租下来，那些妇女就是来陪读的。

边城是繁华着，其实边城里的人每每都在想着有一日离开这个地方，他们这一辈已经没力量出外，希望就寄托在下一代上。已经有许多人家，日子还可以的，就寻亲拜友，想方设法，把孩子送到安康或者西安去读小学中学，以便将来更容易考上大学，而乡下的人家，又将孩子从乡镇的学校送到县城来读书。

面对着这个妇女，我不知道该对她说什么好。当头的太阳开始西斜，靠南的房子把阴影铺到了街道上，一半白一半黑。就在那黑白线上，一个老头佝偻着腰从街的那头走过来，他用手巾提着一块豆腐，一只鸡一直跟着他，时不时在豆腐上啄一口。

山阳和汉阴

县城几乎都是靠河建，建在河北岸，因为天下衙门要朝南开的。山阳就在河之北，汉阴其实也在河之北，应该叫汉阳。

县城临河，当然不是一般小河，可能以前的水都是很大水，但现在到处都缺水了，河滩的石头窝里便长着草，破砖烂坯，塑料袋随风乱飞。改革年代，大城市的变化是修路盖房，小县城也效仿着，首先是翻新和扩建，干涸的或仅能支起列石的县河当然有碍观瞻，所以当一个县城用橡皮坝拦起水后，几乎所有的县城都起坝拦水。

除拦河聚水外，凡是县城都要修一个广场，地方大的修大的，地方小的修小的。广场上就栽一个雕塑，称作龙城的雕个龙，称作凤城的雕个凤，如果这个县城什么都不是，柿子出名，雕一个大柿子。还有，就在四面山头的树林子里装灯，每到夜晚，山就隐去，如星空下落。再是在河滨路上建碑林或放置巨石，碑与石上多是当地领导的题词，字都写得不好。店铺确实是多，门面虽小，招牌却大，北京有什么字号，省城就有什么字号，县城肯定也就有了。我看见过一处路边的公共厕所，一个门洞上画着一个烟斗，一个门洞上画着一个高跟鞋。

到山阳县城的那个晚上，雨下得很大，街上自然人不多，进一个小饭店去吃饭。老板正拿个拍子打苍蝇，拍子一举，苍蝇飞了，才放下拍子，苍蝇又在桌上爬。我问有没有包间，还有一个包间，关了门就没苍蝇了。但不停地有人推门，门一推，苍蝇又进来，似乎它一直就等在门口。

苍蝇烦人，这还罢了，隔壁包间里喝酒的声音很大，好像有十几个人吧，一直在议论着县上干部调整的事，说这次能空出八个职位来，×× 乡的书记这次是铁板上钉钉没问题了，也早该轮到他了，×× 镇长也内定了，听说在省上市上都寻了人，×× 副主任这几天跑疯了，跑有什么用呢，听说有人在告他，××× 是最后一次机会了，再不把副的变成正的，今辈子就毕势了。后来又有人进了店，立即几个在恭喜，并嚷嚷：今日这饭菜钱你得出了！来人说：出呀，出！接着有人大声咳嗽着，似乎到店门外吐痰，看见了街上什么人，也喊着你来请客呀，并没喊得那人进来，他又回到包间说：狗日的 ×× 在街上哩，也不打伞，淋着雨。一人说：这次他到 ×× 部去呀？另一人说：听说是。那人说：我让他请喝酒，狗日的竟然说：低调，要低调。哈哈声就起，有人说：咳，啥时候咱也进步呀?!

进步就是升迁。越是经济不发达，县城的餐饮业就红火，县城的工作难有起色，干部们越在谋算着升迁。每过一个时期，干部调整，就是县城最敏感最不安静的日子，饭店也便热闹起来。

我在包间里吃了两碗扁食，隔壁包间的人都醉了，有碗碟破碎声，有呕吐声，有争吵声，又有了哭声。我喊老板结账，老板进来，看着墙，说：怎么还有苍蝇？用手去拍，却哎哟叫起来，原来墙上的黑点不是苍蝇，是颗钉子。

我走出饭店，默默地从街上走，雨淋得衣服贴在了身上。在我前边有两个人，一个人低声说：这次你怎么样呀？另一个人竟高声起来，骂了一句：钱没少花，事没办成。

19

三天后去汉阴，汉阴正举办一个什么活动，广场上悬着许多气球，摆着各种颜色的宣传牌：可能是有省市的领导来了，警车开道，呜哇呜哇叫，一溜儿小车就在街巷里转过。

汉阴的饭是最有特点的，我打问着哪儿有农家乐，就去了城关的一个村子。村子被山围着，山下就是条小河，人家住得分散，但房子都是新修的，或者几个房子一簇卧在山脚，或者在河对面，一片树林子里露出瓷片砌出的白墙，或者就在河上栽桩架屋。来吃饭的人特别多，小路上来回的汽车掉不了头，堵塞在那里，乘客下车一边往里走，一边说：乡下真美么！

我错开吃饭时间，独自往沟里走，房子也越来越旧了，在一户周围长满了竹子的屋舍前，见一个女孩儿在门前坐在小凳子上趴在大凳子上做作业。这户人家三间上房，两间厢房，厢房对面是猪圈和厕所。我走近去，朝开着门的上房里张望，想看看里边的摆设，女孩儿却说：你不要进去。房里是有一个炕，炕上和衣侧睡着一个妇女。我说：你妈在睡觉？女孩儿说：不是我妈，是我大的情人。女孩儿的话让我吃了一惊，再问她话时，她一句也不愿意给我说了。

我终于在一家"农家乐"里吃上了饭，问起老板那女孩儿家的事，才知道女孩儿的妈三年前去西安打工，再没有回来，也没有任何音讯。吃毕了饭出来，却看见远远的河边，那个女孩儿在洗衣裳，棒槌打下去已经起来了，才发出啪啪响声，她不停地捶打，动作和声音总不和谐。

岚皋

几年前来过，是腊月底了吧，我们驱车从山顶草甸回县城，天已经黑了，每过一个沟岔，沟岔里都三户四户人家，车灯照去，路边时不时就有女子行走，极时髦漂亮，当时吃惊不少，以为遇见了鬼。回到县城说起这事，宾馆的经理就笑了，说那不是鬼，是在上海打工的女子回来过年了，如果是白天，你到处都能看见呢。岚皋山里的女子都长得好，最早有人去上海打工，后来一个带一个，打工的就全在了上海，在上海待过半年，气质变化，比城里人还要像城里人。经理说：唉，好女子都给上海养了！

这一次来岚皋，再也没见到时髦漂亮的女子，但桃花正开。满山遍野里都能看到桃花，黛紫色的树枝上，还没长出叶子，花朵一开一疙瘩，特别地粉，像是人工做上去的。

县河里常有桃花瓣流过。

岚皋人好酒，在这季节喜欢用桃花苞蕾泡酒，酒有一种清香。

街道上常有大卡车开过，车上装着树，都是大树，一车只能装一棵。还有的车上装着石头，石头比一间房还要大。这些车都是从西安来的。

西安要打造园林城市，街道两旁都要栽大树的，而且住宅小区，又兴了在小区门口要堆一块巨石，西安的树贩子和石贩子就来到岚皋。树的价钱不低，石头却不用花钱，发现了一块，乡下人可以帮忙去抬到河岸，可以挣很多工钱。如果需要修路，修路有修路钱，修了路，路是拿不走的，就留下了。

乡下人到城里去打工，乡下的树和石头也要到城里去，去城里当然好啊，但城里的汽车尾气多，而且太嘈吵，不知道能不能适应。

离开岚皋时，在县城外的山弯处，有一户人家在推石磨，那么多的苞谷在磨盘顶上，很快从磨眼儿里溜下去没了，再把一堆苞谷倒到磨盘顶上，又很快没了，我突然就笑了：石磨是最能吃的。

峦庄

去峦庄是看见路边有去峦庄的指示牌，又觉得这名字怪怪的，就把车拐进去，在一个山沟深入。

路是乡级路，年前秋里又遭水灾，好多路段还没修好，车吭吭哪哪走了一小时，天就黑了。只估摸峦庄是个镇吧，长得什么样，又有多么远，却一概不知。翻过一座大山，又翻过一座大山，后来就在沟岔里绕来绕去。夜真是瞎子一样的黑，看不见天，也看不见了山，车灯前只是白花花路，像布带子，在拉着我和车，心里就恐怖起来。走着走着，发现了半空中有了红点，

21

先还是一点两点，再就是三点四点，末了又是一点两点。以为是星星，星星没有这红颜色呀，在一个山脚处才看到一户屋舍门上挂着灯笼，才明白那红点都是灯笼，一个灯笼一户人家，人家都分散在或高或低的山上。

又是一段路被冲垮了，车要屁股撅着下到河滩，又从河滩里憋着劲冲到路基上，就在路基边有两双鞋。停了车，下来在车灯光照下看那鞋，鞋是花鞋，一双旧的，一双新的。将那新鞋拿到车上了，突然想，这一定是水灾时哪个女孩被水冲走了，今日可能是女孩儿生日，父母特做了一双新鞋又把一双旧鞋放在这里悼念的。立即又将那鞋放回原处，驱车急走，心就慌慌的，跳动不已。

半夜到了镇上，镇很小，只是个丁字街。街上没有路灯，人也少见，但一半的人家灯还亮着，灯光就从门里跌出来，从街口望过去，好像是铺着地毯，白地毯。镇上人你不招呼他了，他不理你，你一招呼他了，他就热情。在一户人家问能不能做顿饭吃，那个毛胡子汉子立即叫他老婆，他老婆已经睡了，起来就做饭。厨房里挂了六七吊腊肉，瓷罐里是豆豉，问吃不吃木耳，木耳当然要吃的，汉子就推门到后院，后院里架满了木棒，三个一支，五个一簇，木棒上全是木耳。但他并没有摘木棒上的木耳，却在篱笆桩上摘了一掬给我炒了吃。汉子说，峦庄是穷地方，只产木耳，他们就靠卖木耳过活的。这阵儿有鞭炮声，木耳先听见，它们听见了都不吱声，后来我听见了，说半夜里怎么放鞭炮，汉子说：给神还愿哩吧。

在镇的东头，有一个庙，不知道庙里供的什么神，鞭炮声就是从那儿传来的。而就在这户人家的斜对面，有一个窝进去的崖洞，洞里塑着三尊泥像，看过去，那里也有人在烧纸磕头。汉子说，那是三娘娘洞，镇上人家谁要求子，谁要禳病，谁的孩子要考学，木耳能不能卖出去，都在那里许愿，三娘娘灵得很，有求必应，所以白日夜里人不断的。

正吃着饭，街上却有人在哭，汉子的老婆就出去了，过了好久回来，说是西头的王老五在打老婆了。汉子说：该打！我问怎么是该打？汉子说王老五的老婆信基督，常把两岁的孩子放在地窖里就去给基督唱歌了，今日下午王老五才从县城打工回来，是不是又去唱歌不做饭不管娃了？那老婆说，是为钱。王老五在苞谷柜里藏了五十元钱，回来再寻寻不着，问他老婆，他老婆说捐给教会了，王老五就把他老婆在街上撵着打。

　　峦庄镇上有两个旅社，一处住满了人，一处还有两间房子，但床铺太肮脏，我就决定返回。车又钻进了黑夜里，黑夜还是瞎子一样的黑，但一路上还是有这儿那儿、高高低低的光点，使我分不清那是山里人家门口的灯笼还是天上的星星。

二〇一〇年六月二十九日写

说铜仁

　　城在山窝子里的多，但江从城中穿过的少，竟然三江穿过，城分为四，十三桥卧波的只有铜仁。凡到各地，差不多的都自撰有八景，最不牵强附会，其景雄沉阔大，能震魂摄魄，又全绕着城郭的，也只是铜仁。铜仁之所以为黔中独美，美在有梵净山的蕴蓄，美在有锦江水的茂润，活该是桃源的深处。

　　世上有美丽富饶一词，却往往是美丽者不富饶，富饶者不美丽，铜仁可以说占得四字。古人讲，纵是山城，不少读书之族；虽非泽国，犹为鱼米之乡。而今舟楫依旧，公路通达，集散繁忙，市容光鲜，人皆儒雅，一派太和。再是登东山，观文笔，云过瘦竹，肥泉鸣咽，探铜岩，读摩崖，天风吹下数声钟，水珠燃烧成紫烟。真是精神有所托，想象有空间，山水经典，一城神仙。

　　铜仁是一边城，正因偏僻闭塞，先世避秦于此，以暹避清于此，避秦有了中国人理想中的乐土，避清的茶园山庄还在，青史上就长存了不同流合污的典范。当今社会转型，各地纷纷改变，虽然经济指标上涨，不免规划相近，风俗无异，资源耗失，环境污染。铜仁要发展，谋发展，但矿藏不如北方，商贸难及东南，若急功近利，那将是古人所言：金性虽质，处剑即凶；水德虽平，经风即险。充天长地久量，养先忧后生心，用己之长对他人之短，不开发而为大开发，极力保护自己山水，看似持之非强，实则来之无穷。那么，自然的生态的人文的铜仁卓然于世，游人怎不闻名将至，财富怎不趁势而入呢？

二〇一〇年八月十日

四月三十日游青城后山

那里峰峦错综，沟壑复杂，一早进去，愈进愈深，到了下午不知了出路。迷糊着转过竹坡，忽然看见了一座古寺，山面逼仄，一和尚在那里读书，旁边的木牌子写有"天亮开门，天黑关门"，顿时心生喜欢。

在寺里烧过香了，沿寺前的小路往右去，涉过小溪，前面就是一个深坳，坳里尽是高大的楠木，也有樟和漆，树干光洁，没有苔藓和藤蔓纠缠，像无数的柱子栽在那里。走进去，人全然都绿了，脚底没有声响，仰头看树，树都直端端往上长，看不到顶，高高的空中枝叶联合，如盖了青云，阳光就从青云间下来，一道一道的白。

林子的中间，有人在卖菜，一间草房，一张竹桌，或许是大半天没有游客到来，卖菜人立在房前，数着落在竹桌上的七只鸟，又来了一只，是八只鸟。

我说：满山就这里的树木大呀！他说：这坳子深么。我说：哪棵最高呢？他说：都争着太阳长的，差不多吧。

去搂了一棵树，羡慕着树安静地长在这里，太阳是树的宗教，才长得这么粗这么高。

在一棵树下，让一片光罩着，有细雨就下起来，雨并未湿衣，却身上脚下一层褐色的颗粒，捡起来，竟然是米粒大的花蕾。卖菜人说：那是漆树落花。我就站住不动，让花雨淋着。

25

二〇〇八年五月三日追记

大红袍记

　　山是九龙窠，倚天独石。半壁之间，有岩层如线由东向西斜来，隐显渗滴，西边忽一石皱款款下倾，弯成臂状，将层线收握，落土为掌，长出六株茶树。茶树饮露沐风，日晒雾浸，枝干粗拙，叶形娥眉，芽色紫红。这就是大红袍母树，在此已经四百余年了。本是平常之物，坚持得久了，便岩骨花香，成为神灵。今母株高在石台如同佛龛，六株分列坐若圣贤，而无性培植的茶丛已遍布山间，其独特的自然环境，独特的制作工艺，使茶品洁甘清香，名盛天下。大红袍成了武夷岩茶的象征，更是武夷茶人的精神。

二○○五年八月十九日

走了一趟崂山太清宫

即便没有太清宫，崂山也是道山。因为崂山只有两种颜色：乱起的白石和石缝里的绿木；白而虚，绿而静，正是"虚白道所集，静专神自归"的意思。

先有了道山，再有了太清宫；来太清宫修行的就非常多，有人，也有树，树比人多。

树在宫院里似乎都随便站着，仔细看看，又都有方位。那些特粗特高的，每个院落里都有：或单独挺立，挺立成一个建筑；或两个并排，树身隆着从上而下的条棱，如绷紧的肌肉；或五个六个集中了，一起往上长，却枝叶互不交错。这些树极其威严，碰着了只能仰视。而更多的树，是年轻的，也努力地向上长，他们的皮纹细致，如瓷的冰裂，还泛一种暗红色。可能是数量多的缘故吧，前边院子里有，后边院子里又有，感觉他们一直在走动，于你的注意中某一个就蓦然地站住了。有的树已经很大了，却周围一圈小树，以为是新栽的，其实是自生的，大树枝叶扑拉下来，遮得看不到天空。而小树的叶子涂过蜡一般，闪着光亮，如是一堆眼睛，那是长者给幼者交代事情吗？这样的树只能远远看着，不好意思近去。当然也有或仄或卧的树了，他们多在墙角和堎沿，太阳照着，悄无声息地打盹。也有老树，树干开裂，如敞了怀，那黝黑的粗桩上新生了一层叶子，几乎没有风来，叶子也在反复，像是会心地无声地笑。每个院落的窗前就是那些小树了，枝叶鲜亮，态度温柔。而院墙之外，小路拐弯处，那些树就不严肃了，枝条拉扯，藤蔓纠结，

27

蝉也在其中嘶鸣，只待着宫里的钟声一响，才安静下来。

六月十五日的上午，我走了一趟太清宫，走着走着，恍惚里我也走成了一棵树，是一棵小叶银杏。当时一只鸟就在我头顶上空叫，我怔了一下，并不知鸟在叫什么。

二〇一〇年七月十五日写

经过豆沙关

我经过的，最险要的峡谷，是云南的豆沙关。

原本是从盐津县坐车去水富县的，天一直是雾腾腾，车在半山腰的路上爬，绕来拐去，看不清三百米外的东西。路面虽然平整，但很窄，一有会车，来的就紧靠了凿出的崖壁，去的则往边，再往边，轮胎刚刚压在路沿的石条上，还一颠一颠的。这让我受不了。坐在临窗处往车下看，路下万丈的深渊，半渊处斜长着一株秃树，披挂了数丈的根须，再往下，就是关河，关河水很急，翻滚如雪。我调换了座位，眼不见心不乱，却再不敢说话，死抓了扶手，把心提在嗓子眼上。又走了一阵，车停下来，说是前边两辆卡车撞了，立即前后的车辆全堵起来，而我们的车正停在一处窝崖下，崖上有瀑布流下，叮叮咣咣落在车棚上。公路上有瀑布，这是我从未见到过的，如果车辆一冲而过，多好玩儿的一景，可现在让瀑布一直敲打我们的车，就十分的难受了。从车里跑下来，蹲在一处吃纸烟，不知堵塞几时疏通，看天窄得如一条龙，河对面的沟里有一户人家，可能在做饭，烟雾在屋上罩了一堆，久久不散。

车辆终于可以通行了，路越发窄，而且一直下行，但路往下，河也往下，似乎路与河要往地心去。这样着天已黄昏，前面的峡谷收拢起来，再收拢，突然间两山紧靠，如关了门，关河就不见了。司机说：豆沙关到了！

如何想象，豆沙关都不该是这个模样，但豆沙关就是这么个模样。说雄，它不是多雄，却险得让我心惊肉跳。或许是西南山高峡深的缘故，在盐津县城的时候，介绍人并没有说到它的险恶，而夸耀的是山崖四五百米高的僰人悬棺，以及关上的五尺道。僰人部落现已没有，悬棺是怎样抬上去的，数千年为何还完整保存，这是一个谜。五尺道是秦时开凿，可以见证当年南丝绸之路的繁荣。但这些我倒不太感兴趣，走了一截五尺道，蹲下望了望悬棺，便又只打问这山有多高，峡有多深。一个时代有一个时代的故事，故事可以变幻，山水却是依旧啊。我的询问，旁边的人不能回答，而天色苍茫，仰头我望不到山顶，俯身也瞧不到谷底，只听到水的轰鸣。我有了一个幻想，极力想蓦然看到一树山桃，没有山桃，盯着一片不知名的林子，林子和山色慢慢成了一色，天就黑了。顺着一条小道往上走，便走到了一个镇子上。这里还有一个镇子，这令我百思不解，也让我来了兴致。

镇子不大，仅仅一条街。但街上两边都是门面房，房子结构十分讲究。虽然已经晚上了，各门面还开张，卖饭的卖饭，卖货的卖货，但却没有人买。风从街道上飕飕往过吹，吹得家家屋里吊着的小灯泡晃荡，道面上便有各种影子缩小张大，跳来跳去。我踏进一家店里，是出售锅盆碗盏和镢头铁锨一类铁器，昏暗中物件都闪一点幽光，店主就坐在柱子边，好像只有半个脸。我进去他没有反应，我看了看又走出来，他也没有反应。门口里一个妇女抱着小孩，母子也是默然，我下了台阶从街上往前走，街上一处黑一处白的，才朝着白处下脚，扑哧溅起水，听见那妇女在说：朝黑处踏，黑处是干的。从门面里照出来的一道挨一道光亮里还走着一只鸡，体大如鹤，翅羽斜斜，像披着一件外衣。鸡的步伐很闲，走着走着也成夜了，街顶头就没有了灯火，而另有三四人在晃动，能听到喘粗气。走近了，他们在搭一个席棚，席棚的门和门面门对着，旁边隐约有一堆柏朵。我猜想这家是死了人，柏朵是垫棺用的，奇怪的是门面屋里并没有哭声。走过了街，远处竟出现一点火，像萤火虫，到了跟前，方是蹲着了一个人，他在吸纸烟。

镇子的夜晚太寂静，寂静得像那些石头，和石头缝里长出的树。关河的响声越大，镇子越寂静。头顶上空那一长狭的天都是黑的，出现了星星，数了又数，七颗星呈勺形，是七斗星吧，我记得今夕是二〇〇四年的十二月十五日。

二〇〇五年一月十八日

丽江古城

　　我最喜欢的是丽江古城里的水，在西北生活得久了，知道什么为渴望，第一回到昆山的周庄，见到流水穿街过巷，入院过墙，兴奋得大呼小叫，但周庄的水毕竟太软太柔，有一股鱼虾的腥味。丽江古城的水就不一样了，它是玉龙山上下来的雪水，经双石大桥一分而三进城的，清泠有声，洁净无泥。桥有千座，石拱的、石条的、木板的，孔也是单孔、双孔和多孔，才驻脚在最古老的栗木板桥头，说那栗木质如石料，那重柳苍枝如龙蟠，便瞧见河边的浅水里活动着一只小瑞兽，忙趋身近去，是一面石板上有着瑞兽的浮雕。浮雕绝对是明清时期的物件，我移动不起，便感叹这么好的东西竟丢弃在这里！遂捧水洗脸，趁机咽下了一口，没想就爆响了一片笑声。

　　笑声在河对岸的木楼上，揭窗高撑，站在窗口的是与我同来丽江古城的王先生和张女士，我们是在四方街走散了的。我先是在一个卖铜器的摊前翻那些铜件，拿了这件又丢不下那件，商贩就把一颗烟递过来和我说话，他说四方街可是古城的心脏，有四条主要街道通向四面八方，每条主要街道在城内又有数十条街巷向四周延伸。我说若没有方的城墙，那这里该是个平放的车轮轴心了。商贩说：丽江古城从来没城墙。这我就愣了，天下还真有城没城墙的？商贩问我从哪儿来，我说是西安，他说：噢，难怪了，你不晓得纳西族的历史。原来隋末唐初，纳西族人就居住在了这里，明洪武十六年，这里的土司越过千山万水朝觐了朱元璋，朱元璋给土司起了汉姓木，意思是朱下面为木，让其坐上第一任世袭的丽江军民总管府的宝座。木府土司从那时

31

起就建设城市，但偏不修城墙，认作木字四周有墙便是困字，怕影响木家的兴旺发展。故事说得颇为有趣，商贩越发地得意，又介绍说早先这里是土坪场，后来用五花石铺成了一个府印之状的广场，又在广场沿河一边修了水闸，每日日落散市后，关闸漫水，西河水自然通过广场和七一街、五一街流向中河，就将广场和街道冲洗得干干净净了。城市有这么个清洁法，真使我如听神话，仰头看看日头，日头才到当顶，指望着目睹关闸漫水的场面是不可能了，这才想起一块儿游四方街的王先生和张女士，但这里摊贩云集，人头攒拥，哪里寻得着他们的身影？现在不期然而然竟又遇着，张女士尖声打趣我：不见你了，还以为你尾随了哪一位纳西姑娘去人家吃茶了！我说你怎么知道的，我真的尾随了一位姑娘直走到卖鸭桥头，她进了一家店里吃鸡豆凉粉，她拿眼窝我，我便离开了，但我并不是要对她非礼，我是欣赏她的披肩哩！纳西族妇女的服饰是非常美丽的，差不多宽腰大袖，前幅短后幅长及胫的镶边裙儿，外加紫色或青色的坎肩，下着长裤，腰系多折，绣有蜂蝶图形，而围圈上则用金线和彩丝绣了图案，称作"披星戴月"。"披星戴月"这四个字汉族里是形容辛劳的，纳西族人却使它产生了诗意。南方的妇女比北方的妇女要劳苦，纳西族妇女更是如此，除了家务仍要务农经商，什么都靠肩背，昨天下午在进城的路上我是看见过一个七十多岁的老太太，腰已经弯得厉害，却仍是背着一个大背篓，背篓里高高装着杂物，背篓的宽背带斜系在肩上，因为太重，一只手紧紧抓着背带，但她的脚步很稳。今天早晨，我起得早，在宾馆后的小坡上散步，更是有一群妇女往坡上背石头，可能是坡上正修建什么，她们是将大块的石头放在背上，用绳拴着一直到脖前，坡道在转弯时路面太陡，架了木板，木板上横着钉了木条，她们就踩着木条吭哧吭哧往上走，那腰系的多折随之摆动，其上的蜂蝶图案如活了一般。我说完了我的见闻，张女士说："你到楼上再看看吧，更有叫你稀罕的事哩！"拉着我就上了楼。

楼是木楼，明代的物事，那楼梯的扶手，二楼的护栏，以及所有的门和窗，都有着十分精致的雕花。在内地的安徽和山西，有至今保存得完整的明清村落，依然雕梁画栋，但汉族民居的雕刻多是历史人物故事图，而纳西族信奉万物有灵，崇拜多神，他们雕刻的几乎全是飞禽走兽花鸟草木。站在楼道上往远处一看，全城尽在眼下，你看到的没街没巷，屋的檐角翘起的瓦顶皆密密麻麻浮着，如黄河开冻后涌下的浮冰。而看楼旁的几处院落，认得哪一所是三坊一照壁，哪一所是四房五天井，哪一所又是一进两院，什么是姝楼、明楼，什么又是走马转角楼。进了楼上一间房中，原来是木雕工艺店同时也是作坊，四壁挂满了各种变形人兽雕件，一老者戴着老花镜正刻一只青蛙圆盘，他刻得真好，先是在木圆盘上涂上了一层墨，然后并不画草稿，刀就在上面来回走动，刻剔出的是白，留下来的是黑，外一圈是狼狐虎豹头，中间是一个人面蛙身神，拙朴生动。我连声叫好，掏钱把蛙盘买下了，张女士说让女儿在盘背面留下名姓吧，我有些迟疑，以为这是张女士在戏弄我了，可她却把我推进里边的套间里，套间里果然坐着一位极漂亮的姑娘，姑娘正在灯下抄写什么。近前看了，不觉大惊，她用的是方杆竹笔，写的是象形文字。来丽江古城，是受纳西人的象形文字而诱惑的，虽在街上看到了每家店牌的汉字下写有象形文，但毕竟还未目睹更多的象形文字，而且是现场书写。老实讲，这些象形文字我大略能看出每一个象形要代表的意思，但一个字一个字连起来就如对了天书，更不知其读音。姑娘告诉我，她这是抄写东巴教经文的。东巴教是纳西人的一种古老宗教，其图画象形的文字是当今世界上唯一保留完整的活着的象形文字，东巴文写成的东巴经有两千余册、一千多种，内容涉及宗教、历史、语言、文学、天文、地理、哲学、医学、神话、艺术等等，堪称纳西古代的百科全书。我们赞叹着她这么年轻竟会东巴文，她羞涩地说她也是才学的，如果晚上去看古乐会表演，东巴教祭司东巴，也就是神父身份的老者会在场，老东巴才是集巫、医、学、艺、匠于一身的。我们忙打问了晚上古乐会在哪儿表演，几时开演，并要求姑娘在蛙盘上签名留念，姑娘提笔写了，我只认得了"一九九九年　月　日"，因为一是画了一个逗号，九是画了九个逗号，月是画了个半月，日是画了个太阳。

晚上，我们寻着了古乐会演出地，想不到全城竟有数家古乐会同时演出，先去了一家是乐舞并举，场面极其的华丽和神秘，演奏的是以道家的洞经古乐《玉清无极总真文昌大洞仙经》和儒家典礼音乐为载体保存了部分唐宋元明的词曲牌音乐和纳西先民的"巴石什礼"音乐，这些曲牌在内地早已失传，却奇迹般地保留在丽江，并世代相传！音乐奏毕，主持人宣布老东巴领衔表演东巴舞，但见演奏者中的那个有着雪白胡须的老人走了出来，说了一通东巴语，随之表演起了蛙舞，身手敏捷，而且表情万般丰富。可惜观看的游客太多，演出厅里连过道都挤满了人，我们不可能去台上和老东巴见面。待一场演出完毕，我们来到了街上，兴趣并未退去，急忙忙又往另一演出点跑，遗憾的是那里的演出刚刚结束，乐队已经离开了，但我们有幸被允许进去看看演出厅。这个演出厅是一座有着七八个朱红木柱的大房子，摆满了一排一排木椅，而地上则铺着厚厚的柏朵，演出台宽敞而略高，各种隔栏和木架，摆放着乐器和奇奇怪怪的人神面具，台墙上绘有图腾壁画，供奉了什么神位，有木雕的也有泥塑的。厅内灯已经关闭得只留下四角各一盏，乐器和神像发着幽光，驻脚留意进厅处的木板墙上的一溜镜框，里面是多位古乐会的老乐师，他们都穿着刺绣着龙凤和团花的长袍，又都是白胡飘胸，手执着二胡、板胡、琵琶、三弦，神态庄严，高深古雅。我们虽然未聆听到这些老者的演奏，但面对着皆是八十岁以上的古乐演奏的活化石们的照片，感觉到在天上、在大厅里，在我们心里旋律骤起，进入了一个崇高、空灵而远古的梦境之中。

丽江离西安的距离实在是太远了，但在丽江的两夜一日中总恍惚我并未离开西安，或者我就在西安。造物主造就了这个地球和人类，哪儿都有好山好水，有好山好水的地方就有人类，有人类就着智慧，这便是丽江古城给我的启示。现在丽江古城被联合国批准为世界文化遗产，受到了保护，我将把这两夜一日今生今世保存在心里。

二〇〇〇年四月四日

沙家浜记

　　沙家浜是常熟的一个古镇，以建在芦荡之中而与众不同。镇不大，人家相对筑屋，后门通河，前门是街，街巷就极其幽深。路面又全然铺就了石板，石板与石板并不严实，故意留着空隙，能看见下面活活流水，似乎整个镇子就浮在了水上。从街往里走，看两边屋舍，大都两层，木头横七竖八，结构巧妙，人多各倚栏临窗，软语呼应。有旧寺数座，混杂于商铺之间，唯独门前蹲有石狮，石狮不威严，喜庆状可掬。也有老桥，连扯左右，荷就钻出石罅，近旁就是茶肆饭店。进去坐下，茶要碧螺春，饭要卤汁面，正端详灶是不是七星灶，壶是不是老铜壶，忽后窗外咿呀声响，一小船靠近，船上人和屋里人打情骂俏，便得一篓鳑鲏鱼递进来。鳑鲏鱼是稀罕物，水质好才能生长，鳑鲏鱼也正是这里的特产。连呼煎炸一碟来呀，却有黑鹳白鹭就站在后门栏上，而三朵四朵芦絮飞进，上下飘浮，用手不可捉拿。

　　时不时听人唱阿庆嫂，京剧味不足，但极投入。循声步入一条短巷，唱却息了，而巷外湖荡汪洋，风正紧，水面微皱，芦絮起落如云。岸边排列无数船，其状似偌大的鞋。顺脚上去，摇橹的大嫂问去哪儿，说句船到哪儿人到哪儿吧，船就箭一般驶进芦荡。进了芦荡才知神秘莫测，河道密布，港汊纵横，沿一处深入，芦苇愈来愈高，凉气袭身，万籁俱静，只听得橹声和蜂鸣，有几分惊奇也有些许紧张，想武陵桃源莫过如此吧。七拐八拐，已迷失了方位，却恰遇骤风，一时芦苇前呼后拥，一尽线乱。在乱中，却看见了远处栈桥和桥端的芦亭，亭中有人吃茶说话，只听得一团嗡声，分辨不出话语。约几分钟，风软下去，悄没声息。继续前进，道越来越窄，水越来越深，湖苇倾斜得不能摇橹，江苇扑撒在船头，便看清了水中游鱼，而头顶上水鸟乱飞，一时有了奇思，这鸟入水为鱼，鱼出水为鸟，是相互转换的吗？得意自己不是诗人却有了诗情。

游了一次沙家浜，再也忘不了江南的这个古镇，记住了这片可能是中国最干净的水和水中浩浩茫茫的芦苇。

在二郎镇

　　二郎镇在赤水河的这边，习酒镇在赤水河的那边，都是盆地的一半，外边有岩，河壁赭红，都是斜坡而上，像是剖开的一个苹果，风水上称作大阴的地方。大阴为众妙之门，坤厚载物，品为咸亨，只可惜河这边是四川，河那边是贵州，据说习酒镇的习酒已被茅台收购，二郎镇的郎酒就只能占半壁江山。但这已经是很够了。

　　我是二〇一〇年的十月去的二郎镇，因为喝过很多郎酒，想看看它的出处。如果说赤水是上天设计的一条美酒河，那泸州、宜宾、古蔺、仁怀、遵义这个三角地带就该是中国人的酒窖了。可我绝没有想到二郎镇就在大山深处，从成都坐车过去竟然要八个小时，倒像是去朝圣一般。

　　那天是从二郎滩上岸到镇上的，其实有什么滩呢，山下就是河，河上就是山，多亏了一座桥，没桥的时候船可能便要系在镇街口的柳树上。进镇当然得先走老街，想不到这里竟是当年红军二渡四渡赤水住过的地方。街是一条一条石板铺成的台阶往山上去，像是搭了梯子要登天，房屋也就沿着街路随形而筑，或高或低，忽正忽侧，铺散开来。石板走着走着便没有了，正迷糊，一转过墙角，路又出现了，还分岔道往各处。这些房屋已经不再住人，挂牌标明着某一家曾经是红军指挥所，某一家是医院，用酒给伤员消毒。二郎镇还有这么红色的历史，这些房子成了文物，如果再过五年，也许二三十年，这个镇子作为郎酒生产地，会不会又成为中国白酒的文物呢？

　　四川的天总是阴的，街路爬到三分之一，又下起了雨。那算什么雨呢，雨在半空里就燃烧了一样，成为雾和粉。我低头数着脚下的石板，石板上竟然是一种云的纹线，看每一块石板，都是云纹，一时倒感觉我站在了云上，有点儿晃晃悠悠。太喜欢这种地势局面，就瞧着雨里一树什么花开了，花下还卧着一只小狗，但它始终不叫，招之也不来。

登上老街的最高处，新镇街就在眼前了，像突然进了宝藏地，光华一片，那蓝瓦白墙的楼房密匝匝拥簇在一大片洼地里，成排成队的车间从河岸畔上一直到了远处的岩下，盘旋的路面在其中时隐时现。古旧的老街和现代化的厂区反差巨大而共存一体，使我感慨万千。才坐在一家门口的石头上歇脚，猛地便闻到了一股酒香，朝那家门里看那个老头在喝酒吗，老头并没有喝酒呀，才醒悟二郎镇的空气里原本就是一股酒味。和老头闲扯起来，知道二郎镇上各家各户都有人在郎酒厂上班，他两个儿子一个在酿造车间，一个在包装中心，还有一个女儿却在北京工作。他说：你是北京来的吗？我说我不是北京的。他就说他女儿接他在北京住了一个月，刚回来不久。我说：那怎么不多待些日子呢，北京多好啊！他说：北京好是好，就是太偏远了！我哈哈大笑，老头并不明白我在笑什么，问我喝酒呀不，便进屋提了酒壶出来。别的地方招呼人喝水，二郎镇的人招呼人就是喝酒。我说我不喝了，吸吸这里的空气都醉了。就皱着鼻子使劲闻，旁边的猫，还有三只鸡都站着不动，张了嘴，好像在吸气。那一棵树，枝叶亮晶晶的，无风而浮动，也全然是一副微醉的样子。

在二郎镇的几天里，我一直在想，中国人太能酿造酒了，就以我故乡来说，几乎家家每年都要做酒，有高粱酒、米酒、苞谷酒、甘蔗酒、红薯酒，可为什么二郎镇的白酒就这么有名，年销值竟超过了五十亿元，还计划着二〇一二年实现一百亿元的目标。水好当然是第一要素，那么，还有什么呢？在与酒厂的工程师们座谈的时候，他们讲了一个有趣的现象。他们曾经想在交通方便的地方也建厂酿酒，可新厂建成后，无论怎么努力，产的酒就不如在这里产的口味好。经过严格的科学考评，得出的结论是，这里地处亚热带，气候温湿，水量充沛，常年温差、昼夜温差小，而日照时间又长，这样就特别适合空气中的微生物和古窖池群中微生物共同构成立体的微生物群落。对于这样的考证，我是相信的，一方水土养一方人和物的，在我的家乡十里风俗不同，五里腔调就变，川道里的米特别有味，山地里的苞谷就是吃着香。二郎镇应该是酿酒宝地，除了得天独厚的地理环境，它也有其更为特别的酿造工艺。这不是工程师讲的，而是在街上一个杂货店的老板告诉我，他们镇上酿酒的历史可久了，从汉代的"枸酱酒"，宋朝的"凤曲法酒"，"集义糟房"的"回沙郎酒"，到今天的"红花郎""青花郎"，从来都强调天人合一，阴阳调和，讲究端午踩曲，重阳下沙，发酵时要前缓、中挺、后缓落，整整一年的生产周期里，得九次蒸煮、八次加曲、八次堆积糖化、八次入池发酵、七次取酒、三年贮存呀。一个商店老板讲得如此头头是道，我笑着说：你真会宣传！他说：这哪是宣传，二郎镇的人谁不知道呀?！

郎酒的酿造，酿造出了哲学，工序又是如此复杂，可惜我不能在二郎镇待得太久，去看他们具体的操作，我能去看的就只有去赤水河看水和去天宝洞看储藏了。

赤水河其实并不大，只是峡谷深，水清冽。在那个古盐道渡口，我看到了最奇怪的岸脚巉岩。那些岩石没一块是平整的，坑坑洼洼，峥峥楞楞，又全是白色，正如一位诗人所说，白是盐的颜色，白是水中燃起的火焰瞬间凝固，是一种死掉的光芒。我是坐了小船划向对岸，摇摇晃晃，摇摇晃晃，不忍心把手里的树叶遗在河中，也不敢用手去掬，怕手脏了那水，就是这水酿了中国最美的白酒呀，这就是酒呀！一时却想，看那如火焰凝固的巉岩，才明白酒为什么是水又是火哩。登上对岸，山坡上有一块石碑，记载着这个渡口的历史。原来这里是古川盐入黔的要道之一，自贡的井盐船经泸州顺流下至合江，再从合江经赤水逆流到了这里，背夫要将货物背到马桑坪上船运到茅台。那时的二郎镇盐号三十家，每日背盐过山的背夫不下两千人。正是盐业运输，促进了当地酒业发展，赤水河的酒才流通到了各地。看着挂在半山腰的崎岖小路，那是盐道啊也是酒道。盐是人生命中不可或缺的东西，而酒呢，不论郎酒或茅台，都是这赤水河酿的，中国人谁没喝过呢？

看天宝洞的那天，雨是不下了，天依然阴着，远远望着那蜈蚣岩甚是惊讶，整个山体分明就是一座座酒坊么，走进去，天宝洞就在岩下，洞外青树集匝，绿草繁密，风怀其中，鸟鸣不绝。洞口上天然形成一个龙头，龙身的脊纹竟一直布满在洞顶壁上。天下的酒能储藏在这么大的溶洞里闻所未闻，而这溶洞又如此奇特令人叹为观止。洞内储土制陶坛万余口，基酒数万吨，排列整齐，阵势宏伟。以溶洞储酒，为的是方便和省却库房建设吗？引导我的人说你看看洞壁吧。洞里光线灰暗，拿着手电筒照了，洞壁的四周全是厚厚的一层盐，再看看所有的酒坛上，也都是毛茸茸的。引导人告诉说，这就是酒苔，只有在溶洞里才有这样的酒苔，正是这些酒苔之菌生生不息，和储存的酒形成完整的生物链，才使郎酒的醇化、生香有了神奇的指数，成为白酒中的酱香典范。这简直是神话一般的美妙啊，不管天宝洞是不是偶然发现，在洞里储酒是不是意想不到的效果，而二郎镇偏就有此溶洞，在洞里储酒偏就有了区别于他酒的醇化、生香指数，一切都在说明着郎酒的神气，郎酒是神酒。

没来二郎镇，总觉得郎酒是美酒却名字起得怪怪的，来了二郎镇，才知道以地名而起，正如茅台镇产的叫茅台一样，是多么诚实和朴素。大凡好的东西都是素面朝天直达品格的吧，茅台和郎酒它们就是以偏僻之地、朴素之名而成为国酒。中国在世界上曾被称为瓷国、丝绸国、茶国，其实更应称之为白酒国，那么，白酒金三角区是中国白酒的精华所在，而二郎镇，将和茅台镇一样应该是天下名镇了。

当我离开二郎镇的那个早晨，立在赤水河的桥上回头再看着镇子，又想起了那个老头的话，是的，老头的话说得好啊，站在这里，北京是偏远的，上海是偏远的，所有的地方都是偏远的。

二〇一〇年十月二日

匡　山

　　八月为匡山来蜀，先在江油一望，东北半空黛色，一山独立，只显得天低云白。江油自古称孤城，孤城对独山，山是好山，城也是好城。

　　午后去登临，一路往高处走，上了山，山还在山上。收割后的稻田已不存水，稻草一拢一拢却支立在那里，层层递进，遍野密布，匡山主峰逶迤如城堡，稻草拢俨然列阵，已是兵临城下了。顺主峰下一道斜梁再走，走出三里地，才发现梁势为 S 形。梁左右成洼，聚水成湖，恰夕阳西照，一湖白亮，一湖主峰遮阴为黑。山中自有太极图，难怪山又称灵山，唐人窦子明在此羽化成仙！

　　以为窥得堪舆机理，便急不择路往主峰狂奔，到了峰下，岩陡如墙，仰脖则面壁，已不见峰头古柏。手扯壁上藤蔓，能摇动不能引上，野鸽腾飞，鸟粪哗哗下落。好不容易冲开兵阵近来，却"城下叩关门不开"。吆喝了数声，无有应和，绕了壁底往右觅路，发觉不对，又往左，行百十丈后又觉不对，回头再往右，慌张约一里地，忽清光一线，峰开小口，忙入其内，便见一片平场，两间茶园，歪歪斜斜数顶滑竿之中，几人正玩牌作乐。还未问路，人已围住，牵衣扯膊让坐滑竿。坐吧，从江油到峰下半天已过，精疲力竭，望峰顶还在云端，天又开始落雨。坐上了，却又想，半天已过，又已到了峰下，何必留个不是走上去的遗憾？遂摆手疾走，一边听那伙人在身后恶声作骂，一边沿一条道路深入。

　　行不多时，仰头看刀截一般的崖头有人影说话，嗡嗡一团，不辨其语。

41

忽一石从上跌下，忙收脚站定，那石跌到地面时倏忽一滑，无声停落在一棵树上，看清方知是鸟。路高下曲折，需不停撩拨树枝才能前行，五步之外就不知出没，如雾里开车。雨似乎比先前还大，却看不见雨脚。古树尽都没有柔枝，梢林又全藤蔓挂须，大小叶片光亮明灭不定。路两旁长满板兰，兰气弥漫，染路面也染人，身上白衫眼见着越来越不白。行了半会儿，怀疑起路的方向，事到如今，也只能随着路走。再深入半会儿，脑子就恍惚起来，感觉迷糊，不敢喊也不敢跑，缩骨塞背人已如雨中鸡。终恐惧不过，拔脚一跑，一跑就收不住，树枝剐破几处衣裤，一跤倒卧在那里。卧着头不敢抬，静听了半时没有声息，睁开眼来，竟是境界大变：树遁天开，面前赫然矗起一座山门，上书"云岩寺"。一时不知是梦里，抑或神鬼使幻？发呆了半晌，也分辨了半晌，才醒悟自己走的是一条后路，已由峰下盘旋到了峰上前路处。错中得福，倒嘿嘿发笑这寺藏得好，这山门造的好所在。

便要记得这山门，细细读起门上的雕饰，便闻得一股奇香，回身四顾，一株龙柏后，一僧人在焚柏籽。僧人一定见得我刚才的模样，若悄然离开，太丢体面，遂近去问僧："寺建于何年？"僧说："唐乾符。"又问："山前有太极图，怎么是寺？"僧说："东禅林西道观。"转身而去。心平常下来，拾级而上，楼宇参差，果然是文武殿、护法殿、超然亭、飞天藏，佛道既都耐得清凉，一山也容得两教了。殿与殿依山建筑，随势赋形，拐弯衔接之处窄窄斜斜却是茶园、饭馆、旅社、客堂，整个山上倒如一座园林庭院。这一切自与别处寺院景致略同，总不明白窦子明怎么在此修炼，虽能观山前太极图，可识得此机就会成仙？坐在一殿门口歇气，一回头却见殿内上接梁下着地悬一巨型木塔，八棱八方四层四界，上刻天宫星月山水人物。知道这是星辰车，兴趣顿起，进去伏地看了塔柱下边的藏针，依风俗推动三匝，停止后查看面对自己的神像为男为女。竟然是女！不知是喜是忧，也不知往后运势好坏，要寻人问询，殿内无客无僧，墙上有古人诗句："推出星辰空里转，移来日月阁上悬，通天妙智缘针窍，一法明时万法全。"好诗好诗，窦子明能将乾坤视为掌中之物，运转日月星辰又以一针之悬，通天贯地的玄理原来是如此的细微啊！

因在星辰车处流连太久，登上峰高处已是黄昏，雨虽停歇，但风云往来。高处并不阔，涧断三柱，西柱有东岳殿，南柱有窦真殿，北柱有鲁班殿。三柱以铁绳连系，殿皆沉浮云海之中。站在东岳殿外，脚下似有摇晃之感，头也晕眩，但还是去崖头看清人诗碑："人间尽有坦平路，谁向灵山顶上来？"我来了！我千里而来，因我"生无长房缩地术，不能摄取此山长在目，手无秦皇驱山鞭，不能安置此山西湖边"，我只有千里而来；我来并不羡仙，我自知我"亦有陶令兰舆谢公屐，役役奔走风尘只名利"，来了就是来访孤，来问独，来"愁坐正书空"。我捡起一片小石，宁愿落个爱刻爱画的恶名，还是悄悄在崖头写了"平凹来此"四个小字。

写毕，转游了西柱头所有能站立之地，却不能到对面的北柱头的鲁班殿。那殿坐满柱头，柱头正好一殿，墙角齐边齐沿，檐角凌空，不知当初如何建造？殿门紧闭，唯两窗洞开，天色灰暗看不清里边结构。为桥的一线铁绳发着冷光，萧然无声。传说里，山上的和尚可渡此桥，每日自在来去焚香清磬，但并不是每个和尚能够，每代只产生一人有此技。当今自然有能渡者，便求小僧请出那人，小僧却说渡者不巧下山去了。不能被领携过渡，也不能见过渡人的风姿，心知自己缘分还浅，却心中默默许愿：来一鸟代我前去索隐吧？念头刚起，果见一鸟飞落绳桥，羽毛翻乱，几乎要坠去，遂一声嘶叫，终于飞进殿去。我怔了半天，两拳为鸟加劲竟攥出汗来，继而欢呼不已，感念这鸟了。鸟是不是进山时见到的那只鸟？但我认作就是，我称它是青鸟，竟躬身致礼。此时天已黑，风硬如拳，殿旁古松枝叶曜曜，一轮明月涌出，我第一回见得月大如鼓。

摸黑下山，仍宿于江油，一夜学琴不睡。翌日清晨离开孤城，再望圌山，白云已封。

忙 人

——游青城山

　　本来是一座青山，偏要叫作青城，明明是在城里住厌烦了，到这里寻清静的、适心的，又不忘墙壁横竖的城。站在山口一看到丈人峰就喊：这真像大城门楼！一到古常道观就惊呼：城中之城，这是皇城嘛！再就是从各条路上到呼应亭，证明道路曲弯如天津。再就是寻四方峰峦论证环拱似西安城墙。旅完了，游尽了，果然体验到这是一座城，不同的则是青幽罢了。

　　当然，所有的人并不是为寻城而来，有的听说青城山好，就到青城山来；到了山里要爬坡就爬坡，那条蜿蜒的山径上更人多如蚁。上去的腰都弓起，下去的肚皆挺凸，嘴一律张着，臭汗淋漓。径边的树木一片青绿，人肌发也为之青绿，恍惚间，满山的树也似乎是人，径上的人也是树了。上去的上到呼应亭，无路可走了，说"下山吧"，就下山。问游后的收获，回答是："好累哟。"

　　在一座八角飞翘的亭子里，有的游人坐了进去，惊讶亭子半倚了山半悬着空，看一阵栏下涌涌的飞云，喊几声，听听轰轰的回音，突然间，觉得"观景不如听景"，很无事可做，很无聊。这时候幼小年纪的报贩竟在山头叫卖，报虽是新报，但价钱极贵。买一张来，立即又被社论吸引，几个人为社论中的几个字的新提法而争论：这是什么意思，预示着什么动向，其新提法的背景是什么。于是振奋的振奋，疑惑的疑惑，忧郁的就闷闷不乐。

　　手持着大幅风光照的个体摄影户，肩扛着长竹花布的滑竿的脚夫们，穿梭于每一个游客的面前，一边盯着游客腰带上的钱袋，一边要求拍照和坐游，其讨厌如苍蝇。回绝了一个，又来一个，差不多已经说过五十句"不"了，最后就发怒起来，骂一声："滚开！"

几乎是所有游人的秉性，走到一块怪样的石头前，就在石头上写字，走到一株奇异的树下，就在树身上刻字，连几页木板一张芦席搭成的厕所墙上也写了"××到此一游"。游人看游人的留言，看过了新的游人又写下新的留言；有的实在愤愤不平了，就在留言之前或之后再写上"狗屁不通"，又写上自己的名姓。

建福宫、天师洞、祖师殿、上清宫门里门外，阶上阶下已经挤满了人，拍照的争抢镜头，烧香的轮换着到龛前。连道士也变乐乎了，磬得不停地敲，经还要不停地诵，会医道的被围住看病，善玄术的被纠缠相面，而茶房的道士就要一个桌一个桌地沏茶，续水，指头蘸着唾沫数钱票。

终于有一处安静，那是孤孤的一座无名峰，如笋一般地出现在卧云亭的右侧，沉沉静静，痴痴呆呆，这一块大石头或无知无性，或许正看着身上的一群忙乱的蚂蚁在爬行，是看呆了。

但这无名峰人可望而不可即，它不在径边，是一座险峰。

秦　腔

走三边

往陕北远行，三千里路，云升云降，月圆月缺，旅途是辛苦的。过了金锁关，山便显得愈小，羊便见得更多，风头一日比似一日强硬，一日比似一日的思亲情绪全然涌上心头了。当黄昏里，一个人独独地走在沟壑梁上，东来西往的风扯锯般地吹，当月在中天，只身儿卧在小店床上，听柴扉外蛐蛐儿忽鸣忽噤，便要翻那本边塞古诗，以为知音，是体会得最深最深的了。但我仍继续北上；三边，这是个多么逗人情思的神秘的地方啊。我知道，愈是好地方，愈是不容易去得，愈是去的人少了，愈值得去一趟呢。

穿过延安，车进入榆林地区，两天里，在沟底里钻，七拐八拐的，光看见那黄天冷漠，黄山发呆，车像是一只小爬虫儿，似乎永远也不可能钻出这黄的颜色。第三天，偶尔看见山上有了树，是绿的，或者是黄的，或者是红的，高高地衬在云天，像天地间突然涌出了一轮太阳，像战地上蓦地打起了一发信号弹，猜想水土异样，三边该是到了？但车又走了半天，还不肯停。杨树倒是多起来，陕南的杨树长在河边，这里的杨树却高高在上，这便称奇。九月天里，树叶全都泛黄，黄得又不纯，透了红的，属黄红，透了绿的，属黄绿，天生的颜色，天工的浓淡，这又是奇了。且那山的伏度明显大起来，沟却深极深极，三两步的宽窄，一直二十丈三十丈地下去，底里就是一指宽的水条子，亮亮的。路边偶尔就有人家了，独户一院，三户一簇，前墙单薄，山墙单薄，顶上微斜，不砖不瓦，用泥抹了，活脱脱一个个放大的火柴匣子呢。路过的土壁，用镢头一下下挖成，表面再凿成鱼鳞状的纹，人

49

字形的纹，全然发黑，纹里生苔，千年万年而不倒了。有村子就有饭店，除了羊肉还是羊肉，常瞧见有人捧着一个熟煮的羊头，啃得嘴上是油，脸上是油。老头子的，披了羊皮袄袄，摇摇晃晃，提一副羊肠子，沿沟畔下到河边去洗，三四丈长的下水玩意儿在胳膊上像框线一样打着结。五只六只的肥狗竟无聊得围了车子撒欢，汪汪叫，四山一片空音。

三边还没到吗？山头变得更小了，也更矮了，末了就缓缓平伏了，像瘫了软了下去。几天几夜的山的压抑，使人几乎缩小了许多，猛一出山，车在路上快得蹦跶，人在车上也乐得蹦跶，但很快风大起来，沾身就起一层鸡皮疙瘩。这是个什么地方呢，这么开阔，天看不到边，地看不到沿，一满黄沙；这儿、那儿，起落着无数的小洼小包，可以说是哗啦铺下的一张大毯，并未实确，似乎往包上踩踩，包就下去，洼就起来了。草很少，树更没有，天和地是一个颜色，并行向前延伸着是两张黏合的胶布，车的行驶才将它们分开。路端端的，却软得厉害，风一过，就窜一条尘烟，远远看去，如燃起了一条长长的导火索。只是风沙旋转着往车上打，关了车窗，仍听见沙石在玻璃上叮叮咣咣价响。

到了定边，天已擦黑，城外三里，便进了绿的世界，要不是赶驴人提醒，谁能想到这不是树林子而是县城呢？于是得知，在这三边，有一丛树，便有一户人家，有一片树，便是一个村庄，有一座树林，就该是镇子或者县城了：原来天和地平行，树和人同长，这便是三边的特点了。林子里的路，已铺了柏油，无风无沙，落叶满地，在路边的沙窝子里积着堆儿，扫柴人一抓一把，动作犹如舞蹈。两边渐渐有了屋舍，虽也是火柴匣子的形状，但毕竟清洁可爱，门窗直对屋顶，更为讲究，格棂漆蓝，贴纸黄、红、绿、白，上有窗花，飞禽走兽，花鸟虫鱼，千姿百态；窗子是房子的眼，透眼一看，主人的家境，主人的心境便楚楚了然了。街道出奇的宽，家家院落大能做球场，这使善于拥挤的大城市的人如何不能想象，假设有盲人来到这里，用不着探路棍儿，也不会撞了壁的。从街面往每一条巷道望去，青瓦瓦一色，再一留神，才发现全县城每一块地面，沙土全不裸露，一律被青砖铺了：正是这些有根系之树，这些有重量之砖，才在沙原上镇守住了这个县城吗？街上路灯已亮，人走动得极多，几天来很少见到人影，原来人都集中到这儿了吧。男人差不多都戴了卫生帽，脸是黑的，帽是白的，黑白反衬；女人却全束着长发，瘦脸光洁，发是黑的，脸是白的，也是黑白反衬。似乎这里一切都十分安逸、平静，外地人一来，立即就被所有人发觉了，她们全要妩媚而大胆地瞅着，在灯影下指指点点地议论，你刚一注意，便噤了口舌，才一掉头，就又哄然大笑。茫茫边塞，漠漠沙原，竟有这么个城，城里有城墙，有门洞，有钟楼，有鼓楼，城里的人又水色，又风雅，爽而不野，媚而不俗，一时使外人如进了天上仙地，温柔之乡，竟忘了去投宿，也不卸行囊，便沿街乐而漫游了。

　　走到十字街心，人头攒拥，路塞而不能前行，原来一家戏院正散了戏，问声："什么戏？"答曰："秦腔。"一句秦腔，倍感亲切，一时大梦初醒，才知这里并非异地，走来走去，还在陕西。我有一癖性，大凡到了一地，总喜欢听听本地戏文，因为地方戏剧最易于表现当地风土人情。但听听别的戏文，仅仅是了解罢了，秦腔却使我立即缩短了陌地陌人的距离。便当街立着，与他人攀谈，三边人竟男音雄而有韵，女音秀而有骨，三言两语，熟若知己。说话间，见无数只狗沿街窜钻，吓得不敢走动，旁有解释说：这里家家养狗，体肥性凶，但一般却不伤人；晚上主人看戏，狗尾随而来，故街上到处可见了。

　　我先到西南郊的白于山区去，河流下切的河槽上，陡崖上，沙岩露出，这便是整个三边出石头的地方了。除此以外，到处是黄土、黄土，除了黄土还是黄土。站在沟壑处，便见山峰连续，站在坡上，却原来一切都被洪水切裂了，一眼望去，浑圆的丘峰，混混的、沌沌的，重叠交错。千沟万壑又显得支离破碎，分割成一小块一小块的地面，这便是有了涧、川、塬、梁、峁、岔、坪、台吗？正是这残存的塬、台、梁上，高粱火红，糜子金黄。此时正逢收获，可惜这里不比关中平原，庄稼茂密如森林，农民而是跑着收割，收一把，夹在肘下，跑一垄，肘下夹一捆，广种薄收，偌大一块地，末了在地中只堆起五堆六堆，这便是好年景了呢。再往南走，那山更有了特点，多是土山戴沙，其气脉从沙迹而来，势颇平缓，亦有负石而出的，其势则峻急了。但那石头已不是坚硬的青色，而是赭褐，脚踢便松散，像未烧熟的砖坯。那人家就沿沟而居，陶室穴处，或在石崖、河底凿出石板架屋代瓦。衣裤穿那羊皮，烧柴山上砍蒿，饮水却到崖畔上去，那里是一个一个小窟，小如灯盏一般，水自盏出，渊渊声如鼓，水虽不大，聚潭清澈可见底，味甘纯如露，最宜于烹茶，冬饮能暖肚，夏喝而祛暑。更有趣的是山壁上多有打儿窝：窝小小的。高高在上，立崖下往上丢石，石进之求子辄应。我在那里住了一夜，主人十分好客，做了荞面圪坨，熬了羊肉腥汤，彻夜一家老少盘脚坐炕，喝酒儿，唱曲儿。天明要走，特去那打儿窝丢石，可连丢五次未中，主人倒很难堪，不住替我安慰，我虽求儿不至，但以此而乐，已是十二分的满足了。告别主人回返，行至十里，正是腹饥口渴，忽听哪儿有唢呐，声声远韵。循声寻去，沟洼有了人家娶亲，新人正拜堂，院中十二支唢呐吹天吹地。见我路过，一哇声喊着，邀到上席，说是省城客人，正好添喜，于是主人敬酒，新郎敬酒，新娘敬酒，每敬必三杯，杯杯底干。

走了丘壑地，又上牧草滩。这里比不得前日的难辛，一马平川，便租得自行车，终日走乡串村落得自在。早上，草原出日，比海上日出更为可观，直奔红日驶去，偶一侧头，便见蜿蜒长城，长城那边沙丘连绵，免不了感叹：难得一道长城，昔日挡敌寇，今日拒风沙。间或还会遇见一些河流的，但都可怜见的，流程短，又愈流愈小，末了就积水于穴洼，不涸者为湖，涸了的为坑。车上稍走个神儿，就骑进草里，车倒了，人也倒了，软软地不疼。站起来，草没了膝盖，远远看着有了羊群，白云似的飘，却忽然不见了，等着风起，草木倒伏，那羊群又复出现。羊是百十头，头羊领着，时而散开，时而集中。我觉得好玩，便去捉那长角头羊耍玩，只说羊是世上最温顺的动物，没想竟发怒起来，直向我抵。牧童叫要就地睡倒，我照办了，那头羊倒以为我已死，便昂首得意而去。问牧童：这里的羊这么凶恶？他冲我一笑，只是领我又走了一段，遇见另一群羊，一声吆喝，两群羊就肃然对阵，头羊出场，怒目而视，良久，几乎同时各自后退十多米远，猛地冲去，嘭，两头相撞，角也折了，皮也破了，仍争斗不已。我不禁胆战心惊，庆幸刚才装死，要不哪是羊的对手呢？这么得了教训，再遇见羊，不敢妄动，但有一日，又看见好大两群羊在那里啃草，却无论不见牧羊人。正要呼叫，远远飘来嘻嘻笑声，左右看时，前边的一丛沙柳，无风而摇得厉害，便见有了两个人影，一个蓝衣，一个红衣，相依相偎。我知道这是一对恋人了，爱情最忌外人，就悄然退走，走出二里地，终忍不住回头一望，那少男少女已经分开，各站在白云似的羊群中，招手对笑，接着就对唱起来了：

> 大红果果剥皮皮，
> 人家都说我和你；
> 其实咱们没有那回事，
> 好人担了个赖名誉。

道是无情却有情；爱情是这么热烈，又是这么纯朴。遥想那大城市中的公园，一张石凳紧坐三对恋人，话不敢高说，笑不敢放纵，那情，那景，如何有这里的浪漫情趣呢？我一时激动，使劲蹬动车子，骑到了莽草中的一个平坝子上，坝子上草是浅了，但绿却来得嫩，花也开得艳，实在是一个天然的大足球场，又想起大城市为了办足球场，移土填面，松地植草，原来是那么的可怜而可笑了。越想越乐，车如奔马，似乎觉得自行车前轮如日，后轮如月，威威乎，当当乎，该是世上见识最广、气派最大的人物了。

但是，乐极生悲，天近黄昏，竟迷了方向，又一时风声大作，草木皆伏，我大声呼喊，嘴一张，风便灌满，喊声连自己也听不到。惊恐之际，蓦地远处有了灯光，落魂失魄地赶去，果然有了人家。进去讨了吃喝，一打问，这里竟是盐场。盐场？我反复问了几句，主人讲，这里的盐场可大了，年产几十万吨，况且类似这么大的盐场，三边共有十多处；他们这一带人，人人会捞盐，每年二三月开捞，至八九月止，如今捞盐时令已过，他们就放牧，或是采甘草。说着，就送我一捆甘草，其茎粗，其根长，为我从未见过。嚼之，甜赛甘蔗。其中有一种叫铁心甘草的，全株竟是朱红，折之，质坚如木，也还有一种叫"大郎头"的，直径甚至达一寸五，一株便一斤三两。这一夜真可谓乐极生悲，又否极泰来，虽然未能去看看那盐场，但得了甘草，又得了知识，美哉乐哉。天明要走，主人又杀了羔羊，这羔羊十四五斤，浑身雪白，顺着将毛儿用手一撮，四指不见头，吹吹，其毛根根九道曲弯。这就是中外有名的"二毛皮"了，此等皮毛，以往只听说过，至今见到，爱不释手，实想买得一张，又难为开口，但却开了口福，羔羊肉鲜美异常，大海碗的羊肉泡馍馍，一连吃过三碗，生日忘了，命儿忘了，心想神仙日子，也莫过如此了。

在定边待了几日，就新结识了几位伙伴，他们视我如兄弟，主动提出做我的向导，要往北边沙漠里去走走。"一定要去看看，那又是另一个世界呢！"兴趣撩拨，就三人越过了长城，徒步北行。沙地上，行走委实更艰难了，太阳暴热，阳光反射在地上，白花花的，直刺得眼睛发疼。脚下越来越沉，正应了走一步退半步之说，立时浑身就汗水淋淋。沙丘皆是东西坐向，带状排列，望之如海中浪涛，其波峰波谷，起起伏伏，似有了节奏。每一沙碛，低者三米，高者八米十米不限，沙细如面，掬之便从指缝流漏。沙丘过去，又是成片的盐碱地，树木是不长的，只可怜巴巴生些盐蒿。一棵蒿守住一抔土，渐渐便成了一个小包，均匀得像种的菜蔬。再往后却又是沙丘，但已经植了树：沙柳，红柳，小叶杨，沙枣。生态竟是这么平衡：沙盖了盐碱，树又守住了流沙。

再往沙地深处去，已不知走了多少里，树林子便越发密了。叶子全金黄了，透过金黄色过去，便看见里边又是白亮亮的沙丘。谁知刚刚走了二十分钟，前边竟是一个不大不小的湖！伙伴们才轰地笑了，笑得诡谲，也笑得得意，便去捡柴舀水，做起野餐来。我兀自到湖边去看，湖水没源无口，我不知这沙地里水是从哪儿来的，又怎么没在沙中漏掉?！掬一口尝尝，甘甜清凉，立时肘下津津生风。静观水面，就有了唛唛鱼声，但湖水绿得沉重，终未看见那鱼的模样。倏忽又有了啾啾鸟鸣，才醒悟这一整天来，还未见过鸟影，原来沙地的鸟全快活在水边树丛中了。突然，那鸟惊起，满天撒了黑点，瞬间无影无踪，才是四只五只鹞子飞来，黑色影子一般地四处出击。我不禁恨起这些鹞子了，怎么到什么地方，有良善，就必然要有了凶恶呢?！一个人再往湖后沙丘上爬去，那里有几株沙枣，枣子成熟，用脚一蹬树，枣子就哗哗落下，并不红的，有沙一样的颜色，吃之，没汁，质如栗子，嚼嚼方酸味隐隐显有了。大多的沙丘已经被固定，圆墩墩的，压了道道沙柳，那沙纹便像女人头上的发罩，均匀地网着。

三天过后，我们又信步走到一个镇落里，这个镇落显得很大，有回民，有汉民，分两片屋舍：一处汉民，建筑分散中但有联络；一处回民，建筑对仗里却见变化。伙伴讲，再往北去不远，还有蒙民哩。汉回见得多了，蒙民还未见过，我便想改日往北边去，夜里在镇中小学借宿，和一老教师说起蒙民，那老教师原来在那北边干过事，给我一个手抄本，上有关于蒙俗的描述，那上边记载多极，现在依稀记得这么一段：

> 三边地区蒙民，性刚强而心巧，专事畜牧，羊只尚少，马牛最多。当地亦产盐，每三二人驱牛数鞍头，驮其盐，载布帐锅碗往来。昼意干粮，晚就道旁，有水草处卸鞍驮，撑帐支锅，取野薪自炊，其牛纵食原野，人披裘轮卧起，以犬护之，不花一钱。汉民亦有效之。

读此书，方知三边地域竟是这么广大，民族竟是这么亲善，在远离省城，更远离京都的边塞，保持了这般宝地，令人有多少感慨啊！但是，就在我们动身去蒙民居住的区域的时候，意外又得到消息：这个镇子在两日之后，便是汉、回、蒙一年一度的盛大交易会，便只好暂时取消北上计划，只好将把蒙区访问做成千般儿万般儿美好想象罢了。

交易会，其场面可谓热闹，有北京王府井的拥挤，却比王府井更气势；有上海南京路的嘈杂，却比南京路更疯野。那一排一摆小吃，荞面拉条，豆面揪片，黄米干饭，羊肉粉汤，酸、辣、汪、煎，五味俱全；那菜市上一筐一车，二尺长的白菜，淡黄的萝卜，乌紫的土豆，半人高的青葱，六色尽有；那农具市上的铜的挂铃，铁的镢，钢的锨，叮、吭、铿、锵，七音齐响。还有那骡马市上，千头万头高脚牲口，黄乎乎、黑压压偌大一片，蒙民在这里最为荣耀，骡马全头戴红缨，脖系铃铛，背披红毡，人声喧嚣，骡马鸣叫，气浪浮动得几里外便可听见。在羊肉市上，近乎一里长的木架上，羊肉整条挂着。更有买卖活羊的，卖主用两只腿夹住羊头，大声与买主议价。汉、回、蒙民都似乎极富有，买肉就买整条，买果就买整筐。末了就都拥进那菜馆酒馆，大块吃肉，大碗喝酒，直要闹到月上中天方散。在酒馆里，几句攀谈，我们便成了极熟的人，兴致高涨，开怀大饮，他们竟有几个人当下醉了。第二天坐车要离开，车已开动，有几个蒙民却拦住了车头，要我下来，我不知何事，倒吓了一跳。他们竟是从怀中掏出一瓶"西凤"，他们不服，特赶来要我喝。我哈哈一笑，感其豪爽，当喝下两口，他们叫好，称我"朋友"，几番握手，互留地址，方放车通行。

半个月匆匆过去了，临走前两天，正好是阴历八月十五，夜里在长城根下一个村子吃了月饼、香梨，喝了花茶、葡萄酒，看了一阵房东大娘剪的窗花，兴致还未尽，便同房东小儿子一起登长城望高。月光下，沙海泛亮，草原迷离，高高低低的长城，从脚下一头伸向天的东头，一头伸向天的西头，这伟大的建筑，从远古的时候，一坐落在这里，沙再没有埋住，风再没有刮走，它给了沙漠之骨，沙漠也给了它的雄壮。如今烽火台没有了狼烟传递，但每一座台下，都住了人家，牛羊互往，亲戚走动；生着，在这沙漠上添着活气；死了，隆起沙堆，又生起一堆绿色。一道长城，是连接千家万户的一条线，流动着不屈不挠的生命和新型的人与人关系的情感。玩到天明，晨曦里看见天地相接的地方，柳树林子长得好茂，那树都是枝干粗壮，一人多高，就截了顶，聚出密密的嫩枝，枝形呈圆，叶子全红了，像无数偌大的灯笼高高举着，似乎这天之光明，完全是这些灯笼照耀的。树林子前面，端端一柱白烟长上来了，走近去，是放蜂人燃的。这里还能放蜂，犹如春天里一个童话！相坐攀谈，放蜂人来自江南，年年都来，来数月方去。他说，外人以为三边无色无香，其实那是错了。"你瞧，绿的沙柳，红的盐蒿，粉的牛儿草，白的盐，黄的沙，这三边的土地是最有五颜六色，是最有香有甜的。"尝尝那蜜，果然上品，荔枝蜜没有它香醇，槐花蜜没有它味长。

告辞了放蜂人，突然之间，几天来混混沌沌的思想，沉淀的沉淀了，清亮的清亮了，一时觉得有角度来做我的文章了。往回边走边构思，眼光偏又盯住了一片一片不知名的荆棘，开着丸子一般大的白绒花团，顺枝而上的，如挂纸钱串；就地而生的，又如围起的花环。哦，我明白了，这类花的开放，是对三边荒凉的送葬吗？是对三边的富有和美丽的礼赞吗？天黑回到村子，房东已为我准备好了送别酒菜，菜饱酒足，席上拉起了二胡。二胡的清韵，又勾起了我思亲的幽情，仰望天上明月，不知今夜亲人们如何思念着我，可他们哪会知道今夕我在这里是这么欢乐啊！一时情起，书下一信，告诉说：明日我又要继续往北而去，只盼望什么时候了，我要和我的亲人，更多的朋友能一块儿再走走三边，那该又是何等美事呢。

一九八二年十月二十三日作于三边—西安

秦　腔

　　山川不同，便风俗区别；风俗区别，便戏剧存异。普天之下人不同貌，剧不同腔；京、豫、晋、越、黄梅、二簧、四川高腔，几十种品类。或问：历史最悠久者，文武最正经者，是非最汹汹者？曰：秦腔也。正如长处和短处一样突出便见其风格，对待秦腔，爱者便爱得要死，恶者便恶得要命。外地人——尤其是自夸于长江流域的纤秀之士——最害怕秦腔的震撼。评论说得婉转的是：唱得有劲；说得直率的是：大喊大叫。于是，便有柔弱女子，常在戏台下以绒堵耳；又或在平日教训某人：你要不怎么怎么样，今晚让你去看秦腔！秦腔成了惩罚的代名词。所以，别的剧种可以各省走动，唯秦腔则如秦人一样，死不离窝。严重的乡土观念，也使其离不了窝。可能还在西北几个地方变腔走调地有些市场，却绝对冲不出往东南而去的潼关呢。

　　但是，几百年来，秦腔却没有被淘汰、被沉沦，这使多少人有大惑而不得其解。其解是有的，就在陕西这块土地上。如果是一个南方人，坐车轰轰隆隆往北走，渡过黄河，进入西岸，八百里秦川大地，原来竟是：一抹黄褐的平原；辽阔的地平线上，一处一处用木椽夹打成一尺多宽墙的土屋，粗笨而庄重；冲天而起的白杨、苦楝、紫槐，枝干粗壮如桶，叶却小似铜钱，迎风正反翻覆。你立即就会明白了：这里的地理构造竟与秦腔的旋律惟妙惟肖的一统！再去接触一下秦人吧，活脱脱的一群秦始皇兵马俑的复出：高个儿，浓眉，眼和眼间隔略远，手和脚一样粗大，上身又稍稍见长于下身。当他们背着沉重的三角形状的犁铧，赶着山包一样团块组合式的秦川公牛，端着脑袋般大小的耀州瓷碗，蹲在立的卧的石碌子碌碡上吃着牛肉泡馍，你不禁又要改变起世界观了：啊，这是块多么空旷而实在的土地，在这块土地挖爬滚打的人群是多么"二愣"的民众！那晚霞烧起的黄昏里，落日在地平线上欲去不去的痛苦的妊娠，五里一村，十里一镇，高音喇叭里传播的秦腔互相交织、冲撞。这秦腔原来是秦川的天籁、地籁、人籁的共鸣啊！于此，你不渐渐感觉到了南方戏剧的秀而无骨吗？不深深地懂得秦腔为什么形成和存在而占却时间、空间的位置吗？

八百里秦川，以西安为界，咸阳、兴平、武功、周至、凤翔、长武、岐山、宝鸡，两个专区几十个县为西府；三原、泾阳、高陵、户县、合阳、大荔、韩城、白水，一个专区十几个县为东府。秦腔，就源于西府。在西府，民性敦厚，说话多用去声，一律咬字沉重，对话如吵架一样，哭丧又一呼三叹，呼喊远人更是特殊：前声拖十二分地长，末了方极快地道出内容。声韵的发展，使会远道喊人的人都从此有了唱秦腔的天才。老一辈的能唱，小一辈的能唱；男的能唱，女的能唱；唱秦腔成了做人最体面的事。任何一个乡下男女，只有唱秦腔，才有出人头地的可能。大凡有出息的，是个人才的，哪一个何曾未登过台，起码不能哼一阵秦腔呢？！

农民是世上最劳苦的人，尤其是在这块平原上，生时落草在黄土炕上，死了被埋在黄土堆下；秦腔是他们大苦中的大乐。当老牛木犁疙瘩绳，在田野已经累得筋疲力尽，立在犁沟里大喊大叫来一段秦腔，那心胸肺腑，关关节节的困乏便一尽儿涤荡净了。秦腔与他们，是和"西凤"白酒、长线辣子、大叶卷烟、牛肉泡馍一样成为生命的五大要素。若与那些年长的农民聊起来，他们想象的伟大的共产主义生活，首先便是这五大要素。他们有的是吃不完的粮食，他们缺的是高超的艺术享受。他们教育自己的子女，不会是那些文豪们讲的，幼年不是祖母讲着动人的迷离的童话，而是一字一板传授着秦腔。他们大都不识字，但却出奇地能一本一本整套背诵出剧本，虽然那常常是之乎者也的字眼从那一圈胡子的嘴里吐出来十分别扭。有了秦腔，生活便有了乐趣，高兴了，唱"快板"，高兴得像是被烈性炸药爆炸了一样，要把整个身心粉碎在天空！痛苦了，唱"慢板"，揪心裂肠的唱腔却表现了多么有情有味的美来，美给了别人享受，美也熨平了自己心中愁苦的皱纹。当他们

59

在收获时节的土场上，在月挂中天的庄院里，大吼大叫唱起来的时候，那种难以想象的狂喜、激动、雄壮，与那些献身于诗歌的文人，与那些有吃有穿却总感空虚的都市人相比，常说的什么伟大而痛苦的爱情，是多么渺小、有限和虚弱啊！

我曾经在西府走动了两个秋冬，所到之处，村村都有戏班，人人都会清唱。在黎明或者黄昏的时分，一个人独独地到田野里去，远远看着天幕下一个一个山包一样隆起的十三个朝代帝王的陵墓，细细辨认着田埂上、荒草中那一截一截汉唐时期石碑上的残字，高高的土屋上的窗口里就飘出一阵冗长的二胡声，几声雄壮的秦腔叫板，我就痴呆了，感觉到那村口的土尘里，一头叫驴的打滚是那么有力；猛然发现了自己心胸中一股强硬的气魄随同着胳膊上的肌肉疙瘩一起产生了。

每到农闲的夜里，村里就常听到几声锣响：戏班排演开始了。演员们都集合起来，到那古寺庙里去。吹、拉、弹、奏、翻、打、念、唱，提袍甩袖，吹胡瞪眼，古寺庙成了古今真乐府，天地大梨园。导演是老一辈演员，享有绝对权威；演员是一家几口，夫妻同台，父子同台，公公儿媳也同台。按秦川的风俗：父和子不能不有其序，爷和孙却可以无道；弟与哥嫂可以嬉闹无常，兄与弟媳则无正事不能多言。但是，一到台上，秦腔面前人人平等，兄可以拜弟媳为帅为将，子可以将老父绳绑索捆。寺庙里有窗无扇，屋梁上蛛丝结网；夏天蚊虫飞来，成团成团在头上旋转，熏蚊草就墙角燃起，一声唱腔一声咳嗽。冬天里四面透风，柳木疙瘩火当中架起，一出场一脸正经，一下场凑近火堆，热了前怀，凉了后背。排演到什么时候，什么时候都有观众，有抱着二尺长的烟袋的老者，有凳子高、桌子高趴满窗台的孩子。庙里一个跟斗未翻起，窗外就哇的一声叫倒好，演员出来骂一声：谁说不好的滚蛋！他们抓住窗台死不滚去，倒要连声讨好：翻得好！翻得好！更有殷勤的，跑回来偷拿了红薯、土豆，在火堆里煨熟给演员做夜餐，赚得进屋里有一个安全位置。排演到三更鸡叫，月儿偏西，演员们散了，孩子们还围了火堆弯腰踢腿，学那一招一式。

一出戏排成了，一人传出，全村振奋，掰着指头盼那上演日期。一年十二个月，正月元宵日，二月龙抬头，三月三，四月四，五月初五过端午，六月六日晒丝绸，七月过半，八月中秋，九月初九，十月一日，再是那腊月五豆，腊八，二十三……月月有节，三月一会，那戏必是上演的。戏台是全村人的共同的事业，宁肯少吃少穿也要筹资集款，买上好的木石，请高强的工匠来修筑。村子富不富，就比这戏台阔不阔。一演出，半下午人就扛凳子去占座位了；未等戏开，台下坐的、站的人头攒拥，台两边阶上立的、卧的是一群顽童。那锣鼓就叮叮咣咣地闹台，似乎整个世界要天翻地覆了。各类小吃趁机摆开，一个食摊上一盏马灯，花生、瓜子、糖果、烟卷、油茶、麻花、烧鸡、煎饼，长一声短一声叫卖不绝。锣鼓还在一声儿敲打，大幕只是不拉，演员偶尔从幕边往下望望，下边就喊：开演呀，场子都满了！幕布放下，只说就要出场了，却又叮叮咣咣不停。台下就乱了，后边的喊前边的坐下，前边的喊后边的为什么不说最前边的立着，场外的大声叫亲朋子女名字，问有坐处没有，场内的锐声回应快进来；有要吃煎饼的喊熟人去买一个，熟人买了站在场外一扬手，"日"的一声隔人头甩去，不偏不倚目标正好；左边的喊右边的踩了他的脚，右边的叫左边的挤了他的腰，一个说：狗年快完了，你还叫啥哩？一个说：猪年还没到，你便拱开了！言语伤人，动了手脚；外边的趁机而入，一时四边向里挤，里边向外扛。人的旋涡涌起，如四月的麦田起风，根儿不动，头身一会儿倒西，一会儿倒东；喊声、骂声、哭声一片。有拼命挤将出来的，一出来方觉世界偌大，身体胖肿，但差不多却光了脚，乱了头发。大幕又一挑，站出戏班头儿，大声叫喊要维持秩序，立即就跳出一个两个所谓"二杆子"人物来。这类人物多是头脑简单、四肢发达却十二分忠诚于秦腔，此时便拿了树条儿，哪里人挤，往哪里打去，如凶神恶煞一般。人人恨骂这些人，人人又都盼有这些人，叫他们是秦腔宪兵。宪兵者越发忠于职责，虽然彻夜不得看戏，但大家一夜满足了，他们也就满足了一夜。

终于台上锣鼓停了，大幕拉开，角色出场。但不管男的女的，出来偏不面对观众，一律背身掩面，女的就碎步后移，水上漂一样，台下就叫：瞧那腰身，那肩头，一身的戏哟！是男的就摇那帽翎，一会儿双摇，一会儿单摇，一边上下飞闪，一边纹丝不动，台下便叫：绝了，绝了！等到那角色儿猛一转身，头一高扬，一声高叫，声如炸雷豁啷啷直从人们头顶碾过，全场

61

一个冷战，从头到脚，每一个手指尖儿，每一根头发梢儿都麻酥酥的了。如果是演《救裴生》，那慧娘站在台中往下蹲，慢慢地，慢慢地，慧娘蹲下去了，全场人头也矮下去了半尺；等那慧娘往起站，慢慢地，慢慢地，慧娘站起来了，全场人的脖子也全拉长了起来。他们不喜欢看生戏，最欢迎看熟戏，那一腔一调都晓得，哪个演员唱得好，就摇头晃脑跟着唱；哪个演员走了调，台下就有人要纠正。说穿了，看秦腔的不为求新鲜，他们只图过过瘾。

在这样的地方，这样的环境，这样的气氛，面对着这样的观众，秦腔是最逞能的。它的艺术享受，是和拥挤而存在，是有力气而获得的。如果是冬天，那风在刮着，像刀子一样；如果是夏天，人窝里热得如蒸笼一般，但只要不是大雪、冰雹、暴雨，台下的人是不肯撤场的。最可贵的是那些老一辈的秦腔迷，他们没有力气挤在台下，也没有好眼力看清演员，却一溜一排地蹲在戏台两侧的墙根，吸着草烟，慢慢将唱腔品赏。一声叫板，便可以使他们坠入艺术之宫，"听了秦腔，肉酒不香"，他们是体会得最深。那些大一点的，脾性野一点的孩子，却占领了戏场周围所有的高空，杨树上、柳树上、槐树上，一个枝杈一个人。他们常常乐而忘了险境，双手鼓掌时竟从树杈上掉下来；掉下来自不会损伤，因为树下是无数的人头，只是招致一顿臭骂罢了。更有一些爬在了场边的麦秸垛上，夏天四面来风，好不凉快；冬日就扒个草洞，将身子缩进去，露一个脑袋。也正是有闲阶级享受不了秦腔吧，他们常就瞌睡了；一觉醒来，月在西天，戏毕人散，只好苦笑一声，悄然没声儿地溜下来回家敲门去了。

当然，一次秦腔演出，是一次演员亮相，也是一次演员受村人评论的考场。每每角色一出场，台下就一片喊喊喳喳：这是谁的儿子，谁的女子，谁家的媳妇，娘家何处？于是乎，谁有出息，谁没能耐，一下子就有了定论。有好多外村的人来提亲说媒，总是就在这个时候进行。据说有一媒人将一女子引到台下，相亲台上一个男演员，事先夸口这男的如何俊样，如何能干；但戏演了过半，那男的还未出场。后来终于出来，是个国民党的伪兵，持枪还未走到中台，扮游击队长的演员挥枪一指，"叭"的一声，那伪兵就倒地而死，爬着钻进了后幕。那女子当下哼了一声，闭了嘴，一场亲事自然了了。

这是喜中之悲一例。据说还有一例，一个老头在脖子上架了孙孙去看戏，孙孙吵着要回家，老头好说好劝只是不忍半场而去，便破费买了半斤花生。他眼相着台上，手在下边剥花生，然后一颗一颗扬手喂到孙孙嘴里，但喂着喂着，竟将一颗塞进孙孙鼻孔，吐不出，咽不下，口鼻出血，连夜送到医院动手术，花去了七十元钱。但是，以秦腔引喜的事却不计其数。每个村里，总会有那么个老汉，夜里看戏，第二天必是头一个起床往戏台下跑。戏台下一片石头、砖头，一堆堆瓜子皮、糖果纸、烟屁股，他掀掀这块石头，踢踢那堆尘土，少不了要拣到一角两角甚至三元四元钱币来，或者一只鞋，或者一条手帕。这是村里钻刁人干的营生，而馋嘴的孩子们有的则夜里趁各家锁门之机，去地里摘那香瓜来吃，去谁家院里将桃杏装在背心兜里回来分红。自然少不了有那些青春妙龄的少男少女，则往往在台下混乱之中眼送秋波，或者就悄悄退出，相依相偎到黑黑的渠畔树林子里去了……

　　秦腔在这块土地上，有着神圣的不可动摇的基础。凡是到这些村庄去下乡，到这些人家去做客，他们最高级的接待是陪着看一场秦腔；实在不逢年过节，他们就会要合家唱一会儿乱弹，你只能点头称好，不能耻笑，甚至不能有一点不入神的表示。他们一生最崇敬的只有两种人，一是国家领导人，一是当地秦腔名角。即使在任何地方，这些名角没有在场，只要发现了名角的父母，去商店买油是不必排队的，进饭馆吃饭是会有座位的，就是在半路上挡车，只要喊一声：我是某某的什么，司机也便要嘎地停车。但是，谁要侮辱一下秦腔，他们要争死争活地和你论理，以致大打出手，永远使你记住教训。每每村里过红白丧喜之事，那必是要包一台秦腔的；生儿以秦腔迎接，送葬以秦腔志哀；似乎这个人生的世界，就是秦腔的舞台。人只要在舞台上，生、旦、净、丑，才各显了真性；恶的夸张其丑，善的凸现其美，善使他们获得了美的教育，恶的也在丑里化作了美的艺术。

　　广漠旷远的八百里秦川，只有这秦腔，也只能有这秦腔。八百里秦川的劳作农民，只有也只能有这秦腔使他们喜怒哀乐。秦人自古是大苦大乐之民众，他们的家乡交响乐除了大喊大叫的秦腔还能有别的吗？

一九八三年五月二日于五味村

63

武帝山记

　　以帝王之名而名山者，为武帝山也。百里山草木不生，而唯此苍翠者，为武帝山也。看似不高，登而艰险者，为武帝山也。坡前是柏，坡后是松，皆从石隙扭出者，为武帝山也。云遮雾罩有龟起龙探者，为武帝山也。忽晴忽阴，时日照时冰雹者，为武帝山也。塑神像而鞭挞呵斥索雨者，为武帝山也。不喜武力，不近权贵而攀武帝山者为平凹也。平凹攀山，不求羽化成仙，而为内省修心也。

西安这座城

我住在西安城里已经是二十年了，我不敢说这个城就是我的，或我给了这个城什么，但二十年前我还在陕南的乡下，确实是做过了一个梦的，梦见了一棵不高大的却很老的树，树上有一个洞；在现实的生活里，老家是有满山的林子，但我没有觅寻到这样的树，而在初做城人的那年，于街头却发现了，真的，和梦境中的树丝毫不差。这棵树现在还长着，年年我总是看它一次，死去的枝柯变得僵硬，新生的梢条软和如柳，我就常常盯着还趴在树干上的裂着背已去了实质的蝉壳，发许久的迷瞪，不知道这蝉是蜕了几多回壳，生命在如此转换，真的是无生无灭，可那飞来的蝉又始于何时，又该终于何地呢？于是在近晚的夕阳中驻脚南城楼下，听岁月腐蚀得并不完整的砖块缝里，一群蟋蟀在唱着一部繁乐，恍惚里就觉得哪一块砖是我吧，或者，我是蟋蟀的一只，夜夜在望着万里的长空，迎接着每一次新来的明月而欢歌了。

我庆幸这座城在中国的西部，在苍茫的关中平原上，其实只能在中国西部的关中平原上才会有这样的城，我忍不住就唱关于这个地方的一段民谣：

八百里秦川黄土飞扬，
三千万人民吼叫秦腔，
调一碗黏面喜气洋洋，
没有辣子嘟嘟囔囔。

这样的民谣，描绘的或许缺乏现代气息，但落后并不等于愚昧，它所透发的一种气势，没有矫情和虚浮，是冷的幽默，是对旧的生态状态的自审，我唱着它的时候，唱不出声的却常常是想到了夸父逐日渴死在去海的路上的悲壮。正是这样，数年前南方的几个城市来人，以优越异常的生活待遇招募我去，我谢绝了，我不去，我爱陕西，我爱西安这个城。我生不在此，死却必定在此，当百年之后躯体焚烧于火葬场，我的灵魂随同黑烟爬出了高高的烟囱，我也会变成一朵云游荡在这座城的上空的。

当世界上的新型城市愈来愈变成了一堆水泥，我该怎样来叙说西安这座城呢？是的，没必要夸耀曾经是十三个王朝国都的历史，也不自得八水环绕的地理风水，承认中国的政治、经济、文化的中心已不在了这里，对于显赫的汉唐，它只能称为"废都"，但可爱的是，时至今日，气派不倒的，风范依存的，在全世界的范围内最具古城魅力的，也只有西安了。它的城墙赫然完整，独身站定在护城河上的吊板桥上，仰观那城楼、角楼、女墙垛口，再怯弱的人也要豪情长啸了。大街小巷方正对称，排列有序的四合院和四合院砖雕门楼下已经油黑如铁的花石门墩，你可以立即坠入了古昔里高头大马驾驶了木制的大车嘡嘡嘡开过来的境界里去。如果有机会收集一下全城的数千个街巷名称，贡院门，书院门，竹笆市，琉璃市，教场门，端履门，炭市街，麦苋街，车巷，油巷……你突然感到历史并不遥远，以至眼前飞过一只并不卫生的苍蝇，也忍不住怀疑这苍蝇的身上有着汉时的模样还是有唐时的标记？现代的艺术在大型的豪华的剧院、影院、歌舞厅日夜上演着，但爬满的青苔如古钱一样的城墙根下，总是有人在观赏着中国最古老的属于这个地方的秦腔，或者皮影木偶，这不是正规的演艺人，他们是工余后的娱乐，有人演，就有人看，演和看都宣泄的是一种自豪，生命里涌动的是一种历史的追忆，所以你也便明白了街头饭馆里的餐具，瓷是那么粗的瓷，大得称之为海碗。逢年过节，你见过哪里的城市的街巷演动着了社火，踩起了高跷，扛着杏黄色的幡旗放火铳，敲纯粹的鼓乐？最是那土得掉渣的土话里，如果依音笔写出来，竟然是文言文中的极典雅的词语，抱孩子不说抱，说"携"，口中没味不说没味，说"寡"，即使骂人滚开也不说滚，说"避"。你随便走进一条巷的一户人家中吧，是艺术家或者是工作人，小职员，个体的商贩，他们的客厅是必悬挂了装裱考究的字画，桌柜上必是摆设了几件古陶旧瓷，对于书法绘画的理解，对于文物古董的珍存，成为他们生活的基本要求。男人们崇尚的是黑与白的色调，女人们则喜欢穿大红大绿的衣裳，质朴大方，悲喜分明。他们少以言辞，多以行动，喜欢沉默，善于思考，崇拜的是智慧，鄙夷的是油滑，有整体雄浑，无琐碎甜腻。西安的科技人才云集为国内前茅，产生了众多的全球也著名的数学家、物理学家，但民间却大量涌现着《易经》的研究家，观天象，识地理，搞预测，作遥控，你不敢轻视了静坐于酒馆一角独饮的老翁或巷头鸡皮鹤首的老妪，他们说不定就是身怀绝技的奇才异人。清晨的菜市场上，你会见到手托着豆腐，三个两个地立在那里谈论着国内的新闻，去公共厕所蹲坑，你也会听到最及时的关于联合国的一次会议的内容，关心国事，放眼全球，似乎对于他们是一种多余但他们就是这种古都赋予的秉性。"杞人忧天"从来不是他们讥笑的名词，甚至有人庄严提议，在城中造一尊巨大的杞人雕塑，与那巍然竖立的丝绸之路的开创人张骞塑像相映成辉，成为一种城标。整个西安城，充溢着中国历史的古意，表现的是一种东方的神秘，囫囵囵是一个旧的文物，又鲜活活是一个新的象征。

　　所以，当我数次搬家，总乐意在靠近城墙的地方住，现在我居住在叫甜水井的方位，井已经被覆盖了，但数个四合院内还保留着古老的井台。千百年来，全城的食用水靠这一带甜水供应，老一代的邻居还说得清最后一届水局的模样，抱出匣子来让我瞧那手摸汗浸而光滑如铜的骨片水牌，耳畔里就隐约响起了驮着水筲的驴子叩着青石板街的节奏。星期日，去那嚣声腾浮的鸟市、虫市和狗市，或是赶那黎明开张，日出消散的露水集场，去城河沿上看那练习导引吐纳之术的汉子，去旧古书店书摊购买几本线装的古籍，去寺院里拜访参禅的老僧和高古的道长，去楼房的建筑工地的土坑里捡一堆称之为垃圾文物的碎瓷残片，分辨其字画属于汉的海风之格或属于唐的山骨之度，我一切都在与历史对话，调整我的时空存在，圆满我的生命状态。所以，在我的居室里接待了全中国各地来的客人乃至海外的朋友，我送他们的常常是汉瓦当的一个拓片，秦砖自刻的一方砚台，或是陪他们听一段已无弦索的古琴的无声的韶音。我说，你信步在城里走走吧，钟楼已没钟，晨时你

67

能听见的是天音；鼓楼已没鼓，暮时你能听见的是地声。再倘若你是搞政治的，你往城东去看秦兵马俑；你是搞艺术的，你往城西去看霍去病墓前石雕。我不知疲劳地，一定要带领了客人朋友爬上城墙，指点那城南的大雁塔和曲江池，说，看见那大雁塔吗，那就是一枚印石，看见那曲江池吗，那就是一盒印泥。记住，历史当然翻开了新的一页，现代的西安当然不仅仅是个保留着过去的城，它有着同其他城市所具有的最现代的东西，但是，它区别于别的城市的，是无言的上帝把中国文化的大印放置在西安，西安永远是中国文化魂魄的所在地了。

一九九二年七月二日

黄河魂

　　看黄河可以去许多地方，但要看黄河的精神气势，去小北干流中段的西岸最好。若从合阳县东的土塬下来，几十里宽的河滩上烟波浩渺，你会惊叹黄河出了龙门后是多么的自由，自由使黄河没了暴戾，舒缓却更加壮阔深沉。一边是数百米高的黄土峡壁如暮云堆积，一边是大水走泥，稠铜滥漫；天老地荒，世事沧桑，你能不为自己的生命存在而锐声呐喊吗？如果能在这里多待上些日子，黎明早起就可以饱览黄河之水为什么是"天上来"，天近傍晚又可领略长河落日是如何的圆。黄河是二十四小时里因阴晴雨雪而变幻着颜色，主流道的开合聚散却以三十年的时空演绎着它或在河东或在河西的谚语。夏日里，上千米的河床会在瞬间崩岸，河中的沙峰像地毯一样卷起，那是黄河在"揭底"。秋冬两季，水底有牛吼般的声音间或响起，这是黄河又在"地啼"。什么是魂魄，附气之神为魂，附形之灵为魄；太多的瑰丽、太多的雄浑和太多的神秘，使黄河在这里构成了天下最独特的声与色的奇观，所以我称这里是"黄河魂"景区。

游悟真寺记

　　蓝谷一带属第四纪冰川的侵蚀地貌，岩层斜竖，断豁交合，乱石堆积，悟真寺就建在橡湾的覆车山上。乙酉年八月十四日，我同木南、世增去悟真寺时，山上无一游客，从山门进入爬近千级石阶，但见两边沟崖褶皱纵横，石锥危垂，裂缝中有古木，都不大，横干斜枝，竭尽努力，而野藤老蔓牵挂如网。石阶陡窄，几乎贴面，满沟没有鸟鸣，只见蜂飞，脚步起落便响磬声。爬至崖巅，是一平台，悟真寺就在主峰之下。寺门洞开，却无僧人，佛像前也无一香一烛，院中铁炉可能被数日前雨淋过，死灰停了一层薄盖。别处的寺，四周皆有松柏，此寺则一尽橡树，且枝干端直，高约十丈，密密麻麻如竹林，时有橡果坠落，笃笃在地上跳跃。院里有残碑两座，字迹斑驳，仅识得寺建于隋，盛于唐时，曾庙宇连绵数里，僧人过千。立于寺中，不禁感慨万千，却喜悦了寺前谷对面的群山走向全朝着这里，那一道道鱼脊状的秃岭上乱石如屋，裸露草木中，竟像是跪拜了成千上万的信徒，而寺后主峰橡树簇拥，浑然苍翠，又都在阳光下熠熠明亮。此刻，天净无风，一色深蓝，突然有白云从主峰后涌出，迅速向寺上空移动，竟渐变龙形，头角须爪活现，龙身腾挪，鳞甲逼真。其祥瑞约五分钟，云彩散化无踪，天空又一片深蓝。遂想当今多少寺院成了旅游之地，虽收入不菲，但钟灵殆尽，亏得悟真寺地偏人稀，而保存得神气完足。下山时，见寺旁有泉，水极甘甜，盛一瓶要带回沏茶，才见一僧从林中小路上走来，步履无声，手中提着一镰，不知是去做何事归来。

　　　　　　　　　　　　　　　　二〇〇五年九月二十二日

又上白云山

又上白云山，距前一次隔了二十五年。

那时是从延安到佳县的，坐大卡车，半天颠簸，土眯得没眉没眼，痔疮也犯了，知道什么是荒凉和无奈。这次从榆林去，一路经过方塌、王家砭，川道开阔，地势平坦，又不解了佳县有的是好地方，怎么县城就一定要向东，东到黄河岸边的石山上？到了县城，城貌虽有改观，但也只是多了几处高楼，楼面有了瓷贴，更觉得路基石砌得特高，街道越发逼仄，几乎所有的坎坎畔畔，没有树，却挤着屋舍，屋舍长短宽窄不等，随势赋形，却一律出门就爬磴道，窗外便是峡谷。喜的是以前城里很少见到有人骑自行车，现在竟然摩托很多，我是在弯腰辨认峭壁上斑驳不清的刻字时，一骑手呼啸而过，惊得头上的草帽扶风而去，如飞碟一样在峡谷里长时间飘浮。到底还是不晓得县体育场修在哪儿，打起篮球或踢足球，一不小心会不会球就掉进黄河里去呢？县城建在这么陡峭的山顶上，古人或许是考虑了军事防务，或许是为了悬天奇景，便把人的生活的舒适全然不顾及了。

其实，陕北，包括中国西部很多很多地方，原本就不那么适宜于人的生存的。

遗憾的是中国人多，硬是在不宜于人生存的地方生存着，这就是宿命，如同岩石缝里长就的那些野荆。在瘠贫干渴的土地上种庄稼，因为必定薄收，只能广种，人也是，越是生存艰辛，越要繁衍后代。怎样的生存环境就有怎样的生存经验，岩石缝里的野荆根须如爪，质地坚硬，枝叶稀少，在风里发出金属般的颤响。而在佳县，看着那腰身已经佝偻，没牙的嘴嚅嚅不已，仍坐在窑洞前用刀子刮着洋芋皮的老妪，看着河畔上的汉子，枯瘦而孤寂，挥动着镢头挖地的背影，你就会为他们的处境而叹吁，又不能不为他们生命的坚韧而感动。

为什么活着，怎样去活，大多数人并不知道，也不去理会，但日子就是这样有秩或无秩地过着，如草一样，逢春生绿，冬来变黄。

确实在一直关注着陕北。曾倏忽间，好消息从黄土高原像风一样吹来：陕北富了，不是渐富，是暴富，因为那里开发了储存量巨大的油田和气田。于是，这些年来，关于陕北富人的故事很多。说他们已经没人在黄土窝里蹦着敲腰鼓了，也没人凿那些在土炕上拴娃娃的小石狮子和剪窗花，那虽然是艺术，但那是穷人的艺术。现在的他们，背着钱在西安大肆购房，有一次就买下整个单元或一整座楼，有亲朋好友联合着买断了某些药厂，经营了什么豪华酒店。他们口大气粗，出手阔绰，浓重的鼻音成了一种中国科威特人的标志。就在我来陕北前，朋友就特别提醒路上要注意安全，因为高速公路上拉油拉气的车多，他们从不让道，也不减速。果然是这样，一路上油气车十分疯狂，就发生了一起事故。在收费站的通道里，一辆小车紧随着一辆油车，可能是随得太紧，又按了几声喇叭，油车司机就不耐烦了，猛地把车往后一倒，小车的前盖立即就张开了来。

二十五年后再次来到陕北，沿途看了三个县城四个镇子，同行的朋友惊讶着陕北财富暴涨，却也抱怨着淳朴的世风已经逝去。我虽有同感，却也警惕着：是不是我们心中已有了各种情绪，这就像我们讨厌了某个导演，而在电影院里看到的就不再是别人拍的电影，而是自己的偏见？

这也就是我之所以急切地来陕北，决定最后一站到佳县的原因。

但是我没有想到在佳县，再也没有见到坡峁上或沟畔里有磕头机，也再没遇到拉油拉气的车，佳县依然是往昔的佳县。原来陕北一部分地下有石油和天然气，一部分地方，包括佳县，他们没有。除了方塌和王家砭那个川道今年雨水好，草木还旺盛外，在漫长的黄河西岸，山乱石残，沟壑干焦，你看不到多少庄稼，而是枣树。佳县的枣数百年来就有名，现在依然是枣，门前屋后、沟沟岔岔都是枣树，并没多少羊，错落的窑洞口有几只鸡，砭道上默默地走动着毛驴。

生存的艰辛，生命必然产生恐惧，而庙宇就是人类恐惧的产物，于是佳县就有了白云观。

白云观在白云山上，距城十里，同样在黄河边，同样结构山巅，与佳县县城耸峙。是佳县县城先于白云观修建，还是修建县城的时候同时修建了白云观，我没有查阅资料，不敢妄说，但我相信白云观是一直在保护和安慰着佳县县城，佳县县城之所以一直没有搬迁，恐怕也缘于白云观。

上一次来白云观，在佳县县城的一家饭馆里喝了两碗豆钱稀饭，饭稀得照着我满是胡楂儿的脸，漂着的几片豆钱，也就是在黄豆还嫩的时候压扁了的那种，嚼起来倒是很香。那时所有的路还是土路，我徒步沿黄河滩往下走，滩上就是大片的枣树，枣树碗粗盆粗的，是我从未见过。透过枣树，黄河就在不远处咆哮，声如滚雷。我曾经到过禹门口下的黄河，那里厚云积岸，大水走泥，而这处在秦晋大峡谷中的黄河，你只觉得它性情暴戾，河水翻卷的是滚沸的铜汁。行走了一半，一群毛驴走来，毛驴没人鞭赶，却列队齐整，全是背上有木架，木架上缚着两块凿得方正的石块。后来才知道这是往白云山上运送修葺庙宇的石料了。佳县的山水原本是人性情刚硬，使强用狠，但佳县人敬畏神明，怀柔化软，连毛驴也成了信徒，规矩地无人鞭赶往山上运石。我当下感慨不已。我们就跟着毛驴走，走过一个时辰，忽峡风骤起，草木皆伏，却见天上白云纷乱，一起往山头聚集，聚集成偌大的一堆白棉花状，便再不动弹。在佳县县城就听说白云山上有非常之景色和非常之灵异，而峡谷风起，山开白云，确实使我叹为观止。沿途右面都是悬崖峭壁，藤蔓倒挂，危石历历，但到一处，山弯环拱左右，而正中突出一崖，就在那孤峻如削的崖头上垂下一条磴道。我初以为那是流水渠或从黄河里往山上抽水的水泥管道，而毛驴们一字儿排着从磴道上爬了上去，我才知道白云山到了，这条磴道就是白云观的神路。

天下好山上多有庙宇，而道教从来最神秘玄妙。中国传统文化里，比如中医、风水、占卜，其确实有精华灿烂，却也包裹了许多夸大其词故弄玄虚的东西，道家更不例外，往往山门分别，华山上的崆峒山上的观前磴道就已经十分险峻，但全然没这条神路窄而陡。入观先登神路，是神爱走奇特之道，还是拜神需极力攀登，这让我想到佳县县城的建筑正是受了道教的启迪吧。

这次重上神路，神路上还有十多人，以衣着和气质而看，有官员有商人有农夫和船工，都拿着香烛纸裱，他们都是要去观里祈祷升官发财保重身家。这天并没有云雾，神路的台阶干净明显，但上到一半，只觉路在移动，人也头晕目眩起来。终于上到神路顶的石牌坊下坐歇，正如碑文上所写：足下青石铺地，头上白云连天，红日出没异常，黄河奔流不息，四望之，而秦峦晋峰为禅者坐蒲团，虽万千年不而重位也。一块儿走上神路的官员，那位眉宇间透着一股精明气的中年人，他异常兴奋，冲着我说：这神路应该叫青云！我回应着他：好！我知道他在抒发着青云直上的得意，但他继续往头天门爬去，我却觉得叫青云得路为好。

山脊仍然在凸着，白云观的建筑开始递进而上，头天门，二天门，三天门，四天门，天门重重开启，倒疑惑怎么没建九天门呢，九天门多好，九重天，上到山顶，任何人都可以做神仙了。记得上次来时，正逢庙会，秦晋蒙宁香客云集，满山人群塞道，诸庙香火腾空，我第一次听说佳县的旅游局文物局就都设在观里，每年观里的收入竟占了全县财政收入的一半。这话当不当真，我未落实，但站在石阶上乞讨的人很多，虽上山的人每次只掏出二分五分的零钱，我询问一个乞者一天能收入多少，回答竟然是三十元，在当时真是个惊人的数目。这次上山，并不逢庙会，香客仍然不少，各天门前的石级上时不时人多得裹足不前。石级外就是松树，树下花草灿然，有人从石级上挤了下去，凑近那些花朵闻闻，不敢动手，因为几十米就有一个牌子，上书：花木睡觉，且勿打扰。有趣是有趣，可大白天里花木睡什么觉呀。民间有传说：今生长得漂亮，前世给神灵献过花。而这些花木沿道两旁开放，那也是为神灵而灿烂，怎么是睡觉了呢？

大概数了一下，白云观有庙宇五十余座，各类建筑近百处，这与上次来时恢复了不少，且又大多重新修葺。纵目看去，景随山转，山赋庙形。跟着香客穿庙群之中，回环萦绕，关圣庙，东岳殿，五祖，七真，药王，痘神，玉皇阁，真武殿，三宫，马王，河神，山神，五龙宫，真人洞，各路神灵，各得其位。到处有石碑，驻足咏读，差不多见历代历朝、世世代代翻修维护的记载。神灵是人类创造出来的，神灵又产生了无比的奇异，人便一辈一辈敬奉和供养，给了人生生不息的隐忍和坚强。

庙堂里神威赫赫，凡进去的人都敛声静气，焚香磕头，我当然在叩拜之列，敬畏地看着那些石雕泥胎。佛教道教是崇拜偶像的，这些石头泥巴一旦塑成神像它就有了其魂其灵，也就是神气，这如同官做久了身上就有了威一样。白云观自明朱翊钧皇帝亲赐《道藏》四千七百二十六卷，毛泽东主席又两次登临后，声名大振，观里神奇的故事就广为流布。在陕北，我们常常惊叹那些窑洞不但宜于人的居住，其一面山放眼而去，尽是排排层层的窑洞，震撼力绝不亚于一片楼群的水泥森林。人的饮食、居住、语言、服饰都是与生存的自然环境有关，陕北的窑洞其实也是没有木头所致的创造，但白云观如此浩大的建筑群，这些木头又是从哪儿来的呢？观里的道士提起这事就津津乐道，说当年玉凤真人到此，露坐石上，寒暑不侵，每夜山头放光，士人便想筑建坛宇，偏就这一夜黄河里有大木漂浮而至。这样的传说在别的地方也有，河西的嘉峪关城堞修建时，便也是一夜风刮砖至，待修好城堞，而仅仅剩下一页砖。面对着众多殿宇，我无法弄清最早的建筑是哪一座，而这建筑数百年复修，原来的木头还剩下几根？我遗憾在藏经阁里没有看见西南梁栋上的灵芝，那可是佳县人宣传白云观最有名的故事，说是《道藏》存入藏经阁后，有州牧卢君登阁眺望，忽见西南梁栋上挺生灵芝九茎，五色鲜明，光艳夺目。想起甘肃的崆峒山上有悬天洞，历史上凡是有大贵人去，洞里必有水出，据说有一年肖华将军去了山上，和尚道士都跑到洞下看出水的奇观，结果滴水未见。我笑着说：九茎灵芝或许大贵人能见，我不能见，或许有慧根的人能见，我不能见。自嘲着出了阁，去那真人一指顾间顿令清泉涌出而今称神水池舀水喝，果然是水与石槽相齐，多取之不见少，寡取亦未尝溢出。离开神水池，我便去真武大殿焚香，又抽了一签。白云观的签灵验，早已是天下皆知，最有名的例子就是毛泽东主席在一九四七年农历九月初九抽出一签，结果不久就离开陕北去西柏坡，又不久进京，中国的历史从此翻开了一页。开心的是，我把签抽出，道士问：哪一签？我说：四十三签。道士愣了一下，喜欢叫道：日出扶桑，和毛主席抽的同一个签。签每日被无数人抽过，和毛主席抽的同一个签的人肯定多多，但这一签对于我毕竟是一个庆祝。出了大殿，装好签谱，想今日的陕北，要穷就穷得要命，要富却富得流油，穷人和富人都来这里焚香敬神，于是神灵就以此大而化之，平衡谐和。富人有的是钱，听说早些年里，内蒙古和宁夏的香客骑马而来，朝拜之后，钱袋捐空，马匹留下，只身返回，而今更有吴旗、志丹、府谷、神木一带的贩油暴富的人，或者山西太原一带的煤大王，动辄来这里捐献巨资，或修一座桥，立一个石牌楼。他们有的是钱，但他们需要平安，需要好好的身体和快乐。这就像害胃病的人来求医，医生完全可以一次看好他，却看了多年，花去了许多钱，医生说：他很有钱，需要一个胃病，而我一直在帮助他。那些贫穷苦愁的人来这里，他们的人生积累了太多的痛苦，需要带着明日的希望来生活，烧一炷高香，抽一个好签，其生命的干瘪的种子就又发芽了。一直在殿前院子里帮香客点燃香烛的那个老头，衣衫破旧，形容枯槁，但总是笑笑的，一脸天真。他见我出来，恭喜我抽了好签，说：你要信哩！我们就交谈起来，他说他是佳县城北山沟里的人，五年前害病了，病得很重，又没钱去看医生，家里把棺材都做好了。就这么等着死的时候，有人建议他来观里敬神，他就来了，以后每隔一天来一趟，结果病有了起色，越来越好，现在病竟然没了，他便还来，帮着香客点燃香烛，清洁观里的垃圾。我没有问他到底患了什么病，也没有揭穿有些病只要把思想从病上转移，心系一处抱着希望，又不停地上山活动，时间一长病也就消除了，但我说：要信哩，人活在世上一定要信点儿什么的。

天色向晚，我是得离开白云观了，离开前登上了魁星阁。魁星阁在山之巅，可以拍摄山的俯瞰图，却遗憾这次来未能目睹云漫庙宇的景观。但是，连我也没想到，就在出了魁星阁，山巅之后的空中竟有一片云飘来，先是带状，后成方形，中间空虚，而同时在整个山脊两侧的沟壑里也有薄雾如潮涨起，花木牌楼顿时缥缈，数分钟后，山头上空聚起一堆白云，白得清洁而炫目。

我永远记住了，白云是白云山的一个开花。

写于二〇〇七年七月二十五日

感谢混沌佛像

在合阳县的梁山，有一个千佛洞，"文化大革命"中遭到毁坏，早已无人光顾，一九九九年五月七日我去了一次，拜见了那个混沌佛像。

梁山横亘合阳县城北百里地，千佛洞位于东峰。西峰是武帝山，山上庙宇重建，香火旺盛，是渭北的旅游胜景。我们一行游览了武帝山后要返回西安了，接待的人才说出了还有个千佛洞的，当然我又来了兴趣。接待人说千佛洞虽是金代物事，却早已毁坏，数年前他们去过一次，除了山高地险外，已没有可看的了。但我却总是丢心不下，感觉里应该是去一趟的。于是，让同行的人都回去，我执意留下来。

翌日一早，我同接待的一行八人开车到东峰下，徒步上山。东峰比西峰山势要缓，走到半山，荒草里有一堆一堆人工打凿后的乱石，明显是昔日庙宇的台基，仰头看去，东峰高耸在青天之上，树木葱郁，而两边隆起浑圆的东西。土梁缓缓漫下，犹如仰躺的人体双腿。两腿中间，突起一个崖包，崖包下生一道溪水。这绝对是好的穴位。前日登西峰，武帝山拔地而起，立于峰头看合阳源，源南土梁拱若人字，而人字之下以金水徐水流经又形成源东源西各一人字，组成众字状。武帝山以汉武帝的名名之，便有了众心归一的大的地理形势。如果可以称武帝山为父亲山的话，那么东峰则是母亲山了。古人收千佛凿刻于洞窟，洞窟又选址于这等好穴，实在使我更为理解了佛的博大、深邃和玄妙了。

我们继续往山上攀登，虽是五月天气，太阳非常火毒，路也几乎没有，

77

只能在没膝深的乱草中寻找时隐时现的羊肠小道，而到处黄瓣红蕊的叫作红眼棘的拉扯着裤腿和衣襟，野蜂飞乱。我已经累得气喘吁吁，但心里十分得意可能是几十年了吧，我是第一个外地人来登临此山的，为佛而来的，即就是千佛洞里什么也没有了，那就捡一块洞里的石头也是好的。这么一想，倒觉得世人则要嫉妒我了，便涌出一句诗来：平凹携得佛石回，满山怒开红眼刺。

在接近峰头时，路全然没有了，挡在面前的只是一堵崖壁，手脚并用从那崖壁缝里爬上去，上面的野草更深，几乎人一猫腰就没有踪影了。我从未见过这么好的草，草是野的，长得肆意而自在，许多飞虫就在脚下飞溅开来，我总是用树枝拨着面前的草，不忍心踩坏了它们。已经能看到远处西峰顶上的树林子了，尽是柏树和槐树，陪伴我的人说数年前山上的树都枯黄黄的，今年一来树却苍翠，不知是什么原因。千佛洞就在树林子里，即使走到跟前也是难以发现的。但是，怎么才能走去那里，他们却全然迷惑了，面前都是悬崖峭壁，可能不久前有场大雨，草皆倒伏像长发一样，不知道哪儿可以通行。他们依稀记得数年前是从山后绕过去的，经过了一块像龟的大石。我们就往山石绕去，果然见一巨石如龟，我惊喜称这石为"仙龟指路"。可绕到山后，却是离西峰顶相当的远了，更难识辨去千佛洞的路。大家四处觅寻，折腾了半天，我突然觉得有仙龟指路，肯定是没错的，提说到龟石下往上找看有没有路。折回来，出奇的是龟石上竟真有一条毛路，毛路带我们又转到前峰崖头，前峰崖头上却又没路了，几个人便又怀疑是不是还得从后山绕。他们又去了后山，我累得实在不能走了，坐到崖头处一块石板上歇息，忽然看见崖石下似乎可以通往千佛洞处，就走下去。越走越觉得是一条小道，虽然草埋没了路面，且时有塌方断阻或荆棘横生。我忙呼喊路寻到了，竟兀自沿路深入，钻进了树林子。林子里阴凉了许多，渐渐能看到一些残垣断壁，而路面上就生有许多拳大的鸡蛋大的蘑菇灰色球，洁白如玉。千佛洞到底在哪里，林子密得无法辨识，我却从来没有过的自信，只是随脚走．而且再也没了疲倦，似乎曾来过这里似的。抱着树向上爬了一气，一仰头山崖就在脸前，旁边是有了几个洞窟，但洞窟里什么也没有。折身从崖上更窄的地方走过去，攀树往下一望，崖石直立立下去，深不见底，估计这正是主峰险要处了，千佛洞必在附近。才一静神，一只鸟在前边鸣叫，循声过去，鸟影是没有的，一个洞窟豁然地出现在眼前，急扑进去，搭眼就瞧见了无数的佛像，我已跪倒在那里磕头作揖了。我是多么感谢着千佛洞啊，它让我终于来拜见了。拜毕，起身看了一圈佛像，喜欢得大呼小叫，又看了一圈，还是呼叫不已，随我而来的叫作马栋的也来了，我开始静下心来，从头到尾一个佛像一个佛像慢慢地看。这是在沙石崖上凿开的只有二十平方米的洞窟，估计当年洞窟四面壁和掏凿出的两个方柱上都浮雕有佛像，但现在东面北面的洞壁因石质起层驳脱已没有佛像，而方柱上也只剩下三面未驳脱。这些佛像宽有半拃，高一拃有余，全坐于莲台，其姿各异，衣饰线条清晰，但头部一概毁坏，唯有方柱西侧第三排第二尊佛像还残留嘴巴以下的部位，可见出雕刻的细致精妙。洞窟东门壁上刻有几行字，记载着这是金代物事，洞窟里为八百〇一人捐资刻凿了八百〇一尊佛像。我和马栋没有清点现在还残留了多少佛尊，为佛遭此劫难而浩叹。这时候，后边的六人依次也寻到洞中，他们感慨着我有佛缘，是客人领着主人寻到千佛洞了。我不免也轻狂起来，说了许多得意话，等到他们看过佛洞，哀叹一番，这佛洞已无法再修复了，就出洞去看别的风光，我和马栋、马河声依然留在洞内，再观赏着，评说着。奇异的事情就在这时发生了，首先是马栋突然发现了在方柱的一侧上刻有一佛，他说瞧，谁个来拜佛把他自己也刻在这里了。我和马河声一看，惊得同声叫道："这是一尊最好的佛像啊。"激动得抱在一块儿，跌在地上。方柱的这一侧原本什么也没有了，现在却是在最光亮处，半人高处，刻有一佛。此佛极可能是刻佛人在刻凿时仅刻凿了个毛坯而停止了，或许就是刻了这样一尊佛，它并没有精雕细刻，脸上没有五官，身上没有衣饰线条，只是头、身、莲台三个大概的隆起的团块，如天擦黑的乡下，我们坐在门槛上，远远看见一个人走过来，并看不清来人的眉眼，他也未发声，我们却依然知道来的是我们的父亲或是我们的爷爷。这是一尊谁见了谁都看出是佛像，是浑厚的佛像，混沌的佛像，充满了强劲之力的佛像，一尊极具艺术魅力的佛像。我们惊喜若狂，却同时疑惑了在洞窟里看了这么半天，而它就在最易看到的地方呀，怎么就没发现竟又突然地出现在眼前？这是八百〇一尊佛像中的那多出的一尊吗？所有的佛像都遭毁了，它为什么躲过了劫难？就是因为它形象的浑厚、混沌吗？我跪在这尊佛像前眼里充满了泪水，我真是与佛有缘的，这尊从金以来刻凿而成的佛像就是为了让我来拜见的，让我来认识它的价值的，而它为了让我能拜见它，认识它，偏就以如此形象避开了曾经是香火缭绕的供奉和也因此避开了锤敲石砸的毁坏，又默默在荒山岭上冷清了数十年。这尊佛如此在等待着我的拜见，它一定是有原因的，这难道是要昭示我关于什么是大慈大悲，什么是宽容忍耐，什么是浑厚沉静吗？我不禁为我上山的路上所诵出的诗句和寻到路的得意轻狂而觉得身己的浅薄了！

我们在返回山下了，可我恋恋不舍，想这千佛洞要恢复是完全不可能了，与其让这尊佛像还留在这里实在不忍，欲请它回去香火奉供，但我又没办法请回它。我再次拜揖了它，一步一回头地离开了洞窟，一路上对天祈祷，不敢再让谁来毁了它，发愿过一段时间了就来磕拜。

回来，我不愿意对人讲这尊佛像的价值，但我又怎能不逢人讲说呢？合阳的梁山正是因为有千佛洞而为名山的，千佛洞正是因为有了这尊佛像而具有了价值的，而凡能拜见到这尊佛像受到昭示的，必会自己修心成佛的。

一九九九年五月十五日

大唐芙蓉记

　　曲江一带素来是西安的文脉之地，秦汉隋时这里便建过囿，到了唐代，更是皇家御苑和公共自然景区。但明清以后，所有的建筑、植被毁于兵火，残山剩水，废成了一片荒野。新世纪之初，江的北岸大兴土木，再建芙蓉园，辟地九百九十九亩，水阔三百三十三亩，建筑面积超过了五万平方米，创意之新，耗资之巨，做工之良，费时之久，叹为观止。

　　园内南为山峦，北为水面。如果进西御苑门，一经芙蓉桥，日光便先采水上，山势急逼到眼前。沿波池阪道深入，愈入愈曲，两旁嘉树枝叶深深浅浅，疑有颜色重染，树下异草，风怀其间。山峦东高西低，紫云楼建于主峰上，阙亭拱卫，馆桥飞渡，雄伟不可一世。登楼临窗，远处的秦岭霞气蒸蔚，似乎白云招之即来。回首北边湖面，烟水浩渺，白鹭忽聚忽散。对岸有望春阁，却是另一番态度。一个如龙盘山顶，一个如凤栖水边，两相欲语，却二湖雾漫，白茫茫一片，好像又坐忘于数千年里的往事中，销形作骨，铄骨成尘，更因风散。忽听得有丝竹管弦从山后传来，循声而去，过南馆院，转廊槛，由码头驾船到凤凰池，但见笋穿石罅，荷高桥面。山后果然有戏馆，有唐集市，有曲水流觞，有御宴宫，只是游人如蚁，极尽繁华。绕过山脚，找一块僻静处，路上就有灰雀，鸡蛋般大，起落如掷石子，撵了灰雀到一片林前，看小桃开泛了，道边花分五色，忽一齐飞起，方知是蝴蝶蹁跹。从溪上小桥通过，步入峡谷，唐人诗句刻于崖上，一群小儿在下咿呀念诵。便见一鸭从溪中爬出，摇头晃尾而来。抱鸭出谷，拣一奇石歇息，盯一处妙地，思想此间可起小楼，驯鹿招鹤，指月评鱼。正得意着，天空恰好飘一朵云，倏忽细雨洒下，细雨是脸上有感觉，衣衫却不湿。跳跃着跑进一簇馆舍，却怎么也找不着出路，流水穿过这家庭院又穿过那家楼阁，墙那边的慈竹竟荫了墙这边的弄堂。蓦然回头，竟是长廊，廊则绕湖南往湖北，走走停停，看不够山巅、坡侧、临岸、水上的楼亭台阁依势而筑，隐显疏密。扶廊栏探身，湖水是掬不着的，荷叶翻卷，俯仰绿成波浪，金鲤成群，宛若红云铺底。遂坐船自划到湖心岛上，岛上有古石，藓斑大如铜钱，有老梅枝压亭檐。立于亭前听一女子弹琵琶，忽见湖面微皱，如抖丝绸，岛似乎在移动。买一杯茶来，慢慢品尝，直至天近黄昏时，再驾船到北岸。望春阁下，丽人馆外，成群结队的女子，个个衣着新鲜，或嬉戏于浅水滩，或围坐于草坪中，有花能解语，无树不生香，她们既看风景，又让人看。一直要等待夜幕降临，观看水幕电影和焰火表演。

闻名来游园，游园而忘归。芙蓉园之所以让国人震撼，世界称奇，是因为它不再是中国传统的山水写意园林的模式，而是将盛唐最有代表性的，如帝王、诗词、歌舞、市井、佛道、饮食、妇女、杏园、茶酒、科技等主题文化让建筑园林大师们赋以景点，每一处都有说法，每一处都成了文化祖庭。古人讲："天生大唐则必有长安这样的城邑以成其都，有长安城则必有曲江这样的池园来辅助其功。"几千年来，中国从未像当今如此渴望强盛，人民从未像当今渴望生活得从容优雅。芙蓉园体现了大唐气象，传达着一种精神上的向往和需求。人无精神者颓，城无精神者废，国无精神者衰，芙蓉园建在西安，西安有了自信自强，中国何不昌盛！

二〇〇五年一月二十九日

吃　面

　　陕西多面食，耀县有一种，叫盐汤面，以盐为重，用十几种大料熬成调和汤，不下菜，不用醋，辣子放汪，再漂几片豆腐，吃起来特别有味。盐汤面是耀县人的早饭，一下了炕，口就磨，需要吃这种面，要是不吃，一天身上就没力气。在县城里的早餐，县政府的人和背街小巷的人都往正街去，正街上隔百十米就有一家面馆，都不装修，里边摆三张两张桌子，门口支了案板和大环锅，热气白花花的像生了云雾，掌柜的一边吹气一边捞面，也不吆喝，特别长的木筷子在碗沿上一敲，就递了过去。排着长队的人，前头的接了碗走开，后头的跟上再接碗，也都不说话，一人一个大海碗了，蹴在街面上吃，吃得一声价儿响。吃毕了，碗也就地放了，掌柜的婆娘来收碗，顺手把一张餐纸给了吃客，吃客就擦嘴，说："滋润！"

　　这情景十多年前我见过。那时候，我在县城北的桃曲坡水库写《废都》，耀县的朋友说请我吃改样饭，我从库上下来吃了一次，从此就害上了瘾。在桃曲坡水库待了四十天，总共下库去吃过六次，水库到县城七八里路，要下一面山坡，我都是步行去的，吃上两碗。一次返回走到半坡，肚子又饿了，再去县城吃，一天里吃了两次。

　　后来回到西安，离耀县远了，就再没吃过盐汤面。西安的大饭店多，豪华的宴席也赴了不少，但那都是应酬，要敬酒，要说话，吃得头上不出汗。吃饭头上不出汗，那就没有吃好，每每赴这种宴席时，我就想起了盐汤面。

　　今年夏天，我终于对一位有小车的朋友说："咱到耀县吃盐汤面吧！"洗了车，加了油，两个小时后到了耀县，当年吃过的那些面馆竟然还在，依旧是没装修，门口支着案板和环锅。我一路上都在酝酿着一定要吃两碗，结果一碗就吃饱了，出了一头汗。吃完后往回走，情绪非常好，街道上有人拉了一架子车玫瑰，车停下来我买了一枝。朋友说："我以为你是贵人哩，原来命贱。"我说："咋啦？"他说："跑这么远，过路费都花了五十元，就吃一碗面呀?!"我说："有这种贱吗，开着车跑几个小时花五十元过路费十几元油费就要吃一碗啊！"

那面很便宜，一元钱一碗，现在涨价了，一碗是一元五角钱。

二〇〇四年十月四日

壁　画

　　陕西的黄土原，有的是大唐的陵墓，仅挖掘的永泰公主的，章怀太子的，懿德太子的，房陵公主的，李寿、李震、李爽、韦泂、章浩的，除了一大批稀世珍宝，三百平方米的壁画就展在博物馆的地下室。这些壁画不同于敦煌，墓主人都是皇戚贵族，生前过什么日子，死后还要过什么日子，壁画多是宫女和骏马。有美女和骏马，想想，这是人生多得意事！去看这些壁画的那天，馆外极热，进地下室却凉，门一启开，我却怯怯地不敢进去。看古装戏曲，历史人物在台上演动，感觉里古是古，我是我，中间总隔了一层；在地下室从门口往里探望，我却如乡下的小儿，真的偷窥了宫里的事。"美女如云"，这是现今描写街上的词，但街上的美女有云一样的多，却没云那样的轻盈和简淡。我们也常说："唐女肥婆"，甚至怀疑杨玉环是不是真美？壁画中的宫女个个个头儿高大，耸鼻长目，丰乳肥臀，长裙曳地，仪表万方，再看那匹匹骏马，屁股滚圆，四腿瘦长刚劲，便得知人与马是统一的。唐的精神是热烈、外向、放恣而大胆的，它的经济繁荣，文化开放，人种混杂，正是现今西欧的情形。我们常常惊美西欧女人的健美，称之为"大洋马"，殊不知唐人早已如此。女人和马原来是一回事，便可叹唐以后国力衰败，愈是被侵略，愈是向南逃，愈是要封闭，人种退化，体格羸弱。有人讲我国东南一隅以及南洋的华侨是纯粹的汉人，如果真是如此，那里的人却并不美的。说唐人以胖为美，实则呢，唐人崇尚的是力量。马的时代与我们越来越远了，我们的诗里在赞美着瘦小的毛驴，倦态的老牛，平原上虽然还有着骡，

85

骡仅是马的附庸。

我爱唐美人。

我走进了地下室，一直往里走，从一九九七年走到五九三年，敦煌的佛画曾令我神秘莫测，这些宫女，古与今的区别仅在于服饰，但那丰腴圆润的脸盘，那毛根出肉的鬓发，那修长婀娜的体态，使我感受到真正的人的气息。看着这些女子，我总觉得她们在生动着，是活的，以致看完这一个去看那一个，侧身移步就小心翼翼，害怕走动碰着了她们。她们是矜持的，又是匆忙的，有序地在做她们的工作，或执盘，或掌灯，或挥袖戏鹅，或观鸟捕蝉，对于陌生的我，不媚不凶，脸面平静。这些来自民间的女子，有些深深的愁怨和寂寞，毕竟已是宫中人，不屑于我这乡下男人，而我却视她们是仙人，万般企羡，又自惭形秽了。《红楼梦》中贾宝玉那个痴呆呆的形状，我是理解他了，也禁不住说句"女儿是水做的，男人是泥做的"了。看呀，看那《九宫女》呀，为首的梳高髻，手挽披巾，相随八位，分执盘、盒、烛台、团扇、高足杯、拂尘、包裹、如意，顾盼呼应，步履轻盈；天哪，那第六位简直是千古第一美人呀，她头梳螺髻，肩披纱巾，长裙曳地，高足杯托得多好，不高不低，恰与宛转的身姿配合，长目略低，似笑非笑，风姿卓绝，我该轻呼一声"六妹"了！这样纯真高雅的女子，我坚信当年的画师不是凭空虚构的，一定是照生前真人摹绘，她深锁宫中，连唐时也不可见的，但她终于让我看到了，我看到了已经千年的美人。

"美人千年已经老了！"同我去看壁画的友人说。

友人的话，令我陡然悲伤，但友人对于美人却感到快意。我没有怨恨友人，对于美人老的态度从来都是有悲有喜的两种情怀，而这种秉性可能也正是皇戚贵族的复杂心理，他们生前占有她，死后还要带到阴间去，留给后世只是老了的美人。这些皇戚贵族化为泥土，他们是什么狗模人样毫无痕迹，而这美女人却留在壁画里，她们的灵魂一定还附在画上。灵魂当然已是鬼魂，又在墓穴埋了上千年，但我怎么不感到一丝恐怖只是亲切，似乎相识，似乎不久前在某一宾馆或大街上有过匆匆一面？我对友人说：你明白了吗，《聊斋志异》中为什么秀才在静夜里盼着女鬼从窗而入吗？！

参观完了壁画，我购了博物馆唐昌东先生摹古壁的画作印刷品，我不顾"六妹"千余年在深宫和深墓，现在又在博物馆，她原本是民间身子，我要带她到我家。我将画页悬挂室中，日日看着，盼她能破壁而出。我说，六妹，我不做皇戚贵族宫锁你，我也没金屋藏匿你，但我给你自在，给你快乐，还可以让你牧羊，我就学王洛宾变成一只小羊，让你拿皮鞭不断轻轻打在我的身上。

黄土高原

沟是不深的，也不会有着水流；缓缓地涌上来了，缓缓地又伏了下去：群山像无数偌大的蒙古包，呆呆地在排列。八月天里，秋收过了种麦，每一座山都被犁过了，犁沟随着山势往上旋转，愈旋愈小，愈旋愈圆。天上是指纹形的云，地上是指纹形的田，它们平行着，中间是一轮太阳；光芒把任何地方也照得见了，一切都亮亮堂堂。缓缓地向那圆底走去，心就重重地往下沉；山洼里便有了人家。并没有几棵树的，窑门开着，是一个半圆形的窟窿，它正好是山形的缩小，似乎从这里进去，山的内部世界就都在里边。山便再不是圆圈的叠合了，无数的抛物线突然间地凝固，天的弧线囊括了山的弧线，山的弧线囊括了门窗的弧线。一地都是那么寂静了，驴没有叫，狗是三个四个地躺在窑背，太阳独独地在空中照着。

路如绳一般地缠起来了：山垭上，热热闹闹的人群曾走去赶过庙会。路却永远不能踏出一条大道来，凌乱的一堆细绳突然地扔了过来，立即就分散开去，在洼底的草皮地上纵纵横横了。这似乎是一张巨大的网，由山垭哗地撒落下去，从此就老想要打捞起什么了。但是，草皮地里能有什么呢？树木是没有的，花朵是没有的，除了荆棘、蒿草，几乎连一块石头也不易见到。人走在上边，脚用不着高抬，身用不着深弯，双手直棍一般地相反叉在背后，千次万次地看那羊群漫过，粪蛋儿如急雨落下，嘭嘭地飞溅着黑点儿。起风了，每一条路上都在冒着土的尘烟，簌簌的，一时如燃起了无数的导火索，竟使人很有了几分骇怕呢。一座山和一座山，一个村和一个村，就是这么被无数的网罩起来了。走到任何地方，每一块都被开垦着，每处被开垦的坡下，都会突然地住着人家，几十里内，甚至几百里内，谁不会知道哪条沟里住着哪户人家呢？一听口音，就攀谈开来，说不定又是转弯抹角的亲戚。他们一生在这个地方，就一刻也不愿离开这个地方，有的一辈子也没有去过县城，甚至连一条山沟也不曾走了出去；他们用自己的脚踏出了这无数的网，他们却永远走不出这无数的网。但是，他们最乐趣的是在二三月，山沟里的山鸡成群在崖畔晒日头，几十人集合起来，分站在两个山头，大声叫喊，山鸡子从这边山上飞到那边山上，又从那边山上飞到这边山上，人们的呐喊，使它们不能安宁，它们没有鹰的翅膀可以飞过更多的山沟，三四个来回，就立即在空中方向不定地旋转，猛地石子一样垂直跌下，气绝而死了。

土是沙质的，奇怪的是靠崖凿一个洞去，竟百年千年不会倒坍，或许筑一堵墙吧，用不着去苫瓦，东来的雨打，西去的风吹，那墙再也不会垮掉，反倒生出一层厚厚的绿苔，春天里发绿，绿嫩得可爱，夏天里发黑，黑得浓郁，秋天里生出茸绒，冬天里却都消失了，印出梅花一般的白斑。日月东西，四季交替，它们在希冀着什么，这么更换着苔衣？！默默的信念全然塑造成那枣树了，河滩上，沟畔里，在窗前的石碌子碾盘前，在山与山弧形的接壤处，突然间就发现它。它似乎长得毫无目的，太随便了，太缓慢了，春天里开一层淡淡的花，秋天里就挂一身红果。这是最懂得了贫困，才表现着极大的丰富吗？是因为最懂得了干旱，那糖汁一样的水分才凝固在枝头吗？

冬天里，逢个好日头，吃早饭的时候，村里人就都圪蹴在窗前石碾盘上，呼呼噜噜吃饭了。饭是荞麦面，汤是羊肉汤，海碗端起来，颤悠悠的，比脑袋还要大呢。半尺长的线线辣椒，就夹在二拇指中，如山东人夹大葱一样，蘸了盐，一口一截，鼻尖上，嘴唇上，汗就骨骨碌碌地流下来了。他们蹲着，竭力把一切都往里收，身子几乎要呈一个球形了，随时便要弹跳而起，爆炸开去。但随之，就都沉默了，一言不发，像一疙瘩一疙瘩苔石，和那碾盘上的石碌子一样，凝重而粗笨了。窗内，窗眼里有一束阳光在浮射，婆姨们正磨着黄豆，磨的上扇压着磨的下扇，两块凿着花纹的石头顿挫着，黄豆成了白浆在浸流。整个冬天，婆姨们要待在窑里干这种工作，如果这磨盘是生活的时钟，这婆姨的左胳膊和右胳膊，就该是搅动白天和黑夜的时针和分针了。

　　山峁下的小路上，一月半月里，就会起了唢呐声的。唢呐的声音使这里的人们精神最激动，他们会立即放下一切活计，站在那里张望。唢呐队悠悠地上来了，是一支小小的迎亲队，前边四支唢呐，吹鼓手全是粗壮汉子，眼球凸鼓，腮帮满圆，三尺长的唢呐吹天吹地，满山沟沟都是一种带韵的吼声了。农人不会作诗，但他们都有唢呐，红白喜事，哭哭笑笑，唢呐扩大了他们的嘴。后边，是一头肥嘟嘟的毛驴，耸着耳朵，喷着响鼻，额头上、脖子上，红红绿绿系满彩绸。套杆后就是一辆架子车，车头坐着一位新娘，花一样娟美，小白菜一样鲜嫩，她盯着车下的土路，脸上似笑，又未笑，欲哭，却未哭；失去知觉了一般的麻麻木木。但人们最喜欢看这一张脸了，这一张脸，使整个高原以此明亮起来。后边的那辆车，是两个花枝招展的陪娘坐着，咧着嘴憨笑，狼狼狈狈地紧抱着陪箱、陪被、枕头、镜子。再后边便是骑着毛驴的新郎，一脸的得意，抬胳膊动腿地常要忘形。每过一个村庄，认识的，不认识的，都要在怀里兜了枣儿祝贺，吃一颗枣儿，道一声谢谢，道一声谢谢，说一番吉祥，唢呐就越发热闹，声浪似乎要把人们全部抛上天空，轰然粉碎了去呢。

　　最逗人情思的是那村头小店：几乎每一个村庄，路畔里就有了那么一家人，老汉是肉肉的模样，婆姨是瘦瘦的精干，人到老年，弯腰驼背的，却出养个万般水灵的女儿来。女儿一天天长大，使整个村庄自豪，也使这个村庄从此不能安宁。父母懂得人生的美好，也懂得女儿的价值，他们开起店来，果然生意兴隆。就有了那么个后生，他到远远的黄河东岸去驮铁锅去了，一去三天三夜，这女子老听见驴子哇儿哇儿地响，站在窗前的枣树下，往东看得脖子都硬了。她恨死了后生，恨得揉面，捏了他的小面人儿，捏了便揉，揉了又捏。就在她去后洼洼拔萝卜的时候，那后生却赶回来，坐在窑里吃饭，说一声："这面怎么没味？"回道："我们胳膊没劲，巧巧不在。""啊垯去了？"人家不理睬，他便脸通红，末了出了门，一步三回头。老人家送客送到窑背背，女子正赶回藏在山峁峁，瞧见爹娘在，想下去说句话，又怕老人嫌，呆在那里，灰不沓沓。只待得爹娘转脚回去了，一阵风从峁上卷下来："等一等！"踉踉跄跄跑近了，羞羞答答，扭扭捏捏，却从怀里掏出个青杏儿来。

可怜这地面老是干旱，半年半年不曾落下一滴雨。但是，一落雨就没完没了，沟也满了，河也满了。住在几圪坮洼里的人家，一下雨人人都在关心着门前那条公路了。公路是新开的，路一开，外面的人就都来过，大卡车也有，小卧车也有，国家干部来家说一席漂亮的京腔，录一段他们的歌谣，他们会轻狂地把什么好东西都翻出来让人家吃。客人走过，窑背上的皮鞋印就不许被扫了去，娃娃们却从此学得要刷牙，要剪发……如今雨地里路垮了，全村人心都揪起来，一个人背了镢头去修，全村人都跟了去干。小卧车嘟嘟地开过来，停在那边，他们急得骂天骂地骂自己，眼泪都要掉下来。公家的事看得重，他们的力气瞧得轻。路修通了，车开过了，车一响，哗地人们都向两边靠，脸是笑笑的，十二分的虔诚和得宠，肥大的狗汪汪地叫着要去撵，几个人拉住绳儿不敢丢手。

走遍了十八县，一样的地形，一样的颜色，见屋有人让歇，遇饭有人让吃。饭是除了羊肉、荞面，就是黄澄澄的小米；小米稀做米汤，稠做干饭，吃罢饭，坐下来，大人小孩立即就熟了。女人都白脸子，细腰身，穿窄窄的小袄，蓄长长的辫，多情多意，给你纯净的笑；男的却边塞将士一般的强悍，大块吃肉，大碗喝酒，上了酒席，又有人醉倒方止。但是，广漠的团块状的高原，花朵在山洼里悄悄地开了，悄悄地败了，只是在地下土中肿着块茎；牛一般的力气呢，也硬是在一把老镢头下慢慢地消耗了，只是加厚着活土层的尺寸。春到夏，秋到冬，或许有过五彩斑斓，但黄却在这里统一，人愈走完他的一生，愈归复于黄土的颜色。每到初春里，大批大批的城里画家都来写生了，站在山洼随便一望，四面的山峁上，弧线的起伏处，犁地的人和牛就衬在天幕。顺路走近去，或许正在用力，牛向前倾着，人向前倾着，角度似乎要和土地平行了，无形的力变成了有形的套绳了。深深的犁沟，像绳索一般，一圈一圈地往紧里套，他们似乎要冲出这个愈来愈小的圈，但留给他们活动的地方愈来愈小，末了，就停驻在山峁上。他们该休息了。只有小儿们，停止了在地边玩耍，一步步爬过来，扑进娘的怀里，眨着眼，吃着奶……

一九八二年九月写于延川县

关中论

　　秦始皇兵马俑发掘以后，天下哗然，荒荒西北高原，区区弹丸临潼，参观者将田埂踏出小路，小路扩为大道，大道纵横，网轮而散射；黑白棕黄各色种类之人民莫不叹其工艺美，英法德日各等言语之首相莫不慑服始皇威。忽有一日，有参观者锐声叫道："兵俑多像关中人相貌啊！"众人顿时大悟，出来看关中人民，果然酷似：大个儿，前额饱满，眉骨隆起，鼻阔近于嘴，腰长过于腿；不禁拍手叫绝。此论一传十、十传百，绘画界便有了"描关中人容，临始皇兵俑"之说。关中人对此结论，并不反感，更觉荣光，一时开店建馆，成立学术学会，创办艺文报刊，皆改"陕西"为"秦"，一字竟重有千金之势。

　　其实陕西，并不能全部称秦，古有秦川之称，是指从东部潼关始，沿黄河之东南岸，逆渭河而西行，经渭南地区华阴、华县、大荔、合阳、韩城、白水等十三个县，又咸阳地区高陵、三原、泾阳、周至、户县、兴平等十二个县，到宝鸡地区武功、扶风、岐山、凤翔、眉县、千阳等十一个县。这是一个八百里的黄土积壅平坦富饶的狭长谷地。自盘古以来，这里便是养人的黄土，日月经天，往来升降，穷万物之哲理；长河行地，洪纤巨细，尽万物之情态。故华岳崛地而起，当惊世界殊；故渭河三十年河东，三十年河西，横野漫流；故白杨最多，枝叶紧凑，直而不弯；故大蒜生紫皮，辣椒吊长线，非四川能比；故黄牛大如骆驼，毛驴叫声赛雷。万事万物得受于地面辽阔之粗犷，人为万物之首，必然形成向外扩张之民性。走遍八百里，所见村庄，皆黄土版筑，墙高檐宽，房与房并不对称，横七竖八一任自然，但家家门前一丈二丈出路，路和路交叉，白杨高耸，黑榆遮荫，远远望去，蹲卧蓝天之下，黄土之上，鸡鸣狗咬，驴嘶马叫，人却急急行走，永远安闲，每每于清晨雾漫之时，或近黄昏夕阳腐蚀之期，有父呼儿的，有女喊娘的，必是一声"喂"音，长达数分钟，而结尾之处才极快吐出呼喊内容，彼起此伏，十里八里有呼有应。

世间有"吃五谷长大"之理，关中人却除了五谷，生命里则不能没有酒的维持。山西汾酒虽美，但他们嫌太甜；四川老窖虽香，但他们嫌太绵；贵州茅台虽醇，但劲头太后；他们最嗜好的是"西凤"。西凤酒产自凤翔柳林镇，味辣性烈，外地人一杯便可红脸，二杯就要头疼，三杯下肚，天旋地转醉为烂泥，名副其实"三碗不过冈"啊。但关中人从乡到镇，从镇到城，农民、工人、职工、干部，大凡红事、白事、聚朋、会友，所办酒席上，必备西凤，无西凤者不为宴。喝将起来，七人八人，十人二十人，又三杯巡过，再打贯官，酒令五花八门，动作痛快豪爽。善饮者男人有之，女人亦有之，而且女人不喝便罢，喝则不可收拾，常在酒席之中杀出，横扫满座。以酒论英雄，不管地位、身份、性别、长幼，尽显天性。更有平日，有的能吃菜喝酒，有的无菜而喝，有的喜静坐独饮，有的爱聚众合饮，有的可一盅一盅悠悠来，有的则大碗仰脖而尽。善饮者却绝非酒鬼，人们不疯不痴，所到之处，不尚重礼，宾主无间，坐列有序，真率为约，简素为具，行立坐卧，忘形适意，那醉烂为泥而笑骂，那为酒吵闹之无赖，此皆饮中下流，一向为酒场上不足挂齿之徒也。

关中人能饮，关中人更能吃，八百里地面，县县都有传统小吃。这里生产小麦，米不多见，人也视米不能饱肚。每几省人开会，饭桌上吃白花花米饭，见狼吞虎咽者，必是南方籍人；而一边吃米饭一边啃馒头的，十个有十个是关中人。一样的面粉，吃法百样，仅烙吃的有礼泉的石饼，以大油、鸡蛋和拌，摊饼在锅里炒焦的泾河石子之上，饼酥、干、脆、馕，而白净色不能变；有耀县油旋，面擀薄如纸，敷之油辣、葱花卷团压扁，食之油而不腻，脆而不散，又觉层层叠叠，工艺叹为观止；有乾县锅盔，那竟是一拃多厚，形如磨盘，硬如石板，用牛耳刀方可切下。若论起面食，更是千奇百怪，渭南的是乒乓面，以蘸辣醋水吃之；有长安的黏面，以拌大油、蒜泥搅匀吃之；有岐山吊面，以韧、薄、光、煎、稀、汪为特色；有兴平涎水面，数十人捞面回汤而出名；兼之武功扯面、三原削面、大荔拉面，其形不同，味不同，各领风骚。但是，关中人最喜吃的，也最能吃的，却是牛羊肉泡馍。将牛羊煮熟，切成碎块，在炒勺匀匀炒过，加汤放料，汤是骨汤，色清而存味，料是生姜、大茴、辣椒、葱花，量重而味浓，再将烤饼掰成碎末倒入，滚成糊状，放香油香菜，盛粗瓷海碗。其整套做工，该粗即粗，该细即细，以土为洋，以奇反正，以丑变美。吃起来，碗比头大，馍比碗高，蹲在凳子上，直吃得咥声一片，汗流满面。南方人初见此食，大为惊骇，一是惊其野蛮，二是骇下肚难克，但吃之则香美绝妙。此饭是关中"国饭"，入秦不吃牛羊肉泡馍，犹如进京不吃北京烤鸭一样，将为人耻笑，终生遗憾。

有了吃，有了喝，经济基础一经保证，必然要产生上层建筑，于是，相对而论就要提到秦腔了。关中人讲究实在，言语也多用去声，行走也多有响动，即使理想也不非非裹裹。在他们眼中，所谓的上流阶层，所谓的幸福生活，甚至理解共产主义，也是喝西凤，吃泡馍，听秦腔。秦腔生净丑旦，行当齐全，悲喜正闹，内容应变，它为中华第一大剧种，早于川剧，源以豫剧，甚至汉调京腔还是从其演变而成。走遍关中，县县都有秦腔剧团，村村都有自乐班，仅西安城内秦腔团竟达十几个。历代名流辈出，流派繁多，对台之戏常演。每逢农历正月十五，二月二，三月清明，四月过会，五月端午，六月六，七月十五，中秋八月，登高九月，十月一，十一月二，腊月五豆腊八二十三，村村镇镇锣鼓齐鸣，粉墨登场。巴西足球大赛可以使一城轰动，关中一场精彩秦腔，却可以使十几里村庄路断人稀。相传生角任哲中在西安城演《周仁回府》，曾使南大街交通堵塞了几个小时；相传名旦郭明霞其母去车站乘车误点，大叫"我是郭明霞的娘"！火车司机竟将车停下候她；相传一秦腔迷行将死去之时，还要叫人抬床铺去戏院，看到中途会神差鬼使般翻身起坐。秦腔最宜演雄壮之剧，故大净尤受欢迎，唱到得意之处，满口喷腔，不辨字音，便满场掌如雷鸣。外地人评论秦腔是"吵架"，据说有一领导训斥部下，叫道："再要如此，让你去看一场秦腔！"将秦腔与惩罚等同划一。"挣破睡腥"确实是秦腔的特点，因为一个血气方刚的壮汉，怎么能想象得到让他咿咿呀呀唱那软绵绵的细腔柔调呢？

总之，喝西凤，吃泡馍，唱秦腔，这便是关中人的形象。八百里的秦川形成了独特的风尚习俗，风尚习俗又影响到在这块土地上生养将息的人民。于是乎，这是一块产生英雄和建立英雄业绩的土地，从古以来，十三个封建王朝在此建都，历史上最强盛的周、秦、汉、唐，将这里的武威推到了一个极致。这是一个伟大的历史，这也是关中人种的伟大贡献。至今在世界上，一提起关中，谁的脑海中不浮现出一个雄壮的画面：东有潼关，西有大散关，南有武关，北有金锁关，威威乎白天红日，荡荡乎渭水长行，朔风劲吹，大道扬尘，古都长安城池完整，广漠平原皇陵排列，断石残碑记历代名胜斜埋于田埂，秦砖汉瓦散见于农舍村头常搜常有。关中大地真是中华历代兴邦立业之境，关中百姓真是中华民族刚强武威之种。

但是，天下之事是一兴一衰，唐才子王维也曾有诗："行到水穷处，坐看云起时。"关中正是如此。自周秦汉唐以后，这里便每况愈下，一座庄严的保存完整的世界独一无二的古城长安，便渐渐失落了它的风采。结果，封建王朝就东迁北移，从此留给这里的是一群天龙地凤的陵墓，和一种民众强悍的遗风。历史发展到了今天，伟大的中华人民共和国成立了三十多年，这块土地上进行了一场翻天覆地的革命，一批批关中儿女走到了历史的潮头，他们成为功勋卓著的将军，成了名垂青史的英雄。但是，不能不看到这块土地毕竟落后了中华别的地面，长期以来，伟大的"长安"竟成了"保守"的代名词。曾几何时，人口拥挤的四川发达了，水旱相侵的河南发达了，长高粱大豆的辽宁发达了，贫困不堪的安徽发达了。而关中，在政治上、经济上、文化上，则虽未落入龙尾，但绝无出人头地，不上不下不左不右稳稳妥妥可可怜怜守一个中流。究其原因，当然可以列举无数，但也正如一只雄鹰被关在笼里，日夜向往云天，但一旦放其出笼，长期的有吃有喝的舒适的笼中生活，则使它翱翔的翅翼变软了，不能高飞了。关中辉煌的历史，使这块土地得以炫耀，关中祖先的勤劳、勇敢、威武、争胜使这块土地富饶丰盛，富饶丰盛的土地却使它的子孙们滋长了一种惰性，惰性的滋长反过来又冲击着古老的风俗。一旦这种风俗彻底改变，这将是多么令人伤心可怕啊！

现在，中华在振兴，陕西在振兴，关中在振兴，振兴之风愈吹愈烈，这是国之所望，人心所向。中华振兴，当在西北；西北振兴，当在陕西；陕西振兴，当在关中。为了振兴，政党在整风，国策在调整，机构在改革，上上下下，多少人杰，万众匹夫都在热血沸腾。对于关中这块土地，改变和恢复传统的健康可行的民俗却有着其独特的意义。试看今日的关中，年老的和年轻的已经明显的有了不同，对于西凤烈酒，年轻的慢慢趋向于甜酒和啤酒。早期关中人鄙甜酒为淡水，讥啤酒为恶水，笑那是城市中有钱有闲的红男绿女们的饮料，现在却恶其西凤太暴，一味去品甜酒啤酒之温和。那牛羊肉泡馍，则视之为不上雅座之食品，而热衷去吃七碟子八碗的凸底盘儿炒菜，什么糖醋丸子，什么甜米羹饭，什么拔丝甜果，推说泡馍胃不好接受而以南方口味为荣。至于秦腔，更是农村观众多于县镇，县镇观众多于城区，一进戏院，台上的是满脸皱纹，台下的是皱纹满脸。此不仅是吃、喝、听、唱，而风俗渐变严重渗透整个社会肌体，退化着关中人种气质：女的都时兴浓涂艳抹；男的也蓄长发，窄腰身，垫高鞋底；生活节奏松散缓慢；工作效率人浮于事；市面商店多出售鱼虫花鸟；作家诗人也尽写矫揉造作甜腻浮华之章。当然，历史在推进，社会在发展，风尚习俗也要依其变化，若泥古不化，墨守旧章，那是"九斤老太"之可笑。但若弃其健康可用之风格，一味洋化、软化、柔化、媚化、甜化，此不能不引起重视啊！日本人是好强不屈的，正因为好强不屈，才得以使日本发展成当今世界经济大国。清政府软弱无力，施行阿 Q 精神，因而导致不能自强而受洋人欺凌。不是听说许多干部对其工作不前不后，而美其名曰"这样少犯错误"吗？不是清清楚楚看出在关中上下领导机构中为什么陕北陕南的人多于关中人氏？不是已经出现关中人贫穷在家，出外干大事的人愈来愈少，而少出政治、经济、军事、文艺之人才吗？一位诗人曾到关中，参观了昭陵六骏之后，感叹道："古关中人崇尚骏马，志在千里，威在海内，今关中人却喜黄牛，忍辱负重，厮守农舍，来回田头啊！"诗人的话有诗的夸张，但诗人的忧虑却不能不让关中的干群三思。所以说，人愈富，富易堕，要振兴关中，民性风俗要振兴啊！观今日天下，陕西要赶上，关中要大变，有中央领导，有政策保证，关中之地要大大补精滋神，这强筋健骨的五倍子中药，就是民俗风情。关中重振了雄威，必会人才辈出，万业俱兴，而以此强盛之业绩将在历史上再一次宣告这是一块力量的土地，这块土地上的领导将是胸怀大略的英杰，这块土地上的民众将是武威雄壮的龙的传人。

草于一九八三年十二月十四日

梦　城

草　记

　　八二年十月，我去银川，过三边，一漠沙地；天地全然都空白了，几十里没有一座房，也没有一棵树，远远的地平线上，夕阳欲浮欲沉，像是妊娠，已经黏胶得成一个椭圆形。我默默地走着。先是并不留意，后来就发现眼前倏忽飘过一朵两朵白绒团儿，温温柔柔的，泛着银光，再往前走，白绒团儿竟多起来，一动脚，就绕着身子乱飞。疑心是柳絮，抬头搜索去，四周依旧空旷；急用手去捉，手一抬，那白绒团儿却顺手而上，才抓住一团要看时，一出气，又飞了。一时又起了风，沙尘并没有动，但白绒团儿越发纷纷，如千万只白色蝴蝶，升升浮浮，翩翩不能安静。定睛看去，那白绒团儿却原来都从一棵一棵什么草中起身的：草高不盈尺，条叶，半绿半枯，结一串串果实，如豆荚，尽都干裂，有的已空壳，在风中铮铮颤着细音，有的半合半开，形如织布木梭，里边两排荚籽，每籽小如鸡眼，四周生满白绒，风吹绒毛如足如翅，就悠悠而去了。

　　我不知此草为何名，站在那里，一直等远远的一队骆驼走来，问起驼峰间的牧人，回答说：这草叫佛手肿。草古怪，名字也古怪。我再问，回答是："它怎么不长绒毛呢？要不，它怎么繁衍后代啊！"

　　我不禁喟然长叹：哦，大凡尘世，任何地方都有生命的存在，漠漠边关沙地，也是如此；而万事万物既有存在的生命，又都有它赖以生存的手段，环境不同，手段也相异呀！遥想竹林中的蛇可以是青色，湖水里的鹅可以毛隔水，岸上的树可以叶子圆阔，高山的树可以叶子尖针，可见环境好的并不足夸，环境劣的更不应自弃。再想这佛手肿长在这里，它也开花，它也结籽，虽然没有一只蜂儿来传递花的爱情，没有一只鸟儿来遗播籽的繁衍，生活给了它瘠贫，也同时却给了它的奋斗，一结籽就生出绒的翅膀，自己去谋生路了。也正是环境太不好了，它并不去以色以香诱惑蜂儿鸟儿，它靠的是自己生的欲望，靠的是飞的力量，自然这样可望落地而生，也可能落地而亡，要不，怎么会有这么多的白绒团儿各自在寻找自己的归宿呢？

"这草很多吗？"我问牧人。

"当然很多，你再往北走，沙地上全是这种草呢。"

"那走过的草坝子上怎么没这种草？"

"它是苦命的，一旦绿了一片沙地，什么花草都来长了，有了蜂儿，有了鸟儿，它却就长不成了。"

"它只能在沙地上长?!"

"要不怎么说是苦命的呢！"

牧人赶着骆驼远走了，缓缓的步伐，摇奏着沉沉的铃声。几朵白绒团儿飘在骆驼的身上，落在牧人的帽子上，那深深的骆驼脚窝里，也满满的落下一堆了。

啊，荒凉的沙地上，有多少人来过，又有多少人能知道这草呢？知道的只有骆驼，只有牧人；但骆驼不懂人语，不能言语，牧人能言，但不能写出以示天下。只有我记下此草；草可悲，草亦可幸也。

一九八二年十一月作于西安

安西大漠风行

癸亥八月十一日，行至桥湾，吃多了白兰瓜，腹泻不止；便不去搭车受时间的约束，雇骆驼悠悠往安西去。前晌，距安西城百十里，忽起风，帽子吹落在地，滚轮而去不知了踪影，骆驼嘶鸣，常常停下来作踌躇状。看大漠却并无烟尘，太阳照着，正空空洞洞地晴。奇怪之，领驼人曰：没有树木，风便有力无形。在驼峰中一扬身，果然发抛竖直根根似铿锵有声。时走时歇，又半晌，远近一层玄武岩碎石覆盖，焦黑如烧过的灰渣，令人恐惧。接着，渐渐有了黄土，却堆得奇形怪状，如台，如塔，如柱，如盏；可喜的是有了沙蒿一丛一丛的，每一丛就巩固一个土丘，均匀分布，如是坟冢。风集中成旋转的一般，从坟冢间移动，袅袅扶摇，方向不能固定。还是没有飞鸟，三匹四匹野生骆驼，背负着大山，仄着头在远处出现，偶尔有了一片羊，肥得是一群肉的咕涌，身子雪白，眼子乌黑，像戴了墨镜。正午，风更大作，羊群顺风儿跑去，旋风的弧烟倏忽消失，大漠更是一片空明，却强硬不可前进。骆驼裹腿不走，下坡拉缰绳牵制，人不能站直，俯身六十度而不倒，骆驼躁怒，遂喷唾液，竟半盆之多，盖头泼来，腥恶窒人气息。只好拉骆驼在一根土柱后卧下等待。问领驼人：这土柱是风堆起来的吗？回答却出乎意料：风蚀而成。俯地看那坟冢般的沙蒿土丘，却在风中加高。由此引出好多思想：这里的黄土被风蚀成塔林，塔林一点点风化，玄武石片覆盖一切，但新的黄土堆又在沙蒿下形成突出，越忍越大，连成一片，风又开始腐蚀……以此反复，毁坏一切，又生造一切。大漠一定是有精灵的了，一片

103

焦黑并不等于全然死寂，生死的抗争在编写着一部缓慢的历史。风突然停息了，但立即远远的地方出现了浩渺的海水，而且快极快极地漫延了过来，我惊慌爬上驼峰，水终没有到眼前。领驼人告诉那是海市蜃楼，在这里随时便可见的。果真那水越来越大，在地平线上连成一片，且开始出现一痕远山，有了孤岛，有了卧桥，有楼台林丛，有船，豆点人物。我锐声大叫，心里说：富贵的人做的是噩梦，贫穷的人做的是美梦，这海市蜃楼莫非是大漠的迷离的梦了？因为它太荒寂，梦才如此丰富；它太痛苦，梦才这么神化。这理想的，浪漫主义的艺术，天地自然都会创造，何况人乎？一路荒唐想着，直到天黑，终于到了安西城。

一九八三年九月二十三日追记

梦　城

　　八月走河西，在安西大漠见一城：东西长三百余米，南北百米不足，黄土版筑，墙垛完整；四周无一山一树障碍，天空地阔之间，便古拙壮观突出到了极致。戈壁滩上裹足行走了数日未曾遇见过什么村镇，偶尔有三户两户人家了，要么搭一间四方的不苫瓦覆草的泥棚，要么撑一顶毡包，泥棚前羊群或聚或散，毡包外孤烟直长，骆驼则负重而无声。突然竟有了一座城池，好不令人冲动！忙查地图辨方位拍照留念，却不见门洞里有人出入，也未听到鸡鸣狗咬。探头探脑步进城去，街巷屋舍却俱废了，唯有一些断墙残壁大小长短方圆错落，沙石遍地，金刚荆隆起如刺猬，马蛇子窜行，快极，只见影子不能辨其身纹。远远的败墙豁口，一只黄羊一闪，立即不知了去向。疑心是进了鬼窟，惊叫着逃出再不敢回头。一路仓仓皇皇，一看见风沙旋成立柱从身边疾过，就以为是追来的空城鬼魅的大脚，心怦怦跳荡不已。

　　夜里到安西，问起空城所见，安西人大笑，说：此梦城也，清代物事。相传康熙爷做了一梦，梦到一处城池甚美，便差人以梦境查访此地，遂到桥湾，景与梦合，便拨巨款令一大臣父子去造筑一座紫禁城一样的城池。大臣父子以为地处遥远，便大肆贪污，仅修了一个小城，后被人告发，康熙爷处其死刑，并剥下人皮做大小两个鼓挂在城门以戒天下。

　　康熙可谓荒唐啊！大臣可谓卑鄙啊！十七世纪，到二十世纪，日月运行，沧桑变迁，当年"普天之下，莫非王土"，王土的大漠却是一所天然的博物馆：一座空城，日不能晒爆，风不能吹走，雨不能淋塌，几个世纪地记载

105

着一代天子的梦，记载着贪官污吏的耻。

安西人问：在那里听到人皮鼓响吗？没有。又说：鼓是谁也未见过，但有人在飞沙走石、狂风四起之时，听到过一种卜卜声，如人的哀鸣。自恨没有耳福，一边感激大漠这所博物馆，一边又遗憾这博物馆离人群太远，不能使天下更多的人都看到那空城，都细辨出那鼓声，一边惝惝追忆而已。

一九八三年十一月三十日夜记

火焰山

　　这火很大，从安西城坐车往南走十分钟，大漠尽头就看得见了；地上的沙是白的，天上的云是白的，火势就沿天地相接之处蔓延。车一直开近去，到火边了，才发觉这火是凝固了的，成了石的，连成山的。它东窜至何处，不可得知，东边的天挡住了漫开的视线；车扭头往西，依山根下公路行驶，那火焰的山石就一会儿低了，一会儿高了，连绵不绝，似乎是向导我们走向火的极致去。瞧那一片赤褐之上，没有木，没有草，没有一个动物出没，一时作想：火虽然凝固了，但热量还未消灭吗？不可能上去动手摸摸，但车上的温度明显比安西城北灼烫得多，口舌已经干燥，鼻孔出气如喷火呢。后来，便听得见那里风响，霍霍卜卜，却不见尘雾。便又想：山石这么狰狞，那是刀雕出来的吗？刀就是风，刀的回旋才将山石雕刻成没有完整，没有规则，仄仄斜斜坑坑洼洼齿齿豁豁。也正是刀在那里回旋，刀刃碰撞得愈发锋利吗？以风灭火，火更蓬勃，刀之锋利愈发使火的山石残缺不齐吗？痴痴儿再想：可惜这火突然地凝固了，它曾经一定弥天地燎原，从此天是了一个灰烬的白云，地是了一个灰烬的白沙，云白天更高得单纯，沙白地更大得丰富，火是开山辟地的造物主之武功啊！但它却突然地凝固，永远留在这里了。它是死了，它完全成了伟大的功能，但形体不散，幽灵也不散，那一个月亮，我们两个小时后看到了，正出现在山石的火焰之上。

　　　　　　　　　　　一九八三年十一月三十日夜

柳　园

　　如果没有铁路，人不会来，黄羊兔子也不会来，但现在谁能不来。恰如一座美好的院落，总要进门道，跨门槛。从四面八方到敦煌，必此下车，然后搭汽车一漫儿斜下五六个钟头，从敦煌返回，又搭汽车一漫儿斜上到柳园。敦煌要和上海比，或许高度已在上海几百层楼顶，但往柳园，却成了煤井里的坑道，两条公路犹如坑道里的两条铁轨。

　　说准确些，柳园是在一座山上。山看起来并不高，沙把它埋了，所以沿路只是些高高低低的山峁顶尖，你能想象得出雾里在庐山，在峨眉的境界。据说悬空寺修建，需大雾弥漫时才可动工，那么走这一路，之所以安全，心地踏实，那也是亏了云雾，云雾已经凝固了，云雾就是沙。

　　正因为如此安全，游人就忘形得意，表现出人的蒙懵和可笑，反说：沿途的山太小了，又不集中，这儿一个石的三角，那儿一个石的三角。但他们又出奇地只感觉冷，冷得直哆嗦。看那些石三角却像是大火燎过，呈焦黑色，寸草不长，怀疑是冶炼后的炭渣堆。偶尔一群石三角与一群石三角中间有了绿，远远就大呼小叫：有水了！近去却是一溜骆驼草。路还并没有修好，常常前边放炮扩建，车要停下来，发现民工用钎用锤一下一下凿打黑石，才明白了身下的路并不是在沙上，而一尺厚的沙下就是坚硬的岩石，硬得如铁，铁镐碰得石，嘣！一撞一跳，全是金属音响。

　　到了柳园，就到了山顶，看四面一溜一带的群山，如摇头摇尾的细浪，似趋势而来，又似奔脉而去。镇子很小，但车站很大，其实车站就是镇子。

有商店，有饭店，有旅店，职工就是居民，居民不多，是游客的十分之一。游客是四面八方黑白棕黄之人种，南腔北调日法英德之言语。本地居民服装也可粗细，语言也解中西，但一眼却能看出住籍，他们颧上都有大小不等深浅不一的两块红肉，那是日之所致，风之所致。靠山吃山，靠水吃水，他们靠的是车站，游客却视他们是大海中的一支桨板，是黑暗中的一颗星星，是上帝是观音是阿弥陀佛。一整天的塞外风沙，是他们给了吃喝，给了热炕，给了一颗稳妥妥的心。

但是，整个镇上，没有一棵树，搂粗的没有，筷子粗的也没有，石头上是没有长树的，没有树也就没有鸟了。只有一园花，那只能是车站单位养的，土是集中起来的好土，灌溉的水是特意从外地运来的，特意从人的食水中强行分配出来的。

没有青林鸟语。这是多么可怕的地方。但柳园却是一座大殿的石雕，具体点，是卧在敦煌艺术之宫门口的石狮子、铁狮子，还可以说，是一位战士。地知道它，将最高点的位置给它，天知道它，把太阳多来照耀，五点这里就天明，夜八点半了，太阳还不会全落。

一九八三年十二月一日早

109

戈壁滩

这里应该是云，云却总是不虚，这里应该是海，海却永无水流；或许，这是上万年亿万年以前的事了，留给现在的，是沙的世界，卵石的世界，风在行走，看得见的是沙的柱的移动，这是独特的孤烟，是天地自然宇宙的意志的巨脚。

十几世纪，它一步步走向了成熟，先荒寂，后繁荣，再单纯，宇宙的进化演变在这里做了试点。因为它已经鄙夷了轻浮，娇容媚花在这里注销了户口，它已经反感起自大，空间之树在这里失却了位置。是真正的强者，极致、无技巧的艺术，是一块难得糊涂的、大智若愚的地方。

金刚草，一种内地长得能弹出水的娇物儿，在这里却长出一身硬刺、抱成一团，像一只刺猬，做内向的力的球状的形体。红沙菜，米粒般的叶子。动之便脱，颗颗酷似碎沙铁屑。野葱，古书上是作为形容美人手指的妙品，竟细如线，韧如丝，中无隙而断之无汁。那骆驼，或许前身曾是驴子，却未嘶叫，存质朴，忍劳负重。而蛇，却再不能炫耀其色了，缩小长度而添四足，更名马蛇子，翘起尾巴爬动迅如风行。这是一幅上帝的现代艺术的画，画中一切生物和动物都作了变异，而折射出这个世界的静穆，和静穆中生命的灿烂。

最孤独的是那一个过了花甲的牧羊人。

八月的天里，太阳悬在地平线上，大得像个铜锣。有两个最时髦的从上海来写生的姑娘，一个十分洋气，一个十分秀气。她们拉住牧羊人的手，认作是同类的知己。然后让牧羊人站在中间，三突出，自拍了一张照片。

一九八三年十二月二日午

河 西

天很高，没有云，没有雾，连一丝儿浮尘也没有，晴晴朗朗的是一个巨大的空白呢。无遮无掩的太阳，笨重地、迟缓地，从东天滚向西天，任何的存在，飞在空中的，爬在地上的，甚至一棵骆驼草，一个卵石，想要看它，它什么却也不让看清。看清的只是自己的阴暗，那脚下的乍长乍短的影子。几千年了，上万年了，沙砾蔓延，似乎在这里验证着一个命题：一粒沙粒的生存，只能归宿于沙的丰富，沙的丰富却使其归于一统，单纯得完全荒漠了。于是，风最百无聊赖，它日日夜夜地走过来，走过去，再走过来；这里到底是多大的幅员和面积，它丈量着；它不说，鸟儿不知道，人更不知道。

一条无名河，在匆匆忙忙地流。它从雪山上下来，它将在沙漠上消失。它是一个悲壮的灵魂，走不到大海，就被渴死了。但它从这里流过，寻着它的出路，身后，一个大西北的走廊便形成了，祁连山，贺兰山，走廊的南北二壁，颜色竟是银灰，没有石头、树木，几乎连一根草也不长，白花花的，像横野的尸骨。越往深处，深处越是神秘，沙的颜色白得像烧过的灰，山岭便变形变态：峁，梁，崖，岫，墼洼，沟岔，没有完整的形象，像是消融中的雪堆，却是红的，又从上至下呈现出错综复杂的棱角，犹如冲天的火焰，突然的一个力的凝固，永远保留在那里了。而子夜里升起了月亮，冷冷的上弦，一个残留半边的括号，使你百思不解这里曾出现过什么巨大的事变，而又计算过一种什么样的古老的算术？

当太阳把一个大圆停在天边，欲去却还未去，那整个沙原、寂山就被腐蚀了一层锈红。一切都是无言的，骆驼默默行去，沙鼠悄悄扒洞，苍蝇也丧失了嗡嗡的功能，于无声处去舔血。沙蒿、红沙菜、金刚草，那裹在一片尖刺中一颗一颗沙粒般的叶子，是戈壁沙漠的绿，更是一切草食动物的生命的追逐。一群羊从远远的地方涌过来，散着一个扇形，牧羊人就在扇后，威严得像驾驶着一辆大车，而紧紧牵拉着数十条缰绳。其实，最孤独的是牧羊人了，他已经坐在一个沙包上，沉寂得像一尊雕塑了。这里是离太阳近的地方，他的肤色赤黑得像发着油腻的石头，眼睛却老睁不大，深深地陷进去，正看着一只马蛇子翘着长长的尾巴，影子一般地在卵石和蓬草里窜行。

倏忽风就起身了，先是温温柔柔地托一根羽毛，忽上忽下的袅袅，再就吹一片云来，才一出现，大颗大颗的冰雹夹杂在雨点里就下来了。冰雹砸在沙里是一个坑儿，雨点落下去，沙并不湿，却蹿起一股烟尘来。流沙在瞬息中或聚或散，骆驼草却巩固了地盘，碗大的一个丘包，像一个一个偌大的蘑菇，又像是一些分布均匀的铆钉，因为是有了它们，这荒漠的地表才没有被揭去了吗？生命的坚强，启示了电线杆的忠诚；它们说尽了人的话语，却没一句是它们的，一年、二年、十年、二十年，始终在列队站着。

再往西去，再往西去，蜃市偶尔就要出现：楼、台、亭、阁、花坛、鱼塘，还有驼群马队，万千人物……眨眼却没有了。这里曾经是唐朝花雨丝绸之通道吗？这里曾经是刀光血影杀声吞天的古战场吗？眼前只是白沙，还是白沙。沙的形成真的是卵石成千上万年在风里碰撞的结果，这该是多么伟大的艺术，似乎宇宙的变迁，生命的进化。在这里是一幕放慢的镜头，那一个世纪如果缩短为一个生命的单元，石头的碰撞为细沙，会是一首何等雄壮的七音俱发的音乐啊！

这时候，一辆列车从地平线上开来。沙原之大，其迅行疾驰，看上去只能算是蠕蠕爬动。通过道班站，一个小小的三间房子；五个站上的人，一条样子像狼的狗，都站出来。一天一趟的火车，带来了运动，也将生命的活力同时注射在他们的身上了吗？脸上都是笑笑的。列车走过了，轰轰的钢铁的震响慢慢消失，留下的又是那万籁的一个静，又是那屋后一排七棵用食水浇灌起来的白杨。还有一柱直直的孤烟；他们该吃晚饭了。列车继续往前走，车上坐满了西行的旅客，他们兴致特别高，一边吃着从沿途车站买来的西瓜，一边谈论戈壁沙漠这么缺水，却出奇地能长这种仙物，并脆极、甜极，那西瓜长在戈壁沙漠，是这白沙卵石中不枯不溢的立体的泉吗？他们谈论着远处奔跑的一只黄羊，羡慕那是多么得意的精灵，它奔跑着，时不时就要将身子往空中跃，做一个弓的形状，它是在为自己的自由而激动得发狂吗？他们有的在作起诗："啊，到了这儿，才知道了祖国之大！"有的则油画写生了，感叹着这里该是产生东山魁夷风景画风格的妙地。但是，一个奇异的神秘的景象就出现了：铁路的北边，一片几十亩地的乱坟墓，一个坟墓，一个卵石地堆积；几千个卵石堆积的坟墓，横横竖竖，竖竖横横。睡眠在这里是些什么人呢？什么人又是什么时候睡眠在这里？他们不知道。他们没有看见一块墓碑，没有看见一丘砖砌起的坟台，更没有松柏，更没有花圈。他们猜想着，是当年长征路经这里的江西红军？是曾经进军新疆、沙漠剿匪的战士？或者是修筑这条铁路的民工？或者是那开发金川镍矿的工人？他们一起趴在车窗口，互相看着，一句话却不能出唇，一下子感到了在这个地方是来不得半点矫饰和轻浮的；这里曾经经历过同别的地方一样的人为"浩劫"、灾难、贫困，又比别的地方更多了一种大自然的凶恶和狠毒，生命在这里得到了价值的真正体验。戈壁沙漠的干旱使这些坟墓完整无缺地保存下来，戈壁沙漠的荒寂却使这些坟墓的一切消息都封闭了。多亏了这条铁路通过这里，而使所有路过的老少男女发现了这一片无名无姓的人的坟墓！坟墓是坟墓的纪念碑吗？活着的人是死去的人的墓志铭吗？列车在戈壁沙漠的深处一步一步推进，车上的人都在默默地说：

永远要记着那些为了征服戈壁沙漠而牺牲的和仍有可能牺牲的人！

敦煌沙山记

河西走廊，是沙的世界，少石岩，少飞鸟，罕见树木，也罕见花草；荒荒寂寂的戈壁大漠，地是深深的阔，天是高高的空，出奇的却是敦煌城南，三百里地方圆内，沙不平铺，堆积而起伏，低者十米八米不等，高则二百米三百米直指蓝天，垄条纵横，游峰回旋，天造地设地竟成为山了。沙成山自然不能凝固，山有沙因此就有生有动：一人登之，沙随足坠落，十人登之，半山就会软软泻流，千人万人登过了，那高耸的骤然挫低，肥臃的骤然减瘦。这是沙山之形啊。其变形之时，又出奇轰隆鸣响，有闷雷滚过之势，有铁骑奔驰之感。这是沙山之声啊。沙鸣过后，万山平平，一夜风吹，却更出奇的是平堆竟为丘，小丘竟为峰，辄复还如。这是沙山之力啊。进入十里，有一泉水，周回千数百步，其水澄澈，深不可测，弯环形如半月，千百年来不溢，不涸，沙漏不掉，沙掩不住，明明净净在沙中长居。这是沙山之神秘啊。《汉书》载：元鼎四年，有神马（从泉中）出，武帝得之，作天马歌。现天马虽已远走，泉中却有铁背游鱼，七星水草，相传食之甘美，亦强身益寿。这是沙山之精灵啊。

敦煌久为文化古都，敦者，大也；煌者，盛也。旧时为丝绸之路咽喉，今日是西北高原公路交通枢纽。自莫高窟惊世骇俗以来，这沙山也天下称奇，多少年来，多少游客，大凡观了人工的壁画，莫不再来赏这天地造化的绝妙的。放眼而去，一座沙山，一座沙山，偌大的蘑菇的模样，排列中错错落落，纷乱里有联有系；竖着的，顺着的，脉络分明，走势清楚，梁梁相接，全都向一边斜弯，呈弓的形状；横着的，岔着的，则半圆交叠，弧线套叉，传一唱三叹之情韵。这是沙山之远景啊。沿沙沟而走，慢坡缓上，徐下慢坡，看山顶不高，朦朦并不清晰，万道热气顺阳光下注，浮阳光上腾，忽聚忽散，散则丝丝缕缕，聚则一带一片，晕染梦幻，走近却一切皆无；偶尔见三米五米之处有彩光耀眼，前去细辨，沙竟分五色：红、黄、蓝、白、黑，不觉大惊小叫，脚踹之，手掬之，口袋是装满了，手帕是包饱了，满载欲归，却一时不知了东在哪里，西在何方。茫然失却方向了。这是沙山之近景啊。登至山巅，始知沙山之背如刀如刃，赤足不能稳站，而山下泉水，中间的深绿四边浅绿，深绿绿得庄重的好，浅绿绿得鲜活的好。四周群山倒影又看得十分明白，疑心山有多高，水有多深，那水面就是分界线，似乎山是有根在水，山有多高，根也便有多长；人在山巅抬脚动手，水中人就豆粒般大的倒立，如在瞳仁里，成千上万倍地缩小了。这是沙山之俯景啊。站在泉边，借西山爽气豁人心神，迎北牖凉风荡涤胸次，解怀不卧，仄眼上眺，四面山坡无崖、无穴、无坎、无坑，漠漠上下，光洁细腻如丰腴肌肤。这是沙山之仰景啊。阴风之日，山山外表一尺左右团团一层迷离，不即不离，如生烟生雾，如长毛长绒，悲鸣齐响，半晌不歇，月牙泉内却水波不兴，日变黄色，下彻水底，一动不动，犹如泉之洞眼。盛夏晴朗天气，四山空洞，如在瓮底，太阳伸万条光脚，缓缓走过，沙不流不泻，却丝竹管弦之音奏起，看泉中有鱼跃起，亦是无声，却涟漪扩散，不了解这泉是一泓乐泉，还是这山是一架乐山？这是沙山动中静、静中动之景啊。

天上的月有阴晴圆缺之变化，沙月却有明净和碧清，时令节气有春夏秋冬之交替，沙山却只有慢下、耸起和自鸣。这里封塞而开放，这里荒僻而繁华，有整晌整晌趴在沙里按动照相机的，有女的在前边跑，男的在后边追，从山巅呼叫飞奔，身后烟尘腾起，做男女飞天姿势的，是外国游人之狂欢啊。有一边走，一边回顾，身后的脚印那么深，那么直，惊叹在城里的水泥街道上从未留过自己脚印，而在这里才真正体会到人的存在和价值的，是北京、上海、广州的旅人之得意啊。有鲜衣盛装，列队而上，横坐一排，以脚蹬沙，奋力下滑，听取钟鼓雷鸣之声空谷回响，至夕尽欢才散的，是当地汉人、藏人端阳节之兴会啊。有三伏炎炎之期，这儿一个，那儿一个，将双腿深深埋入灼极热极的细沙之中，头身覆以伞帽，长久静坐，饥则食乌鸡肉，渴则饮蝎蛇酒，至极痛而不取出的，是天南海北腰痛腿痛症人疗治疾苦啊。九月九日秋高气爽，有斯斯文文长脸白面之人，或居沙巅望远观近，或卧泉边舀水烹茶，诗之语之，尽述情怀的，是一群从内地而至的文学作者啊。有一学子，却与众不同，壮怀激烈，议论哲理，说：自古流沙不容清泉，清泉避之流沙，在此渊含止水相斗相生，矛盾得以一统，一统包容运动；接着便吟出古诗一首："四面风沙飞野马，一潭云影幻游龙。"此人姓甚名谁，不可得知，但黑发浓眉，明目皓齿，风华正茂，是一起赳少男啊。

柳　湖

　　柳湖在陇东的平凉，是有柳有湖，一片柳林之中一个湖的公园，我却在那里看到了两个湖的柳和柳的两个湖。

　　当时正落细雨，从南门而进；南门开在城边，城是坐的高坡上；一到城沿，也就走到了湖边。这是一个柳的湖。柳在别处是婀娜形象，在此却刚健，它不是女儿的，是伟岸的丈夫，皆高达数十丈，这是因为它们生存的地势低下，所以就竭力往上长，在通往天空的激烈竞争的进程中，它们需要自强，需要自尊，故每一棵出地一人高便生横枝，几乎又由大而小，层层递进，形成塔的建筑。从坡沿的台阶往下看，到处是绿的堆，堆谷处深绿，堆巅处浅绿，有的凝重似乎里边沉淀了铁的东西，有的清嫩，波闪着一种袅袅的不可收揽的霞色，尤其风里绿堆涌动，偶尔显出的附长着一层苔毛的树身，新鲜可爱，疑心那是被光透射的灯柱一般的灵物。雨时下时歇，雾就忽聚忽散，此湖就感觉到特别的深，水有扑上来的可能，令人在那里不敢久站。

　　顺着台阶往下走，想象作潜水，下一个台阶，湖就往上升一个台阶；愈走，湖就愈不感觉存在了。有雨滴下，不再是霏霏的，凝聚了大颗，于柳枝上滑行了很长时间，在地面上摔响了金属碎裂的脆音。但却又走进一个湖。这是水的湖，圆形，并不大的；水的颜色是发绿，绿中又有白粉，粉里又掺着灰黄，软软的腻腻的，什么色都不似了，这水只能就是这里的水。从湖边走过，想步量出湖的围长，步子却老走不准，记不住始于何处，终于何处，只是兜着一个圆。恐怕圆是满的象征吧，这湖给人的情感也是满的。湖边的柳，密密的围了一匝，根如龙爪一般抓在地里，这根和湖沿就铁质似的洁滑，幽幽生光。但湖不识多深，柳的倒影全在湖里，湖就感觉不是水了，是柳；以岸沿为界，同时有两片柳，一片往上，一片往下，上边的织一个密密的网，下边的也织一个密密的网。到这时我才有所理解了这些低贱的柳树，正因为低贱，才在空中生出一个湖，在地下延长一湖，将它们美丽的绿的情思和理想充满这天地宇宙，供这块北方的黄色太阳之下黄色土壤之上的烦嚣的城镇得以安宁，供天下来这里的燥热的人得以"平凉"。

　　这是甲子年八月十四日的游事，第二天就是中秋，好雨知时节，故雨也停了。夜里赏月，那月总感觉是我所游过的湖，便疑心那月中的影子不再是桂树，是柳。

崆峒山笔记

一、路记

崆峒是一座极雄伟豪华的建筑，进入它，前山有路，后山也有路。前山路是砭道，近，细瘦如绳，所有的平民在这里攀援。后山是车路，远而弯曲迂回不能通行大车，只有坐小车的人走。山对于人都是自然，路于人却有层次，这是佛道也管不了的。

但不论前路后路，路面都不平坦，美好的境界是不可轻易而得的，所以一满石头，花白滚圆，思想得出这又是雨天的水道。到了八月，萧萧落叶，又一起集中在路上，深余四指，埋没一切凹凸，灿灿辉煌，如进圣殿的地毯。到了山中，看四个井字形峰头，路更不可捉摸，几乎是随脚而生，拐弯，便以树根环绕，到崖嘴就有楼阁，路又穿过楼阁下门洞，青石铺成，起津津清凉。直到悬崖陡壁前了，路一变而成石凿台级，直端端如梯，梯甚至向外凸，弓一样的惊险。有一"黄帝问道处"，黄帝且不知路该何处走了，游客更觉前途不测，回首路又不复再见，一层群木波涌，满世界的杂色。一步一景，步步深入，每每百步之处，其景则异变，令人不知身在何处，惊奇良久，方醒悟到人间、仙境果有不同啊！

行至最高峰，谁也不知是从哪里来，又要从哪儿归去，路全然消失，唯见山下泾河长流乃及远，身旁古塔直上而成高。这个时候，崆峒的自然同一了人的自然；佛道若真有神灵，神灵视人是一类的：人从不同的路来，路将人

120

引到共同的高点，是人皆享到了极乐。

二、树记

以松为主，兼生杂木。

皆不主张直立，肆意横行，不需要修剪，用不着矫饰。八月是深秋之季，枝条僵硬，预示着冬临里的一年一度的干枯，叶子都变色了，为红，为黄，为灰，色彩鲜艳原来并不是好事，而是要脱落前的变态的得意和显耀。愈是这般鲜艳，近看却感觉晕起的色团很轻很淡，树桩、树杈，甚至指粗的枝条就愈黑得浓重，这浓重的黑才似乎使这些色晕不至于是云是雾而飘然离去。

每一棵树上都生苔藓，有的如裹了绿栽绒，有的生白斑，白中透青，如贴了无数的生锈古铜钱，有的则丛生木耳，其实并不是木耳，是一种极薄极软的菌片，如骤然飞落的黑蝴蝶。更有一种白色苔瓣，恰似海边贝壳，齐齐地立嵌树身，几乎要化作冲天的玉鳞巨龙扶摇而去，使人叹为观止。

有老松，其松塔与叶同等，那是年年不曾落脱的，年年又新生而死的积累，记录着它们传种接代而未能及的遗憾，或是行将暮年，对往事所作的历历在目般的回忆。

俯视远处那一面上下贯通的石壁前，有一树，叶子全然早落了，只有由粗及细而为杈的枝，初看是铁的铸造，久看就疑心那已不是树了，是石壁的裂缝。而仰观面前的石崖上，无坎无草，却突兀兀生就一树，凝黑的根为了寻找吸趴的方位，在石崖上来回上下盘绕，形如肿瘤，最后斜长而去，实在是一面绝妙的腾飞的龙的浮雕。

谁也想象不到，在山顶之上的高塔之巅，竟有两树，高数丈，粗几握，扎根的土在哪里，吸收的水又在何处，是哲人也百思不得一解。

间或就有一种枫，已经十分之老，不图高长，一味粗壮，样子幼稚笨拙，但枝条却分散得万般柔细，如女子秀发。叶子未落，密不密的，疏不疏的，有五角，色赤黄，风里摇曳，简直是一片闪烁的金星。

一个树是一个构造。

　　除了庙堂前有两棵四棵象征神威的蛇皮松，高大无比，端直成栋梁材，别的任何地方的松、柏、栲、檞、楝及杂荆杂木，皆根咬石崖，身凌空而去。崆峒的树是以丑为美的，不苦为应用，一任自由自在，这就是这个世界丰富的原因，也正是崆峒之所以是崆峒的所在。

　　　　　　　　　　　　　　急草于一九八五年十月十日早

走进塔里木

　　八月里走塔里木，为的是看油田大会战。沿着那条震惊了世界的沙漠公路深入，知道了塔克拉玛干为什么称作死亡之海，知道了中国人向大漠要油的决心有多大。那日的太阳极好，红得眼睛也难以睁开，喉咙冒烟，嘴唇干裂，浑身的皮也明显地觉得发紧。车上的司机告诉说，地表温度最高时是七十度，那才叫个烤呀！公路未修的时候，车队载着人和物资从库尔勒出发，沿着塔里木盆地边沿走，经过阿克苏，经过喀什，再到和田，这是多么漫长的道路，然后沙漠车才能进入塔克拉玛干腹地。这么一趟回来，人干巴巴的，完全都失了形！司机的话使我们看重了车上带着的那几瓶矿泉水，并且相互恶作剧，拧对方的肉，问：熟了没？喉咙也就疼得咽不下唾沫，将手巾弄湿捂在口鼻上。在热气里闷蒸了两个小时，突然间却起风了，先是柏油路上沙流如蛇，如烟，再就看见路边有人骑毛驴，人同毛驴全歪得四十度斜角地走，倏忽飘起，像剪纸一般落在远处的沙梁上。天开始黑暗，太阳不知坠到哪里去了，前边一直有四辆装载着木箱的卡车在疾驶，一辆已经在风中掀翻了，另外的三辆停在那里用绳索拉扯，仍摇晃如船。我们的小车是不敢停的，停下来就有可能打滚儿，但开得快又有御风起空的危险。司机说，这毕竟还不是大沙暴，在修这条公路和钻井的时候，大沙暴卷走了许多器械，单是推土机就有十多台没踪影了。我们紧张得脸都煞白了，幸好大的沙暴并没有发生，而沉甸甸的雾和沙尘，使车灯打开也难见路。艰艰难难地赶到塔中，风沙大得车门推不开，迎接我们的工人已都穿着棉大衣，谁也不敢张

123

嘴，张嘴一口沙。

接待我们的是副调度长王兆霖，人称沙漠王的，他笑着说：中央领导每次来，天气总是好的，你们一来就坏了？我们也笑了，说这正是老天想让我们好好体验体验这里的生活嘛！

我们走进了大漠腹地，大漠让我们在一天之内看到了它多种面目，我们不是为浪漫而来，也不是为觅寻海市蜃楼和孤烟直长的诗句。塔里木大到一个法国的面积，号称第二个中东，它的石油储量最为丰富，地面自然条件又最为恶劣，地下地质结构又最为复杂，国家石油开发战略转移，二十一世纪中国石油的命运在此所系。那么，这里演动着的是一场什么样的故事，这里的人如何为着自己的生存和为着壮丽的理想在奋斗呢？我们在塔中始终未逢到好天气，风沙依旧肆虐，所带的衣服全然穿在身上，仍冻得嘴脸乌青。沙漠王是典型的石油人性格，高声快语，又诙谐有趣，领我们去看第一口千吨井，讲这里的过去，讲这里的将来，去英雄的沙漠车队，介绍每一个司机的故事，去看用铁板铺成跑道的飞机场，去亲自坐上沙漠车在沙梁间奔驶，领受颠簸的滋味，去看各处的活动房，去看工人床头上都放的什么书。在过去有关大庆油田的影视中，我们了解了石油人生活的简陋，而眼前的塔里木，自然条件的恶劣更甚于大庆，但生活区的活动房里却也很现代化了，有电视录像看，有空调机和淋浴器，吃的喝的全都从库尔勒运进，竟也节约下水办起了绿色试验园，绿草簇簇，花在风沙弥漫的黄昏里明亮。艰苦奋斗永远是石油人生活的主旋律，但石油人并不是只会做苦行僧，他们在用着干打垒的精神摧毁着干打垒，这里仍是改革的前沿阵地。不论是筑路、钻井、修房和运输，生产体制已经与世界接轨，机械和工艺是世界一流，效益当然也是高效益。新的时代，新的石油人，在荒凉的大漠里，为国家铸造着新的辉煌。

我们在沙漠腹地的日子并不长，嘴里的沙子总是刷不净，忽冷忽热的气候难以适应，我就感冒了，又开始拉肚子，但我们太喜欢那红色的信号服和安全帽，喜欢去井位，在飓风中爬井台，虽然到底弄不明白那里的生产程序和机械名称，却还要喋喋不休地问这问那。新疆是中国最大气的地方，过去的年月里容纳了多少逃难的人，逃婚的人，甚至逃罪的人，而今的塔里木油田上，为了一个共同的目标，五湖四海的人走到一起。塔里木改变了他们的人生观，培养了他们特有的性格和行为方式。他们是那样好客，给你说，给你唱，却极少提到这里的艰苦，也不抱怨这恶劣的气候，说许多趣话，甚至那些带彩的段子，使你感受到生命的蓬勃和饱满。我们采访了那些在石油战线上奋斗了一生的老大学生，更多地采访了那些才从大学毕业分配来的大学生，问他们为什么没有留在大城市，没有去东南沿海地区。他们对这些似乎毫无兴趣，只是互相戏谑：谁谁在这里举行婚礼的那天，竟自己喝醉了酒，沉睡得一夜不起。谁谁去出车，车在半途坏了，爬了两天两夜，又饥又渴昏倒在沙梁上，幸亏派飞机搜索才救回来，去修那辆车时，才发现车座下面还有着一瓶矿泉水的，真是笨得要死。谁谁的媳妇千里迢迢到库尔勒，指挥部派专车将人送到工地，说好明日再送回库尔勒，可活该倒霉，这一夜却起了特大沙暴，甭说亲热，连睁大眼睛端详一下媳妇都不可能。这些年轻人给我们留下了极深的印象，从沙漠回来后，当我们在繁华的城市坐着小车，就每每想起了他们。世上有许多东西我们一时一刻离不了，但我们却常常忽略，如太阳如空气，我们每日坐车，就忘了车的行走需要的是石油！现在的小孩子，肚子饥了要馍馍吃，馍馍是哪儿来的，孩子们只知道馍馍是从厨房来的。我们也做过一次小小的调查，问过十三个坐车的人：车没油了怎么办？回答都是：去加油站啊！谁又知道发生在沙漠中的这些极普通又极普遍的故事呢？

接触了不同岗位不同层次的石油人，临走时，我们见到了塔指的三个领导。邱中建，这是石油战线上无人不晓的一个名字，他的一生几乎与中国所有的大油田的历史连在一起，如今已经六十多岁的人，祖国需要他到塔里木来，需要他来指挥这一场新体制新工艺高水平高效益的石油大会战，他离开了北京和家人，一人就长年待在塔里木。钟树德呢，这位塔指的大功臣，为了中国的石油事业，他献出了自己的一只眼睛。他自始至终在塔指，大漠中的每一口井台上都流过他的血汗。当我们见到他的时候，他才从塔中回到库尔勒不久，而那只完全失明的眼睛，因失去了功能，沙子落进去，摩擦得还是血红血红。梁狄刚更是个传奇人物，他的母亲居住在香港，年纪大了，一直希望他也能定居香港，但他虽是大孝子，可忠孝难两全，当中央电视台的记者采访他时，他没有什么华丽的辞藻，只说了一句，我不能丢弃我的专

125

业。与这些领导交谈，你如坐在一张世界地图前，坐在一张中国地图前，他们的襟怀和视角是那么大，绝口不提自己的事，只强调这一生就是要为中国找石油。塔里木油田可能是他们人生最后要找的一个大油田了，党和人民让他们来，这就是他们一生最大的幸福。但他们压力很大，因为中央领导一个接一个来塔里木，历史的重任使他们不敢懈怠，如何尽快地发现大的场面，使他们只有日日夜夜超负荷地工作着。

我们去塔里木，我们是几个普通得不能再普通的人，又行色匆匆，但石油人却是那样的热情！所到之处，工人们让签字。签什么字呀，一个作家浪得再有虚名，即就是写出的书到处有人读，而比起石油人是多么微不足道啊！他们一有机会就让我写毛笔字，我写惯了那些唐诗宋词，我依旧要这么写时，工人们却自己想词，他们想出的词几乎全是豪言壮语。这些豪言壮语在别的地方已经消失了，或者有，只是领导的鼓动词，而这里的工人却已经将这些语言渗进了自己的生活，他们实实在在，没有丁点儿虚伪和矫饰，他们就是这样干的，信仰和力量就来自这里。于是，我遵嘱写下的差不多都是"笑傲沙海""生命在大漠""我为祖国献石油"等等。写毕字，晚上躺下，眼前总还是这些石油人的一张张黑红的面孔，想，这里真是一块别种意义的净土啊，这就是涌动在石油战线上的清正之气，这也是支持一个民族的浩然之气啊！回到库尔勒，我们应邀在那里做报告。我们是作家，却并没有讲什么文学和文学写作的技巧，只是讲几天来我们的感受。是的，如何把恶劣的自然环境转化为生存的欢乐，如何把国家的重托和期望转化为工作的能量，如何把人性的种种欲求转化为特有的性格和语言，使我们进一步了解了石油人。如今社会，有些人在扮演着贪污腐化的角色，有些人在扮演着醉生梦死的角色，有些人在扮演着浮躁轻薄的角色，有些人在扮演着萎靡不振的角色，而石油人在扮演着自己的英雄角色。石油人的今生担当着的是找石油的事，人间的一股英雄气便驰骋纵横！

从沙漠腹地归来，经过了塔克拉玛干边沿的塔里木河，河道的旧址上是一眼望不到头的胡杨林。这些胡杨林证明着历史上海洋的存在，但现在它们全死了，成了之所以称为死亡之海的依据。这些枯死的胡杨粗大无比，树皮全无，枝条如铁如骨僵硬地撑在黄沙之上。据说，它们是千年不死，死了千年不倒，倒了千年不烂。去沙漠腹地时，我们路过这里，拍摄了无数的照片。胡杨林如一个远古战场的遗迹，悲壮得使我们要哭。返回再经过这里，我们又是停下来去拍摄。那里修公路时所堆起的松沙，扑扑腾腾涌到膝盖，我们大喊大叫。为什么呐喊，为谁呐喊，大家谁也没说，但心里又都明白，塔里木油田过去现在是没有个雕塑馆的，但有这个胡杨林，我们进入大漠腹地看到了当今的石油人，这些树就是石油人的形象，一树一个雕塑，一片林子就是一群英雄！我们狂热地在那里奔跑呐喊之后，就全跪倒在沙梁上，每人将矿泉水喝干，捧着沙子装了进去带走。这些沙子现在存放在我们各自的书房，我们不可能去当石油人，也不可能长时间生活在那里，而那个八月长留在记忆中，将要成为往后人生长途上要永嚼的一份干粮了。

一九九六年十月

夏河的早晨

　　这是一九九五年七月二十四日早上七点或者八点，从未有过的巨大的安静，使我醒来感到了一种恐慌，我想制造些声音，但 × 还在睡着，不该惊扰，悄然地去淋室洗脸，水凉得淋不到脸上去，裹了毛毡便立在了窗口的玻璃这边。想，夏河这么个县城，真活该有拉卜楞寺，是佛教密宗圣地之一，空旷的峡谷里人的孤单的灵魂必须有一个可以交谈的神啊！

　　昨晚竟然下了小雨，什么时候下的，什么时候又住的，一概不知道。玻璃上还未生出白雾，看得见那水泥街石上斑斑驳驳的白色和黑色，如日光下飘过的云影。街店板门都还未开，但已经有稀稀落落的人走过，那是一只脚，大概是右脚，我注意着的时候，鞋尖已走出玻璃，鞋后跟磨损得一边高一边低。

　　知道是个丁字路口，但现在只是个三角处，路灯杆下蹲着一个妇女。她的衣裤鞋袜一个颜色的黑，却是白帽，身边放着一个矮凳，矮凳上的筐里没有覆盖，是白的蒸馍。已经蹲得很久了，没有买主，她也不吆喝，甚至动也不动。

　　一辆三轮车从左往右骑，往左可以下坡到河边，这三轮车就蹬得十分费劲。骑车人是拉卜楞寺的喇嘛，或者是拉卜楞寺里的佛学院的学生，光了头，穿着红袍。昨日中午在集市上见到许多这样装束的年轻人，但都是双手藏在肩上披裹着的红衣里。这一个双手持了车把，精赤赤的半个胳膊露出来，胳膊上没毛，也不粗壮。他的胸前始终有一团热气，乳白色的，像一个不即不离的球。

终于对面的杂货铺开门了，铺主蓬头垢面地往台阶上搬瓷罐，搬扫帚，搬一筐红枣，搬卫生纸，搬草绳，草绳捆上有一个用各色玉石装饰了脸面的盘角羊头，挂在了墙上，又进屋去搬……一个长身女人，是铺主的老婆吧，头上插着一柄红塑料梳子，领袖未扣，一边用牙刷在口里搓洗，一边扭了头看搬出的价格牌，想说什么，没有说，过去用脚揩掉了"红糖每斤四元"的"四"字，铺主发了一会儿呆，结果还是进屋取了粉笔，补写下"五"，写得太细，又改写了一遍。

从上往下走来的是三个洋人。洋人短袖短裤，肉色赤红，有醉酒的颜色，蓝眼睛四处张望。一张软不塌塌白塑料袋儿在路沟沿上潮着，那个女洋人弯下腰看袋儿上的什么字，样子很像一匹马。三个洋人站在了杂货铺前往里看，铺主在微笑着，拿一个依然镶着玉石的人头骨做成的碗比画，洋人摆着手。

一个妇女匆匆从卖蒸馍人后边的胡同闪出来，转过三角，走到了洋人身后。妇女是藏民，穿一件厚墩墩袍，戴银灰呢绒帽，身子很粗，前袍一角撩起，露出红的里子，袍的下摆压有绿布边儿，半个肩头露出来，里边是白衬衣，袍子似乎随时要溜下去。紧跟着是她的孩子，孩子老撵不上，踩了母亲穿着的运动鞋带儿，母子节奏就不协调了。孩子看了母亲一下，继续走，又踩了带儿，步伐又乱了，母亲咕哝着什么，弯腰系带儿，这时身子就出了玻璃，后腰处系着红腰带结就拖拉在地上。

没有更高的楼，屋顶有烟囱，不冒烟，烟囱过去就目光一直到城外的山上。山上长着一棵树，冠成圆状，看不出叶子。有三块田，一块是麦田，一块是菜花田，一块土才翻了，呈铁红色。在铁红色的田边支着两个帐篷，一个帐篷大而白，印有黑色花饰，一个帐篷小，白里透灰。到夏河来的峡谷里和拉卜楞寺过去的草地上，昨天见到这样的帐篷很多，都是成双成对的鸳鸯状，后来进去过一家，大的帐篷是住处，小的帐篷是厨房。这么高的山梁上，撑了帐篷，是游牧民的住家吗？还是供旅游者享用的？可那里太冷，谁去睡的？

"你在看什么？"

"我在看这里的人间。"

"看人间？你是上帝呵?！"

我回答着，自然而然地张了嘴说话，说完了，却终于听到了这个夏河的早晨的声音。我回过头来，× 已经醒，是她支着身与我制造了声音。我离开了窗口的玻璃，对 × 说：这里没有上帝，这里是甘南藏区，信奉的是佛教。

一九九五年十月三十一日夜记

通渭人家

通渭是甘肃的一个县。我去的时候正是五月，途经关中平原，到处是麦浪滚滚，成批成批的麦客蝗虫一般从东往西撵场子，他们背着铺盖，拿着镰刀，拥聚在车站、镇街的屋檐下和地头，与雇主谈条件，讲价钱，争吵，咒骂，甚或就大打出手。环境的污杂，交通的混乱，让人急迫而烦躁，却也感到收获的紧张和兴奋。一进入陇东高原，渐渐就清寂了，尤其过了会宁，车沿着苦丁河在千万个峁塬沟岭间弯来拐去，路上没有麦客，田里也没有麦子，甚至连一点绿的颜色都没有，看来，这个地区又是一个大旱年，颗粒无收了。太阳还是红膛膛地照着，风也像刚从火炉里喷出来，透过车窗玻璃，满世界里摇曳的是丝丝缕缕的白雾，搞不清是太阳下注的光线，还是从地上蒸腾的气焰，一切都变形了，开始是山，是路，是路边卷了叶子的树，再后是蹴在路边崖塄上发痴的人和人正看着不远处铁道上疾驶而过的火车。火车一吼长笛，然后是轰然的哐哐声。司机说：你听你听，火车都在说，甘肃——穷，穷，穷，穷……

我就是这样到了通渭。

通渭缺水，这在我来之前就听说的，来到通渭，其严重的缺水程度令我瞠目结舌。我住的宾馆里没有水，服务员关照了，提了一桶水放在房间供我洗脸和冲马桶，而别的住客则跑下楼去上旱厕。小小的县城正改造着一条老街，干燥的浮土像面粉一样，脚踩下去噗噗地就钻一鞋壳。小巷里一群人拥挤着在一个水龙头下接水，似乎是有人插队，引起众怒，铝盆被踢出来咣嘟嘟在路道上滚。一间私人诊所里，一老头趴在桌沿上接受肌肉注射，擦了一个棉球，又擦一个棉球，大夫训道：五个棉球都擦不净?! 老头说：河里没水了嘛。城外河里是没水了，衣服洗不成，擦澡也不能，一只鸭子从已是一片糨糊的滩上往过走，看见了盆子大的一个水潭，潭里还聚着一团蝌蚪，中间的尾巴在极快地摆动，四边的却越摆越慢，最后就不动了，鸭子伸脖子去啄，泥粘得跌倒，白鸭子变成了黄鸭子。城里城外溜达了一圈，我蹅近街房屋檐下的货摊上买矿泉水喝，摊边卧着的一条狗吐了舌头呼哧呼哧不停地喘，摊主骂道：你呼哧得烦不烦！然后就望着天问我那一疙瘩云能不能落下雨来？天上是有一疙瘩乌云，但飘着飘着，还没有飘过街的上空就散了。

我懦懦地回宾馆去，后悔着不该接受朋友的邀请，在这个时候来到了通渭，但是，我又一次驻脚在那个丁字路口了，因为斜对面的院门里，一个老太太正在为一个姑娘用线绞拔额上的汗毛，我知道这是在"开脸"，出嫁前必须做的工作。在这么热的天气里，她即将要做新娘了吗？姑娘开罢了脸，就站在那里梳头，那是多么长的一头黑发呀，她立在那里无法梳，便站在了凳子上，梳着梳着，一扭头，望见了我正在看她，赶忙过来把院门关了。院门的门环在晃荡着，安装门环的包铁突出饱圆，使我联想到了女人成熟的双乳。"往这儿看！"一个声音在说，我脸唰地红起来，扭过脖子，才发现这声音并不是在说我，而一个剃着光头的男人脖子上架了小儿就在我前面走。光头是一边走一边让小儿认街两边店铺门上的字，认得一个了，小儿用指头就在光头顶上写，写了一个又一个。大人问怎么不写了？小儿说：后边有人看着我哩。我是笑着，一直跟他们走过了西街。

这天晚上，我见到了通渭县的县长，他的后脖是酱红颜色，有着几道褶纹，脖子伸长了，褶纹就成白的。县长是天黑才从乡下检查蓄水节溉工程回来，听说我来了就又赶到宾馆。我们一见如故，自然就聊起今年的旱情，聊起通渭的状况，他几乎一直在说通渭的好话，比如通渭人的生存史就是抗旱的历史，为了保住一瓢水，他们可以花万千力气，而一旦有了一瓢水，却又能干出万千的事来。比如，干旱和交通的不便使通渭成为整个甘肃最贫困的县，但通渭的民风却质朴淳厚，使你能想到陶潜的《桃花源记》。

"是吗？"我有些不以为然地冲着他笑，"孟子可是说过：衣食足，知礼仪。"

"孟子是不知道通渭的！"

"我也是到过许多农村，如果哪个地方民风淳厚，那个地方往往是和愚昧落后连在一起的……""可通渭恰恰是甘肃文化普及程度最高的县！"县长几乎有些生气了，他说明日他还要去乡下的，让我跟着他去亲眼看看，就不会说这样的话了。

我真的跟着县长去乡下了，转了一天，又转了一天。在走过的沟沟岔岔里，没有一块不是梯田的，且都是外高内低，挖着蓄水的塘，进入大的小的村庄，场畔有引水渠，巷道里有引水渠，分别通往人家门口的水窖。可以想象，天上如果下雨，雨水是不能浪费的，全然会流进地里和窖里。农民的一生，最大的业绩是在自己手里盖一院房子，而盖房子很重要的一项工程就是修水窖，于是便产生了窖工的职业。小的水窖可以盛几十立方水，大的则容量达到数千立方，能管待一村的人与畜的全年饮用。一户人家富裕不富裕，不仅看其家里有着多少大缸装着苞谷和麦子，有多少羊和农具衣物，还要看蓄有多少水。当然，他们的生活是非常简单的，待客最豪华的仪式是杀鸡，有公鸡杀公鸡，没公鸡就杀还在下蛋的母鸡，然后烙油饼。但是，无论什么人到了门口，首先会问道：你渴了没？不管你回答是渴着或是不渴，主人已经在为你熬茶了。通渭不产茶叶，窖水也不甘甜，虽然熬茶的火盆和茶具极其精致，熬出的茶都是黑红色，糊状的，能吊出线，而且就那么半杯。这种茶立即能止渴和提起神来，既节约了水又维系了人与人之间的亲情。

我出身于乡下，这几十年里也不知走过了多少村庄，但我从未见过像通渭人的农舍收拾得这么整洁，他们的房子有砖墙瓦顶的，更多的还是泥抹的土屋，但农具放的是地方，柴草放的是地方，连揳在墙上的木橛也似乎经过了精心的设计。厨房里大都有三个瓮按程序地沉淀着水，所有的碗碟刷洗干净了，碗口朝下错落地垒起来，灶火口也扫得干干净净。越是缺水，越是喜欢着花草树木，广大的山上即便无能力植被，自家的院子里却一定要种几棵树，栽几朵花，天天省着水去浇，一枝一叶精心得像照看自己的儿女。我经过一个卧在半山窝的小村庄时，一抬头，一堵土院墙内高高地长着一株牡丹，虽不是花开的季节，枝叶隆起却如一个笸篮那么大。山沟人家能栽牡丹，牡丹竟长得这般高大，我惊得大呼小叫，说：这家肯定生养了漂亮女人！敲门进去，果然女主人长得明眸皓齿，正翻来覆去在一些盆里倒换着水。我不明白这是干啥，她笑着说穷折腾哩，指着这个盆里是洗过脸洗过手的水，那个盆里是刷过锅净过碗的水，这么过滤着，把清亮的水喂牲口和洗衣服，洗过衣服了再浇牡丹的。水要这么合理利用，使我感慨不已，对着县长说：瞧呀，鞋都摆得这么整齐！台阶上是有着七八双鞋，差不多都破得有了补丁，却大小分开摆成一溜儿。女主人倒有些不好意思了，说：图个心里干净嘛！

正是心里干净，通渭人处处表现着他们精神的高贵。你可以顿顿吃野菜喝稀汤，但家里不能没有一张饭桌；你可以出门了穿的衣裳破旧，但不能不洗不浆；你可以一个大字不识，但中堂上不能不挂字画。有好几次饭时我经过村庄的巷道，两边门口蹲着吃饭的老老少少全站起来招呼，我当然是要吃那么一个蒸熟的洋芋的，蘸着盐巴和他们说几句天气和收成，总能听到说谁家的门风好，出了孝子。我先是不解这话的意思，后来才弄清他们把能考上大学的孩子称作孝子，是说一个孩子若能考上大学就为父母省去好多熬煎，若是这孩子考不上学，父母就遭罪了。重视教育这在中国许多贫困地区是共同的特点，往往最贫穷的地方升学率最高，这可以看作是人们把极力摆脱贫困的希望放在了升学上。通渭也是这样，它的高考升学率在甘肃一直是名列前茅，但通渭除了重视教育外，已经扩而大之到尊重文字，以至于对书法的收藏发展到了一种难以想象的疯狂地步。在过去，各地都有焚纸炉，除了官府衙门焚化作废的公文档案外，民间有专门捡拾废纸的人，捡了废纸就集中焚烧，许多村镇还贴有"敬惜字纸"的警示标语，以为不珍惜字与纸的，便会沦为文盲，即使已经是文人学子也将退化学识。现在全县九万户人家，不敢说百分之百家里收藏书法作品，却可以肯定百分之九十五的人家墙上挂有中堂和条幅。我到过一些家境富裕的农民家，正房里、厦屋里每面墙上悬挂了装裱得极好的书法作品，也去过那些日子苦焦的人家，什么家当都没有，墙上仍挂着字。仔细看了，有些是明清时一些国内大家的作品，相当有价值，而更多的则是通渭县现当代书家所写。县长说，通渭人爱字成风，写字也成风，仅现在成为全国书法家协会会员的人数，通渭是全省第一，而成为省书协会员的人数，在省内各县中通渭又是第一。书法有市场，书法家就多，书法家多，装饰店就多，小小县城里就有十多家，而且生意都好。我在一个只有十几户人家的小山村里，见到了其中三家挂有于右任和左宗棠的字，而一家的主人并不认字，墙上的对联竟是"玉楼宴罢醉和春，千杯饮后娇伺夜"。在另一家，一幅巨大的中堂，几乎占了半面墙壁，而且纸张发黄变脆，烟熏火燎得字已经模糊不清。我问这是谁的作品，主人说不知道，他爷爷在世时就挂在老宅里，他父亲手里重新裱糊过一次，待他重盖了新屋，又拿来挂的。我仔细地辨了落款是"靖仁"，去讨教村中老者，问靖仁是谁，老者说：靖仁呀，是前沟拴子他爷么，老汉活着的时候是小学的教书先生！把一个小学教师的字几代人挂在墙上，这令我吃惊。县长说，通渭有许多大的收藏家，那确实是不得了的宝贝，而一般人家贴挂字是不讲究什么名家不名家的，但一定得要求写字人的德行和长相，德行不高的人家写得再好，那不能挂在正堂，长相丑恶者也只能挂在偏屋，因为正堂的字前常年要摆香火的。

从乡下回到县城，许多人已经知道我来通渭了，便缠着要我为他们写字，可我怎么也想不到，来的有县上领导也有摆杂货摊的小贩，连宾馆看守院门的老头也三番五次地来。我越写来的人越多，邀我来的朋友见我不得安宁，就宣布谁再让写字就得掏钱，便真的有人拿了钱来买，也有人揣一个瓷碗，提一个陶罐，说是文物来换字，还有掏不出钱的，给我说好话，说得甚至要下跪，不给一个两个字就抱住门框不走。我已经写烦了，再不敢待在宾馆，去朋友家玩到半夜回来，房间门口还是站着五六个人。我说我不写字了，他们说他们坚决不向我索字，只是想看看我怎么写字。

在西安城里，书画的市场是很大的，书画却往往作为了贿品，去办升迁、调动、打官司或者贷款，我的情况就是如此，我也曾戏谑自己的字画推波助澜了腐败现象。但是在通渭，字画更多的是普通老百姓自己收藏，他们的喜爱成了风俗，甚至是一种教化和信仰。

在一个村里，县长领我去见一位老者，说老者虽不是村长，但威望很高。六月的天是晒丝绸的，村人没有丝绸，晒的却是字画，这位老者院子里晒的字画最多，惹得好多人都去看，他家老少出来脸面犹如盆子大。我对老者说，你在村里能主持公道，是不是因为藏字画最多？他说：连字画都没有，谁还听你说话呀？县长就来劲了，叫嚷着他也为村人写几幅字，立即笔墨纸砚就摆开了，县长的字写得还真好，他写的是"一等人忠臣孝子，两件事读书耕田"，写毕了，问道：怎么样？我说：好！他说：是字好还是内容好？我说字好内容好通渭好，在别的地方，维系社会或许靠法律和金钱，而通渭崇尚的是耕读道德。县长就让我也写写，讲明是不能收钱的，我提笔写了几张，写得高兴了，竟写了我曾在华山上见到的吉祥联：太华峰头玉井莲，开花十丈藕如船。

这天下午，一场雨就哗哗地降临了。村人欢乐得如过年节，我却躺在一面土炕上睡着了，醒来，县长还在旁边鼾声如雷。

几天后，我离开了通渭，临走时县长拉着我，一边搓着我胳膊上晒得脱下的皮屑，一边说：你来的不是好季节，又拉着你到处跑，让你受热受渴了。我告诉他：我来通渭正是时候！我还要来通渭，带上我那些文朋书友，他们厌恶着城市的颓废和堕落，却又不得不置身于城市里那些充满铜臭与权柄操作的艺术事业中而浮躁痛苦着，我要让他们都来一回通渭！

地下动物园

陇南有一个去处：山有灵气，水有精光，百十亩地面，沟沟岔岔长满了竹；天晴绿得深沉，遇风，则满世界泠泠音韵。自然就大兴土木，筑楼建亭，幽然然地办起了一个疗养所。于是，各界俊才名人，每年就度夏避暑而来，很是热热闹闹的了。

在竹林深处，却有了一条不大不小的浅沟，没有竹子，也没有一棵端端的树；杂乱无章的是些野荆；枸子居多，棠梨次之，更有那些酸枣、枸子、鸡骨头木。这些野荆，都长得极慢，叶子稀稀落落的没有颜色，一人来高便显出枯老，疙疙瘩瘩地难看。美丽的竹林地竟有了这条沟，实在是太煞风景了。

疗养所的人就动手改造了，先放火烧了那沟，然后用镢开挖，想方设法植些竹子，或者种些花草。但是这野荆根系却意想不到地发达，在地下错综复杂纠缠在一起，整整好多天过去了，还没有清理出多少地方来，只好作罢；封了沟口，从此绝了外人参观。

挖出的那些树根就堆放在沟口，一时却无法处理：因为山地烧柴到处都是，没人肯费体力用斧子去劈它；也曾用火再烧，但又都燃不起来；只有盼望发一次洪水，将这些树根冲去吧。

但是，几年之间，并没有发生洪水，那树根依然堆在那里，奇怪地竟没有腐朽。那沟自烧后，一片黑秃，鸟儿再不飞来，兔儿再不窜来，虽后来也慢慢又有叶生，又有果结，但叶生叶枯，果结果落：被人遗弃，越发荒寂不堪了。

这年夏日，疗养所来了一位画家，很老很老的年纪。一天到山岔里去写生，已经是黄昏了，转到这条沟，突然就吓到了：远远的地方，爬着、卧着、立着、仄着一堆飞禽走兽！但那些动物却并未走散，甚至动也未动，他定睛看时，不禁哑然失笑了，原来这竟是那堆树根。但他立即惊喜若狂，背了好多树根回到宿舍，用锯子截截，用凿子刻刻，那些树根顿时真的就成了一只咆哮的虎，一只憨睡的牛，或者是一只栖枝的鸟，或者是一只望月的羊。

这事轰动了陇南地面，说这老画家有化腐木为神奇之巧功。老画家从此也没有走，随后又来了相当多的人，就开始开挖这条浅沟了。开挖得十分仔细，大凡树根，一律视为珍宝，果然几经雕琢便成动物。于是，很快这里就修了厅房，办起了工艺美术厂，那些飞禽走兽摆满了大厅，列为珍品，供人观赏，而且这条不大不小的浅沟也被保护了起来。一时消息传开，声名大振，大批大批的人来参观，疗养所从此没了荣誉，远远近近却都知晓这个"地下动物园"了。

这地下动物园办了一个很可观的展览，那展室前言里，详细记载了这块地方的发现和开发，末了写道：

> 杂木野荆，它们不像绿竹那样争荣地面；它们正是无争于地上色彩，却用功于地下形体。它们久久地被人遗弃了，但是，荒寂而不自弃，冷落而不无用，它们是一群凝固的生命，它们是天然的艺术。可怜它们却被深深地埋在了地下，只是一天天，一年年在期待着人去开发，去挖掘呢。

一九八二年十月十八日作于兰州

灵 渠

雨花台拣石记

在南京住了一些日子，要回去了，总想买些什么东西带给亲人，蓦地记得应该去雨花台拣些石子；同行四位朋友都极响应，便挑个雨后的天气，悠悠地去了。

雨花台在城南的山上，说是山，其实没有山的气势，温温柔柔的样子。正是初夏，树木长得很旺，但全不是畏畏缩缩的，树干撑得很高，向着天空，一劲儿拥挤，绿就像静浮的云，给人一种飘逸之感。走进去，多是不见天日，也不见地面上如水藻交错一般的阴影；透过树外炎炎的烈日，看一丝一缕的升腾得正紧，便觉阴处整个空气都是深而不暗的绿。间或露出一块天来，太阳射下的不是一种红光，白得刺眼，看得见它的边缘，犹如没规没则，顶天立地的白的固体。这景象使我们十分惊奇，喜欢从绿里跑向白里，但必是要眯了眼，三步两步地迅速穿过。

山上没有巉岩怪石，但石子却是多极，又没有什么水流漫过，石子又都小而圆滑。在绿里，觉得是走进了海底，石子或伏在草下，或嵌在花间，晶莹柔软得可爱；看那山弯处涌流下来的石子流道，白光里，却灿灿烁烁，似乎陡然到了宝石世界。一时眼花缭乱，如在南京城里看那少女，都炫目鲜艳，却说不出哪个是好，哪个不好。我们乐得手舞足蹈起来，却不小心，全都滑倒了，就索性躺在石子上，千声万声地惋惜没有带了照相机来。

约摸下午两点，我们分头拣起来，那石子委实精妙。有的发红，长者如枣，小者如豆；有的发黄，深的蛋黄深，浅的橘皮浅；有的发绿，绿得腻腻

141

的，绿得厚厚的；有的则发黑了，叩之泠泠作响；有的紫蓝紫蓝的，如熟透了的桑葚，似乎摸着染色，闻着有香气呢。那石子上更奇的有了线纹：水波形的，流云形的，木纹形的，鸟兽形的，花草形的……

我们只知天下石子，雨花台的最好，可如何也想象不出好到这种境界！这里的石子，颗颗都是工艺妙品，怪不得谁也无法解释这是天神的珍珠库呢，还是地鬼的玛瑙室，只是这般奇特，这般丰富，叫它是雨花落下而成的石子了。

从前山走到后山，口袋里便装得满满的。我得意得很，觉得是最富有的人了，捧着石子，走一步，看一眼，看一眼，赞一声，每一颗石子，都给我一个形象，一个梦一样颤酥酥的遐想。我忘记了生活一切的烦闷，只是平和，只是安宁，只是崇高的诗和音乐。姗姗地走到山弯处，朋友们分而聚合了，个个都是孩子般的快活，一起摊开口袋，你看我的，我瞧你的，对着太阳照照，贴在耳边磕磕，滋味是乡下媳妇翻那针线包袱，一遍一遍没个够数。终于有人叫着："口渴了！"大家才发觉真的渴极了，就去弯下的亭子里。

亭子里有卖茶的。喝茶之间，朋友特意买了一碗清水，将石子放了进去，那奇妙的现象又发生了：石子更加晶莹，线纹越发清晰，绿的了如葡萄，手指一弹，便要溅出汁来；那红的犹是了琥珀，明明白白看见了线纹不是在表面，而一直含在里面哩。我一时心切切起来，觉得他们拣的，好的竟比我多，索要了许久，都拒不割爱。我就又提议再找一会儿，大伙也都乐意，便又分头满山跑开去了。

好不容易，在一棵开得极艳的小野花下，发现了一颗很好的红石子，我激动得全身都颤起来了。于是我明白了一个秘诀，那小野花下，必是有好的石子。是什么原因我就不知道了。这方法竟使我收获了不少。每得一颗绿的，就倦倦想那黄的，得了那黄的，就又盼那紫的；满足了一种欲望，就又企图更美妙的欲望。但往往使我长时间地苦恼、焦急，骂自己运气不好。终是到了太阳西下的时候了，仍是没有得到那如墨如漆一般的黑石子。

到了最后，朋友们重新在后山头相聚，你有了红的，却缺了绿的、紫的，他有了黄的，却短了白的、蓝的。他们没有的，我全有了，我所缺的，那如墨如漆的黑石子，他们却全都有；这终使我气恼。天黄昏得厉害了，大伙说是回吧，我却不行，还要坚持再去坝子里再拣拣。朋友们就骂我贪得无厌，说我黄红绿蓝紫，样样有了，唯少了个黑的，还这般不知足！但我仍是不肯死心，虽然坐在那里吃着干粮，却唉声叹气，惹得他们又是一顿攻击。

突然间，身后有了说话声，语气很低，但这边却听得十分清楚，回头看时，远近却是无人，声音正从后侧的一丛山字柏树后传来的。只听一个在说："老师，这几年来，越弄越苦恼呢。"另一个就说："就是，画出一幅，觉得高兴，但很快就又苦恼了，恨自己弄不出个大名堂来，常常想就地打滚哭一场。"一人就又说："瘦猪哼哼，肥猪也哼哼，我们苦恼，你也苦恼？你的画省上、全国都获了奖，又办了个人画展，你还苦恼什么呀?！"前边说话的人便说道："这不是故意说的，确实苦恼得很呢！今日老师来，就盼能点石成金哩。"一个苍老的声音便说道："他说的苦恼，我理解。别说是他，我也苦恼得很呢！"便有三四个声音叫道："你也苦恼？"那苍老声说："可不。愈是画得好，愈是苦恼哩。人总是要追求更大的成绩的，在追求当中能没有苦恼吗？"三四个声音就又叫了："那么，要干番事业，就得一辈子苦恼？"苍老声便说道："是的，可乐在其中，谁的苦恼最大，谁的乐趣也最大。"

那边哑了声，我们这边也哑了声，你看着我，我看着你，却无言可言了。

我们站起来，要过去看看那是些什么人物，好好再听听一番教导，那树后一阵响动，便见一行五人起身走过树丛，飘飘下山去了，前边是个老者，后边是四个青年，都夹着画夹。

朋友们齐声叫道："说得有理！"我便又提出再拣一会儿石子，他们全都默然点头，哈哈笑了一通，分头一直拣到天黑。

这是八一年六月初九的事，同拣石子的，是写诗的李清，写小说的商子，写评论的王琦，还有一个写散文的和青，年且十七，是个秀发女子。

143

一九八一年十月二十九日作于西安

入川小记

　　我的家乡有句俗语；少不入川。少不入者，则四川天府之国，山光、水色、物产、人情，美而诱惑，一去便不复归也。此话流传甚广，我小小的时候就记在心里，虽是警戒之言，但四川究竟如何美，美得如何，却从此暗暗地逗着我的好奇。八一年冬日，我们一行五人，从西安出发，沿宝成路乘车去了成都；走时雪下得很紧，都穿得十分暖和。秋天里宝成路遭了水灾，才好复通，车走得很慢，有些时候，竟如骑自行车一般。钻进一个隧洞，黑咕隆咚，满世界的轰轰隆隆，如千个雷霆，万队人马从头顶飞过；好容易出了洞口，见得光明，立即又钻进又一隧洞。借着那刹那间的天日，看见山层层叠叠，疑心天下的山峰全是集中到这里的。山头上积着厚雪，树木玉玉的模样，毛茸茸的像戴了顶白绒帽；山腰一片一片的红叶，不时便被极白的云带断开。……又入隧洞了，一切又归于黑暗。如此两天一夜，实在是寂寞难堪，只好守着那车窗儿，吟起太白"蜀道难"的诗句，想：如今电气化铁路，且这般艰难，唐代时期，那太白骑一头瘦驴，携一卷诗书，冷冷清清，"怎一个愁字了得！"正思想，山便渐渐小了，末了世界抹得一溜平坦，这便是到了成都平原，心境豁然大变，车也驶得飞快，如挣脱了缰绳，一任春风得意似的。一下火车，闹嚷嚷的城市就在眼下，满街红楼绿树，金橘灿灿。在西北，这橘子是不大容易吃到，如今见了，馋得直吐口水，一把分币便买得一大怀，掰开来，粉粉的，肉肉的，用牙一咬，汁水儿便口里溅出，不禁心灵神清，两腋下津津生风。惊喜之间，蓦地悟出一个谜来：这四川，不正是

144

一个金橘吗？一层苦涩涩的橘皮，包裹着一团妙物仙品。外地来客，一到此地，一身征尘，吃到鲜橘，是在告诉着愈是好的愈是不易得到的道理啊！

走近市内，已是黄昏时分，天没有朗晴，夕阳看不到；云也看不到，一尽儿蒙蒙的灰白。我觉得这天恰到了好处，脉脉的如浸入美人的目光里，到处洋溢着情味。树叶全没有动，但却感到有醺醺的风，眼皮，脸颊很柔和，脚下飘飘的，似乎有几分醉后的酥软。立即知道这里不比西北寒冷，穿着这棉衣棉裤，自是不大相宜，有些后悔不送了。从街头往每一条小巷望去，树木很多，枝叶清新，路面潮潮的，不浮一点灰尘，家家门口，都植有花草，即使在土墙矮垣上，也藓苔缀满；偶尔一条深巷通向墙外，空地上有几畦白菜、萝卜，一青二白，便明白这地方地势极低，似乎用手在街的什么地方掘掘，就会咕涌涌现出一个清泉出来。街上的人多极，却未行色匆匆，男人皆瘦而五官紧凑，女人则多不烫发，随意儿拢一撮披在后背，依脚步袅袅拂动，如一片悠悠的墨云，又如一朵黑色的火焰。间或那男人女人的背上，用绳儿裹着一小孩骑上自行车，大人轻松，孩子自得，如做杂技，立即便感觉这个城市的节奏是可爱的缓慢，不同于外地。在这乱糟糟的生活旋涡里，突然走到这里，我满心满身地感到一种安逸、舒静，似乎有些超尘而去了。

在城里住下来，一刻儿也不愿待在房间，整日在街巷去走，街巷并不像天津那么曲折，但常常不辨了归途，我一向得意我的认路本领，但总是迷失方向，我不知这是什么原因儿，反正一任眼睛儿看去，耳朵儿听去，脚步儿走去。那街巷全是窄窄的，没有上海的高楼，也少于北京的四合院，那二层楼舍，全然木的结构，随便往哪一家门里看去，内房儿竹帘垂着，袅袅燃一炷卫生香烟。客间和内间的窗口，没有西北人贴着的剪纸，却都摆一盘盆景，有苍劲松柏的，有高洁梅兰的，有幽雅竹类的，更有着奇异的石材：沙碛石、钟乳石、岩浆石。那盆儿也讲究，陶质、瓷质、石质。设计起来，或雄浑，或秀丽，或奇伟，或恬静；山石得体，树势有味，以窗框为画框，恰如立体的挂幅。忍不住走进一家茶馆去了，那是多么忘我的境界，偌大的房间里，四面门板打开，仅仅几根木柱撑着屋顶，成十个茶桌，上百个竹椅，一茶一座，买得一角花茶，便有服务员走来，一手拎着热水壶，一条胳膊，从下而上，高高垒起几十个茶碗，哗哗哗散开来；那茶盖儿、茶碗儿、茶盘儿，江西所产，瓷细坯薄，叮叮传韵。正欣赏间，倒水人忽地从身后数尺之远，唰地倒水过来：水注茶碗，冲卷起而不溢出。将那茶盖儿斜盖了，燃起一支烟来，捏那盖儿将茶拨拨，便见满碗白气，条条微痕，久而不散，一朵两朵茉莉小花，冉冉浮开茶面。不需去喝，清香就沁入心胸，品开来，慢慢细品，说不尽的满足。在成都待了几日，我早早晚晚都在茶馆泡着，喝着茶，听着身边的一片清谈，那音调十分中听，这么一杯喝下，清香在口，音乐在耳，一时心胸污浊，一洗而净，乐而不可言状也。

我们五人，皆关中汉子，嗜好辣子，出门远走，少不了有个辣子瓶儿带在身上。入了四川，方知十分可笑。第一次进饭店，见那红油素面，喜得手舞足蹈，下决心天天吃这红油面了，没想各处走走，才知道这里的一切食物，皆有麻辣，那小吃竟一顿一样，连吃十天，还未吃尽。终日里，肚子不甚饥，却遇小吃店便进，进了便吃，真不明白这肚皮有多大的松紧！常常已经半夜了，从茶馆出来，悠悠地往回走，转过巷口，便见两街隔不了三家五家，门窗通明，立即颚下就显出两个小坑儿，喉骨活动，舌下沁出口水。灯光里，分明显着招牌，或是抄手，或是豆花面，或是蒸牛肉，或是豆腐脑；那字号起得奇特，全是食品前加个户主大姓，什么张鸭子、钟水饺、陈豆腐什么的。拣着一家抄手店进去，店极小，开间门面，中间一堵墙隔了，里边是家室，外边是店堂，锅灶盘在门外台阶，正好窗子下面。丈夫是厨师，妻子做跑堂，三张桌子招呼坐了，问得吃喝，妻子喊："两碗抄手！"丈夫在灶前应："两碗抄手！"妻子又过来问茶问酒，酒有泸州老窖，也有成都小曲，配一碟酱肉、香肠，来一盘胡豆、牛肉，还有那怪味兔块，调上红油、花椒、麻酱香油、芝麻、味精。酒醇而柔，肉嫩味怪；立即面红耳赤，额头冒汗。抄手煮好了，妻子隔窗探身，一笊篱捞起，皮薄如白纸，馅嫩如肉泥，滋润化渣，汤味浑香，麻辣得吸吸溜溜不止，却不肯住筷。出了门，醉了八成，摇摇晃晃而走，想那神也如此，仙也如此，果然涌来万句诗词，只恨无笔无纸，不能显形，回旅社卧下，彻底不醒，清早起来，想起夜里那诗，却荡然忘却，一句也不能做出了。

我常常捉摸：什么是成都的特点，什么是四川人的特点。在那有名的锦江剧院看了几场川剧，领悟了昆、高、胡、弹、灯五种声腔，尤其那高腔，甚是喜爱，那无丝竹之音，却有肉声之妙，当一人唱而众人和之时，我便也晃头晃脑，随之哼哼不已了。演出休息时，在那场外木栏上坐定，目观那园庭式的建筑，古香古色的场地，回味着上半场那以写意为主，虚实结合、幽默诙谐的戏曲艺术，似乎要悟出了点什么，但又道不出来。出了城郭，去杜甫草堂游了，去望江公园游了，去郊外农家游了，看见了那竹子，便心酥骨软，挪不动步来。那竹子是那么多！紫草竹、花楠竹、鸡爪竹、佛肚竹、凤尾竹、碧玉竹、道筒竹、龙鳞竹……漫步进去，天是绿绿的，地是绿绿的，阳光似乎也染上了绿。信步儿深入，遇亭台便坐，逢楼阁就歇，在那里观棋，在那里品茗。再往农家坐坐，仄身竹椅，半倚竹桌，抬头看竹皮编织的顶棚、内壁，涮湿竹的绿青色，俯身看柜子、箱子漆成干竹的铜黄色，再玩那竹子形状的茶缸、笔筒、烟灰盘，蓦地觉得，竹该是成都的精灵了。最是到了那雨天，天上灰灰白白，街头巷口，人却没有被逼进屋去，依然行走；全不会淋湿衣裳，只有仰脸儿来，才感到雨的凉凉飕飕。石板路是潮潮的了。落叶浮不起来，近处山脉，一时深、浅、明、暗，层次分明，远峰则愈高愈淡，末了，融化入天之云雾。这个时候，竹林里的叶子光极亮极，海棠却在寒气里绽了，黑铁条的枝上，繁星般孕着小苞，唯有一朵红了，像一只出壳的小鸭，毛茸茸的可爱，十分鲜艳，又十分迷离。更有了一种树，并不高的，枝条一根一根清楚，舒展而微曲地向上伸长，形成一个圆形，给人千种万种的柔情来了。我总是站在这雨的空气里，想我早些日子悟出的道理，越发有了充实的证明。是啊，竹，是这个城的象征，是这个城中人的象征：女子有着竹子的外形，腰身修长，有竹的美姿，皮肤细腻而呈灵光，如竹的肌质，那声调更有竹音的清律，秀中有骨，雄中有韵。男子则有竹的气质，有节有气，性情倔强，如竹笋顶石破土，如竹林拥挤刺天。

我太爱这欲雨非雨、乍湿还干的四川天了，醺醺地从早逛到晚，夜深了，还坐在锦江岸边，看两岸灯光倒落在江面，一闪一闪地不肯安静，走近去，那黑影里的水面如黑绸在抖，抖得满江的情味！街面上走来了一群少女，灯影里，腰身婀娜，秀发飘动，走上一座座木楼去了，只有一串笑声飘来。这黑绸似的水面抖得更情致了，夜在融融地化去，我也不知身在何处，融融地似也要化去了。

一九八二年

未名湖

　　夜本来黑得沉重，也刚刚下过雨，夜就全集中到了这里；我已说不清我是从哪一个丘后来的，记得当时进了北大校内往东走，又往南，又往东，凭我的感觉，有如狗凭借了嗅觉，在这里站住了。我第一次领会了夜的真正本色，先是隐隐约约看见一层微亮，后又不可复辨，眼睛完全地无用了，这种坠入深渊般的境界急过了一刻，便出现了一种漆光，眼睛依然无用，心身却感应了。我明白这是黑的极致，黑是无光的。黑得发漆却有了光泽。湖的边沿在哪里，是圆形的，还是方形的，触摸着身边的桥栏，认作是一座汉白玉的建筑，腻得有如人脸和玻璃的紧贴，或者少女的肤肌。身后的滴雨滑动下来，声响微妙，想象得见这滑动了很长的路线，无疑是从垂柳上下来的。夜原是为情人准备的。但今夜里没有星月，丘后的树丛里也没有绰约的路灯，幻不出天的朦胧水的朦胧，又等不及漆光，爱情也觉不宜，所以已经没有一个人在这里。这倒恰好，窃喜我来的是时候。我面朝着湖的方向，回忆着某杂志上一篇关于介绍此湖的文章，说湖中是有一个岛的，湖东是有一座塔的，但现在岛上的树和东边的塔认识不出，全在漆光里。这漆光似乎很低，又似乎很高，离我很远，离我又很近，湖显得非常大。在黑色里往前走，硬硬的就是路，软软的就是路边的草，草也潮润得温柔，踏着没一点声音。一种难得的气息拂过来，其实并不可称作拂，是散发着的，口鼻受用了，身上每一处皮肤每一根汗毛也在受用。我真感动着这一夜眼睛是多余的，心、口、鼻、耳却生生动动地受活，倒担心突然间丘的树丛某一处亮一点灯，或远远的地方谁划着了一根火柴。我度过了三十个年的夜，也到过许许多多的湖，却全没有今夜如此让我恋爱这湖。未名湖，多好的湖，名儿也起得好，是为夜而起的，夜才使它体现了好处。世上的事物都不该用名分固定，它留给人的就是更多的体验吗？我轻轻地又返回到汉白玉的建筑上，再作一番腻的触摸，在沉静里让感觉愈发饱溢；十分地满足了，就退身而去。穿过校园，北大的门口灯火辉煌，我谁也不认识，谁也不认识我，悄悄地来了，悄悄地走了。这一夜是甲子年的七月十六日，未名的人游了未名的湖。

宿州涉故台龙柏树记

淮北平原少树。数百之地，所见参天巨木者绝无，细枝弱冠虽有生长，变不成林，又多为泡桐，质地松软，数尺之高便枝丫横生。所以人家住户多以水泥杆代椽，苫其茅草，仅仅檐头覆瓦，称之"瓦镶面"。门窗最贵，框窄如细条，新婚嫁娶，扇面上双喜大若小斗，框上对联则笔画了了，字小似大杏。唯有太阳和铁轨，黎明里从地平线上同时出发，一个经天运行，一个地间划一，是最为壮观的景物。

宿州文友耿春海常来信邀我去游。信上谈及少树一事，他说：淮北古时多有森林，地壳变化，木入地衍变为炭，如今淮北大煤矿便是其证。当时想：此似应有理，又似乎无理，笑笑置之，终未去。

甲子年三月，往东南行，途经宿州拜会耿友，又提及此事，他终不服，同我骑车信游乡间，所到之处仍是无粗木古树。日近黄昏，行至州南四十余里，一老翁说：有，在涉故台。涉故台为何物？回答是陈涉演武练兵之处。

陈涉的故事，少时在《史记》里读过，是我国历史上第一个农民起义者，天地间的堂堂英雄。大泽乡竟在宿州，令我十分惊喜，想如此故迹，必是殿阁巍峨，楼榭壮丽，林荫覆盖，鸣鸟上下。耿友连连遗憾身在宿州竟一直未来造访。我更暗暗后悔，不该妄下断言，认定淮北无巨木。遂驱车前往，果然有一土台，台上有一阁楼，楼前有一树木。

树则粗四拃，长三丈，根扎台坡，顺坡而曲，上有十二爪枝。这树若在字里，是个小字，若在官里，是个七品，若在人里，是个侏儒。如此无粗无长无直无用之材料，何以称作古木，更何以配站英雄陈涉起义之地呢？两人都觉失望，耿友更是脸面无光，叹淮北确实少苍古之木啊！

上得台去，一片乱石破瓦，中有一楼，两层高的模样，檐同墙齐，檐角欲坠，壁裂纵横。下有一门，上圆下方，门上三窗，亦上圆下方，怕是人入内有生命危险，全然用泥巴糊了。绕楼一匝，荒草埋了屋基三层砖石，湿湿虫乱如蚂蚁。楼上有顶无脊，瓦一半酥散，土石壅平，长满茅草，全枯干了，秀着白穗。砖墙面上，缀满了苔藓，春草浅发，苔斑白里泛绿。再往后，忽见荒草乱石之中，有几块断碑，字迹剥脱，勉强辨认，无一字记载陈涉这功绩，唯有"创之者不知何时，成之者不知何人"字样。不觉添了几分凄凉，几分疑惑。

遥问田头耕种人："这是涉故台吗？"

回答："是涉故台，你们不见有那树吗？"

再问："这树是什么树，能证明是涉故台？"再回答："怎么不能证明？这是龙柘树，千百年的古物了。"

又问："你怎么知道是千百年的古物？"

又回答："世世代代百姓都这么说的。"

耿友立即手舞足蹈起来，说：树不在高粗，古老才是真树，拉我重又看那树。树还是那么矮小，但毕竟看出它不是一般树了。百姓称为龙柘，为何等木种，自不可知，但它不像泡桐那么松软，比松柏更要坚硬，浑身疙疙瘩瘩，又尽是小坑，通身灰白，因人常爬上踏磨踏磨，外则呈赤红颜色，摸之，光腻如玻璃，用石敲敲，叮叮价响，石头已经敲碎，虎口震麻，树上竟不留一点痕迹。两人大奇，盘脚树下久久观看，猜测这原是荆条一类的品种长大的，又看出其形酷似一条拔地欲飞的龙。于是，写文章的人幻想就产生了，断定这是一棵巨木古树，是一棵好树，一棵有价值的树。耿友自然得意，我也为之欢呼，声明这树纠正了我的偏见。

耿友说："这棵龙柘树，是不是陈涉当时种植的呢？"

我说："我想，应该是陈涉植的。俗言讲：民于官是水，官于民是舟，水可以浮舟，水亦可以覆舟。当年陈涉起兵于此，兵败于此，他在农民的眼里是英雄，在官府的眼里是贼寇，中国封建王朝自然不会在此为他筑庙立碑。

但这演武练兵土台，天地却为其保留。这龙柘之木，原本或许是土台上一棵荆条，它生为小草，却不甘心为草，长成木本。试想，鲤鱼可化蛟龙，草为何不可成木？但这种草变为木，又是何等艰难，它长成一指，不可能以年来计算，而十年、百年单位。又正因为以十年、百年为年，它必是长得坚硬。陈涉是要做天子的，但他却失败了，这树或许要长成参天栋梁的，但它却在风里雨里摧残得遍身疤痕，形似秃桩。你不是看见这树像一条龙吗？它不是一直在要拔地欲飞吗？但它毕竟未拔地飞去，它还长在这里，变成了龙的化身，变成了树的化石，变成了化石般的树吗？请相信，农民是记着农民的英雄，他们说这树证明了这土台是涉故台，这涉故台也就证明这树是陈涉手植的了。"

耿友说是。

我突然又记起《史记》上的记载，说是陈涉当年起义，派人在附近庙里夜夜装狐狸声叫"陈涉要当王了！"而鼓动民心。举目四望，如今远近却无一处庙宇。此时落日已在西边地平线上，同时在那一个大圆的地方，一辆列车又直奔东边而去。这淮北平原是一块古老的土地，最为壮观的是天上的太阳，是地上的铁轨，也是在天在地之间的这一棵陈涉化身的、中国农民化身的不飞不罢、欲飞不能的龙柘树啊！

在桂林

　　一九八七年的六月，我来到桂林。这是我第一次到西南。如今想起，当时怎么就一口应邀了呢？神差鬼使，令我也几多迷惑、梦境般的，突然就身在桂林了！人生有许多说不透的事体，但冥冥的世界里，肯定是有着招魂的神秘，我不知道我已经等待着来桂林有多少个年年月月，而桂林等待我又已经是多少个长长久久呢？

　　走到任何地方，我都有记录感受的习惯，但是面对桂林每一山一水，我却毫无笔下的才能，周身的细胞都在活动，千思万虑的好词却都不确切。我不知道是大美者不言呢，还是桂林的山水不是为文学而存在，任何文人在它面前都要变成白丁呢？

　　它不是先有了城后有山水，它不是人类追求自然的工作，街随着山转，屋沿着水筑，天地的造化来得真真实实。纵观满城的山，全然没底没基，没脉没向，但却绝不是土丘，也绝不是石堆，它是耸耸的山，独立自主，拔地而起。既是拔地竖出，结构却又如组装的家具一样，一层一层组合，每一块又如偌大的焦炭，欲黑作白，极尽裂变，苔痕随意点染。你是不知道它是怎么形成的呢？

　　据说山皆是石灰岩质，而它应该是一座火山，但是有山就有树，树皆浅嫩。且大都缘壁而生，根系裸露，随岩赋形，成束，成网，那斜斜的枝条只要贴着崖，浑身就要生出根。这生根的枝条远望你以为是那石崖上的裂缝，而石崖上的裂缝你又往往疑心为斜出的枝条。你是不知道这些树是吸收什么

153

生长的呢？

北方人仰观象于天，是那些星辰、日月和云朵，桂林则是山和水的变化莫测的符号。登临任何一座山，从这块石头上跳跃到那块石头上，一石一景，一景一新，你弄不清那是一个游览的活人还是一块清影的静石，恍惚间你也怀疑你是否身上的衣服已幻化为石上的苔藓而身子又已衍变为什么一种符号？从仄仄的石径上折行下山，危崖处有石雕栏杆，似乎那栏杆已经年长日久，裂纹丛生，酥酥烂烂，使你不敢攀扶。其实它完整无缺，光腻如肌，凑近细瞧才看清那石头中夹有无数黑色的线条，呈现出现代派艺术的意味。你不知道这里的石头就是这样能俯察式于群形的一种本色呢，还是山上树的根系已经浸渗入石中而形成的结果呢？

每一条巷巷道道，凡有土的地方都长有桂树。桂树高大，枝冠呈圆，虽然还不是开花时节，但你能闻到一股幽幽的淡香。据介绍，九十月碧树繁花，香袭全城。你不知道这地方哪来的这么多的香气让桂树释放的呢？

差不多都在下着雨，并不大的，淅淅沥沥，那山就渐渐地淡了去，虚了去，幻化成一个影。那树那花，秀丽朦胧，如美人之羞色。但雨还是在下，太阳即使出来，也是水汪汪的软乎乎的一团蛋黄，你似乎醒悟北方的黄土地是太阳太强烈的缘故，而这里的太阳逊色，则是红土地的红质太多了，太盛了。但你却陷入另一层糊涂：桂林的天上哪儿来的这么多的柔情？于是，你似乎又明白了桂林是东方的味，是中国的味，它的存在才使中国有了水墨的画，也之所以走遍桂林的大街小巷，游遍桂林的远郊近县，随处有画店，画店一满字画。但你又疑惑，不知道这真山真水又是谁画的，画这山这水该用去了多少的晕染的墨汁呢？

最是那到了晚上，一街的商店一齐洞开，灯火通明如昼，但公园里却一片漆黑，唯湖心岛上数点彩灯明灭，如美人调情之眼，平添许多浪漫。小小心心地从蛇行的折桥上走过，身下的水黑绸也似的抖，斜旁伸过来的棕叶，摩摩袅袅擦拂肩头，你可看见湖心岛上尽是三三两两的幽会男女，他们的脸乍暗还亮，在朦胧中正美。你立即要吟出这样的爱情诗："到鬼才去的树下，说半明半暗的话，天明了，那柘树长出新叶，相对的心形由浅到深，由小到大。"穿过一对一对的情人，越过水上的石磴，已经走到岸头上了，回头看那临街的一岸，五彩灯火倒映湖中，形成立体，变成另一个世界，这时候，你是不知道了那湖到底是多么个深呢？

畅游漓江，恰恰的又是一个雨天，万点雨脚，一河溅珠，两岸凤尾竹湿漉漉的沉重，打鱼的人四根长竹便是船，放鱼鹰，垂钓钩。成群的水牛在沙滩下游动，那不是沙滩，全然被绿茵覆盖，浅浅的，嫩嫩的，如毡如毯。突然间，你会闻到一种气味，犹如在北方的山林里闻到一只飞跃而过的麝的幽香。你伏在船边，努力地掬一把水来，你的手也似乎绿得可人，你终不知道这满河满沿的水是什么染就的呢？

在北方，人以食五谷为主，在桂林却什么都可吃了，那囫囵囵的金龟，那沉沉浮浮的螺蛳，蛇，蛙，麻雀，老鼠……天上飞的，除了飞机不吃，都吃，地上走的，除了草鞋不吃，都吃。你才知道北方人活得太寡味了，人活到世上就是什么都要吃的，什么动物活到世上，又都是供人吃的。吃各种半生半熟的肉，喝"三花""瑞露"美酒，荡俗气，除愁闷，你生熟无间，坐卧无序，掐指计算桂林的食谱，可怎么也不知道还该去吃些什么，喝些什么，该怎么个吃喝法呢？

在街头听罢三个两个的盲人叩鱼鼓而歌的小曲，到剧院看过桂林彩调，你是明白了桂林天地和谐的旋律，但由此而不知道了漓水咬噬岩岸又是如何微微？风前的水鸟又是如何啁啁？竹林的雨滴滑下又是如何泛泛？你不明白灵渠上大小天平的设计是怎样从头脑中产生的？你不知道兴安的一株古杨怎么就会吞掉一块石碑？你不知道那古榕树上的附生草怎样生出了象形的文字？你不知道那灵渠上的"飞来石"是真的从峨眉飞来的呢，还是那石上的一株鸳鸯桂树才是真的飞了来？你不知道那如象如虎如骆驼如净瓶的山山峰峰是上天造设于地启示人的呢，还是人以动物器皿而赋形？如果说上天将许多秘密泄露给人间，你却不知道那龟斗蛇行是表示了什么意图？如果是人以生存经验来赋形取名，你却不知道桂林的人是怎样感应着这苍茫的宇宙呢？你不知道连世界上最沉重的山都如此小巧玲珑，那风又有几两，云又有几钱，蚊心有多大，蝉翼有多薄了？你不知道别的山有洞穴而临风鸣响，那整座芦笛岩山竟是一个大溶洞，风拍起薄薄的洞壳会发出怎样的一种音律呢？

来桂林之前，有人说：那儿什么都长毛。果然如此，树是山之毛，苔是石之毛，雾是天之毛，雨脚是水之毛，而人之毛就该是那无穷无尽的惊异和疑惑了。白天里，行不停，看不停，听不停，闻不停，吃不停，到夜里则是没完没了的梦。梦全是在飞动，树飞动，山飞动，水飞动，虫鱼人物飞动，黎明醒来，我也不知道我已做了仙了呢，还是仙做了我呢？

一九八七年六月十六日桂林急草

太阳城

　　南宁似乎离太阳过近，又似乎太阳升到天空了停止着不动，于是，有了红土地，有了从五月到十月的漫漫长夏。若南来小住数日，正逢炎季，白天里全然待在房子里，隔一会儿就泡到浴盆去。再就张着口从窗棂往外看，看到的并不是北方的丝丝缕缕的热气；光脚一片，又似乎光已不存在的难受却是烤炙一般。街上行人并不多，肤黑形瘦，动作迅速如当地的一种蚂蚁，不是在爬，是飞，倏忽闪逝，不可捉摸；脚底下的影子却浓得沉沉重重。出奇的竟没有听到蝉叫。鸟鸣山更空；南宁少了蝉声，反倒使人更烦躁，怀疑要发生地震。

　　太阳真是南宁的。

　　这个多民族居住的城市，在远古的时代就于花山石崖上绘制了图形，多少个年年月月过去。图形依然清晰可辨，是一片红光，如霞如炎。至今谁也弄不清那是什么颜料涂抹的，谁又能否认那就是用太阳的光染成的呢？围绕着南宁而重重叠叠的高山峻岭上，是生活着别一种语言，别一种风俗的人们，在他们的山寨里一代传一代地有着铜鼓的崇拜。铜鼓之所以为铜，铜是太阳的光泽，鼓之所以为圆，圆是太阳的形状，且每一面铜鼓的中央，莫不浇铸有一个八角或十二角的光齿的太阳啊。三五一群的少女从桄榔树下钻出来了，她们的嘴唇上差不多都要涂着极重极艳的口红，那么一噘，挺像一颗红果，更像一颗太阳呢。那手指上的指甲全然涂红，脚指甲也涂上了，美丽而神圣，是披了一身红的小的太阳吗？可以断言了，羿射九日的神话这里绝

157

无流传，也可以重新断言，羿一定是南宁人氏。人对于无法征服的东西而转入无限崇拜，这就是具体的南宁吧。

令人喜爱的是满城的树木，这么红天红地的，竟绿翠鲜活。是有了太阳而使树木变形了呢，还是天地造化的神秘达到和谐？

南宁的树木品类繁杂，许许多多的在北方是为草的，养于盆内，置于案几，这里却高大成株，列于街头。它们的目标似乎是直指太阳，攀缘光路上长，所以桄榔最多，端直无横枝，而墙头的迎春花蔓则垂落墙根，细拉数丈，以探深求测高。树木尽量结果，芭蕉生于顶尖，菠萝蜜挂在枝干，全要将一颗颗一嘟噜有糖的汁水凝固在红日之下，这就是南宁人长夏中的清泉。

太阳遗憾是晒不死生命的。

在邕江岸边的一块草地上，一群孩子赤头赤脚踢着足球，对抗激烈，形势紧张，观战人大呼小叫，却就有诗人大动诗兴，脱口吟出：一个光的刺猬，从东天滚过西天，蜇痛了整个宇宙；人集合起来，捉住它，踢起了足球。

哦，你终于要离开这太阳城了，你永远要留下最强烈的印象，你害怕回到了北方而面颊上那太阳的红痕会消失，你便到那相思树下去，捡那高大乔木上落下的红豆。这是生长太阳的树。你捡一把，又捡一把，从此南宁的太阳的记忆就长生陪伴你了。夫人！

守顽地

　　圆通是昆明的一个公园，我最喜欢的是西南角的那片乱石岗子。时值岗上有风，风的形象正表现在树叶上，活活泼泼看得清楚；又不可恶，需眨着眼睛看；恰到好处地吹干身上的一层薄薄的热汗。树不繁杂，是细碎叶子那一种，枝干就看出黑色，皆斜着求伸。疏疏朗朗的随便，苍苍老老的神态，正是画家们常喜欢画的一类。无数的、并不艳丽的鸟儿在枝头跳跃，对应鸣和，虽然听不懂内容，但平和和谐使人愉悦，直盯着一个，看它突然离去，心里充满一丝恋情。林子里的石头，尤为可人，一块与一块，根基是一起的，所以它不小巧，但出了地面，各独自表现，树又间隔其中，所以又不沉重。石头的秉性本是顽的，又都是南方常见的石灰岩质，不能凿成方正的用材，焦炭般的，又用不着雕饰，便自带了抽象艺术的意味，故它自自然然坐卧，以致使铜钱般的白色的苔斑弄得自己一身，也弄得树干一身。这原来并不是人工作为的，老早的一个岗子，被人看中了，才繁衍成一处大园子的吧。这么好的一片林子，一片石头，正中午的，却没有几个游人。游人都集中到东边和南边的地方去，那里有许多假山、盆景和亭楼。这实在是委屈了这个岗子。初这么想，心中怨怪人在城市里，整日愤愤失去了自然，辟地作园，却都热衷那假山假水，人是这般的虚伪和可笑？但转念又想：正是众多市民如此冷落这个岗子，岗子才这么野树野石的率真吗？这冷落着好，少了几分关心，多了更多的灵性，我称这岗子是守顽地，是圆通公园的，也是全

159

国所有公园唯一的守顽地啊！我在岗子上静坐了差不多一个中午，我决意了
晚上再来，月夜里的岗子一定会更好的。

　　　　　　　　　　　　　　　　　　　一九八七年六月二十六日

灵　渠

　　灵渠在广西，为秦统一南方时运输粮草而接通湘漓二江的水利工程。在渠岸边，有一座隆起颇高的坟茔，有一株吞食石碑的古杨，一段故事就千百年地流传了下来。

　　说是始皇下令修建灵渠时，先派了一位将军负责开掘渠道。因战事紧迫，他率领兵士日夜劳作，但兵士不服水土，害痢疾病倒了三分之一。死死活活，终在限定的时间里完工，可是在通水时渠道却塌了。始皇怒，将军于渠岸当众被斩，派另一将军接替施工。第二位将军自然不敢怠慢，清除泥土，继续修筑。又是连绵阴雨，将军身生湿疮，下体溃烂，不能行动，让人抬到现场监工。但新修的渠道通水时又遭塌陷。始皇闻知更怒，又斩将军于渠边，再委任第三位将军。这位将军吸取了前二位的经验教训，认为塌陷的原因是渠址土质太差，便重新改道，结果大获成功，遭到始皇嘉奖。这位将军受到嘉奖后，却一句话也未讲，跪倒在前二位将军殉难处，拔剑自刎。

　　士兵们将三个将军分别埋葬于灵渠岸上，但是，在第三位将军埋葬后的第三天，人们发现墓地里并没有三座坟丘，三者合一，极高极大。兵士们就重新修建墓碑，凿出"三将军墓"。

　　千百年来，秦朝的宫殿已荡然无存，三将军墓却一直完好，代代有人修葺。不知什么年代，距三将军墓不远处，则有了一古杨，古杨下原有一高大石碑，但古杨却慢慢长大，身子将石碑包住，又慢慢以树身吞食，石碑已没有了十分之九，看不清石碑上的任何字迹了，而古杨则郁郁葱葱，枝叶繁茂。于是，对于这一奇观，在灵渠两岸，人们又在谈讲着各种说法。

一则说，灵渠工程完毕，始皇果然统一南方，为了庆贺武功，在灵渠边竖立了一块石碑，企望始皇的赫威万古长驻。但就在碑竖起后，一天夜里，有人看见石碑前立有三个无头之人，消息传开，人们去看，却见一株树长在那里。这树愈长愈大，慢慢就将石碑吞食掉了。

一则说，那竖石碑地是三位将军殉难处，人们为了纪念他们，为他们而竖的。后从咸阳赶来了三位将军的夫人，她们合持一根哭丧棒，于碑前痛哭一场，又一起投灵渠而死。那哭丧棒插在碑前，竟生根发芽，蔚然成材，就将石碑吞入树心中去。

一则说，为始皇的赫威竖下石碑后，不久，碑的背面出现了悼念三将军和三夫人的奠文。朝廷追查奠文的作者和勒石的工匠，却杳无音信。派人洗去了奠文，但另一面的赫威颂辞也随之消失了。这奇异之事传到咸阳，始皇怒不可遏，欲差人鸡血涂碑，以火焚裂，但当来人赶到，碑前一古杨却将那无字碑吞食收藏了。

至今，人们看不到了石碑上的文字，而古杨身上遍生附生苔，苔呈白色，竖横交错，如龙飞凤舞，人们肯定那是碑文的衍化。

一九八七年六月二十九日

游西山

　　沿着山头最峭处往上登，身子一直往前倾，看见的尽是前人的脚。后视则是一溜儿的脑袋，在之字形处的楼阁出口，犹如一口热水锅，咕嘟嘟的，滚冒不已。站定在那席大的一方亭里，八角亭扇，只能洞视三面，身下的滇池浩浩渺渺，晒一湖珍珠，犹如天之倒铺。行到龙门，一条石凿的甬道，恰恰盈一人。身子极尽地缩扁，如贴饼一样靠在壁上，让避上去的或者下去的人，鬓发厮磨，吸入对方之呼，呼出对方复吸。进入石窟，人与神又拥挤，各类神像是掏凿出来的，那手，脚趾，衣袂和香炉，正作了攀柱，以致黑光油亮。终于寻得那尊文曲星神，观者更多，但皆出奇地是神尊，不是白面书生，相貌强悍，亦不完全为文，一手执兵器，一手执笔，而手中的笔只有半截笔杆。人多近神拍照。我却为之悲凉。汤世杰问："昆明的西山怎么样？"我说："神会拣险地方。神越超俗，人越寻神。"汤世杰说："人都是来看文神的。"我说："感念这么多喜文的人！天下文神这还是第一，但却让他亦武，看来无武亦不可能为文了。人趋之拜文神，专是来看那手中的半截笔杆吗？"旁有人卖油印册，上记载着一则传说：西山神窟为一户石匠所凿，父子历经六十年。最后凿建文神坐像，一切皆完毕，石匠修整那手中的笔时，一锤下去不慎，敲断了笔头。石匠悔恨不已，舍身从窟前崖头跳入滇池去了。看了册子，两人都一时无语。旁边有人为石匠的不慎而怨，也有为石匠之死而惋，我则笑了，说："或许这是石匠故意为之，他是知文的，也或许他本人就是弃文从石的吧。后人为了慰藉，编造出这么个谎话，如今这个模様，倒更像文神呢！”说罢，两人急钻山洞爬上山顶，到了山的另一侧。山侧平缓，却遍地耸石，似小石林。每一石皆蓝灰色，上有黑色斑块，如披了军人的迷彩服，更如石碑，书写象形的文字，直疑心这是文神所作。故两人面对一石读了长久，汤世杰是云南的作家，他未读懂，我亦未读懂，却同感那一定是很为悲怆的内容。他便捡起一块石头给我，说："拿一块作留念吧。"西山神像是原石掏凿的，西山的石便有神灵，我揣了一块有文字的石，惴惴下山，回头看山上游人依然如蚁。

平凹携妇人游石林

　　平凹同妇人游昆明石林，歇坐于观峰亭上，时落日西坠，半天火云。妇人问："你说这石林像什么？"平凹说："林石。"妇人笑了："没有别的比喻吗？"平凹说："是墓碑。北方有碑林，多为帝王竖，雕龙盘绕，古龟驮负；南方无故都，百姓食龟蛇，碑子便无雕饰。天下有雄才奇志者，不独皆成帝王，民间何不有如此大碑？此碑虽成林，当然不是人人都有一块，但凡来观看的，任意从一处数起，数至自己生年岁数止，那碑就是你的，因此这碑子无字，各自去读各自的一生了。你不见林中那一钟石，叩之洪响，令人萧森庄严吗？"妇人说："你好发奇想！既是墓碑，都是死后所竖，碑子怎么好是游人自己所见的？"平凹说："人长睡名为死，短睡名为梦；那是人的慰藉巧词。短睡是梦，醒来能记前事，长睡是死，醒来可以是所见的虫鱼花鸟，一草一石，这又何尝不就是生前之事或死后之事呢？生生死死，回转不休，墓碑上的苔藓文字也不是常换常新吗？"妇人说："对于你这种谬说，我实在难以接受，何必那么沉重，你不会说些轻松的比喻吗？"平凹微笑，突然说："那好，它是上帝的一块盆景。上帝或许认为这黔地山都负土，单调一片，它就造设了盆景把玩。"妇人说："这好，上帝的盆景给人多少享受！游了半日，导游员指点'双鸟渡石''母子偕游''象居台''鹰回头''唐僧坐禅''观音背石'……愈看愈像，惟妙惟肖。"平凹长吁一声。妇人问："为何长叹？难道我说得不对吗？"平凹说："上帝造设的一切，不能如此庸俗赏玩。之所以人到石林由上而下，由下而上，忽左忽右，忽前忽后，印象应该是强烈的，感觉应该是整体的，启示应该是庄严的，体验应该是惊恐的。人要有大志，志要在四方，蹈大方处才是。如果千里迢迢来到此地，只是看那些象形之处，这无异于一只蚂蚁爬上一尊佛像，那又何必受跋涉之苦，在家里的斑驳墙皮上不是也可以看出更惟妙惟肖的玩意儿吗？"妇人颜面飞红，哽噎长久，却反诘问："那你把石林喻盆景，不也是太小巧吗？"平凹说："看石林是盆景，又看到了造盆景的上帝啊！"妇人说："我终于明白了。如此说来，石林一游，并不虚行，你回去可以有一篇文章写了。"平凹说："对于石林，一个字也不写，也无法写出来，天下无聊的文人几乎把石林每一块小石子都写了，可他们哪里知道大美者不能言啊！"言毕，两人从观峰亭下，又游至苍茫之时，各自以自己年岁之数找到一棵石树读其碑文。

假若千年之后，石林还在，管理石林的人还记得这次游玩之对话，他们一定会编派一个故事作为广告：某某石是当年平凹同妇人读过，平凹果然以后功成名就。其妇人者，平凹之妻，亦从此学业大进，寿高八旬，所生二子皆为官 × 品。

佤族少女

十年前读沈从文先生的小说，他喜欢写某族的少女是天神和魔鬼共同商量后的造物，我常惑不解，以为是作家的奇异之想。在昆明大观楼前的草坪地上，我见到了一位佤族的少女，才知道神妖二字了。

这天，我正在大观楼上读天下第一长联，忽闻一串笑声，尖锐清脆，音调异常，低头看时，窗外波光浩渺，画船往复，未见什么倩影。又读长联，旋即再有人语："唱一段吧！"随之"哎"地一声，如长空鹤鸣："五百里滇池奔来眼底……"唱的正是长联上句。忙又凭窗探望，水上众舟一齐停棹，人皆向左岸注目，果然那小小一片芳草地上，一女子在清歌。她背向楼台，亭亭站立，一双白嫩小巧的赤脚半埋在浅草中，穿一件红黄间杂的短裙。裙刚及膝弯，双腿合并如两根立锥，而脚脖与脚背处呈现出一种曲线，美不可言。她的腰极细极细，紧勒着一条彩带，似乎要勒断了去，那一大束红色白色的串珠就那么松松地系挂着，衬出上衣和短裙间的二指宽的腰际的肤肌。上衣是一件无袖小褂，作用完全在于隆起胸脯。头顶上扎一条白带，将蓬蓬勃勃的一片黑发披落在后背，沈先生曾说这是绞搓了黑夜而成的头发，比喻也只能如此了。待唱至联尾，红日在滇池欲坠，水鸟同彩云共飞，水上的画船全悠悠地在打转。正不知那女子还要唱出些什么，突然翩翩起舞，那动作如旋风扫过竹林，如急雨骤落到水面，乌发飘曳，将一团粉白小脸一闪即过，逮不住那眼光，也逮不住那白月牙间的一点红舌，欢动了一泓颜色，一窝线条。

167

我从未到过佤族的山寨子去，从未领略过西双版纳的棕林，从未品尝过竹楼上的菌子，但我知道了那里一定有着火中的凤凰，有着美丽的孔雀，有着诱人的沉渊潭水和浸着香汁的鲜花。

我伏在窗台上，望着那渐渐远去的女子的背影，心里一遍一遍地说，一定得到西双版纳去，明日就去。

倏忽间，水面的画船都划动了，头尾相接地往滇池的前方去。芳草地上已经消失了那女子，她沿着岸走去，穿过了樱树，闪过了一簇美人蕉，她在奔跑着，风抛着头发如黑色火焰，四肢迅跑，真像一头林中的小兽。水上的画船全撵着她行，男的忘记了持重，女的失却了嫉妒，桨划着水，那一层一层的漩涡就悠悠地留满了地面，软软地停灭在楼下的水草丛里了。

大观楼上果然大观，它使我同所有游览的人皆同那神同那妖一起消耗了精力，又新生了精力。

南宁夜市

　　确切地说，南宁是属于夜市的，夜市又是属于女孩子的。当她们同落日一起安睡过一个时辰后，又几乎同新月一起苏醒，悠悠往夜市上去了。被烤炙了一天的城市，热气已经消退，沉静的邕江将凉意浸润过来，风变成了佛手，同时闻到了花的香味，新熟的荔枝的香味。每一个市民望着那半规的清月，差不多都作长久的呼吸，女孩子们就散下头上的长发，在镜子前也为那黑色的瀑布而惊讶美丽。用不着问娘，娘在说：换一件什么什么的裙子吧。女儿最大的最显本色的梳妆镜永远是娘的眼睛。

　　女孩子到十八岁，活得如风中的旗子一样欢，又恰是一生最富有的时候：挣下钱并不供养父母，且更有一个父母还不可知的能供应钱的人物。月亮美好，夜凉爽，她们会以美丽的打扮来安置自己在这好时光里，因为白天的高温，能量消耗巨大，这个城市的居民要以每顿大量食肉来滋补身子，肉食的用量曾经令别个地区的来人瞠目结舌，但他们不用担心身子的臃肿，这又恰是女孩子最为称心如意之处。现在她们三五成群手拉手从街上横过，街上已经很少有车辆，她们在唱着，棕榈树下的草丛里昆虫也在唱着，满城里是一部很繁响的音乐。那街的中间，时装小贩极整齐地摆出了衣架，街有多长，衣架就有多长，街灯在时装上闪耀，五光十色，如一街灿烂祥云，如一街锦花簇放。穿着宽大的暗花短裤的老太太，或许在屋前纳凉用茶，或许凑近桌子在搓麻将，但她们似乎并不专心，间或要看看穿梭在时装衣架下的女孩子，评论着哪一位妞儿的俏样。

169

在时装衣架下差不多消磨了久久的时间，说够了，美够了，又肚子里也够饿了，她们就拐进另一条街去。这条街十分拥挤，又不规则整齐，一家挨一家的饭铺，冒着腾腾的蒸气和香味，在勾引她们。但煎鱼、炸乳鸽、煮面和瓦煲饭并不中她们意，她们不愿坐在那高凳子上同浑身汗味烟味的男人们进餐，就到了螺蛳摊去。卖螺蛳的妇人专门是来服侍这些可爱的小兽，早将一身衣着清洁，早将一个温和的面孔微笑。她们就分坐在那小小的矮凳上，互相挤着，拿星子一般的眼睛盯锅里螺蛳的颜色，皱着鼻子品闻各种香味。螺蛳分三锅煮着，一锅是石螺，一锅是田螺，一锅是福寿螺，拳大的生姜上亮亮地扎满了银针。拔一枚出来，买得一碗石螺，石螺是拇指般大，旋五个六个圆，她们十个长长的手指一齐活动，针尖挑出那一点嫩嫩的白肉，就放进已经迎接出来的香酥舌尖上了。肉并不能立即满足胃的要求，却为了长久的满足偏细嚼烂咽，那吃兴就十分馋，吃相又十分雅。吃完石螺，再吃一碗田螺吧，福寿螺是引进的洋物，那么就再吃一碗。于是，她们的鼻尖上就沁出细小的汗珠，巧巧的小口，被油腻所染，动人得连卖主妇人也看呆了。这时候，夜色更浓，花的香味，新熟的荔枝的香味，肉味，还有一种薄荷的什么味，使她们极度舒服，小脚的十个指头在桌下兴奋活动，而那每一根的睫毛更黑更长。

夜爱护着这些世上的宠物，使品茶和玩麻将的老太太们也打起了酸酸的嗝儿，终于收拾了桌椅，回屋睡觉去了。

子时悄然来到，街上突然没有了大量的女孩子，路灯显得明亮，街面却失却了光彩。而几乎同时，那幽幽的公园里，那黝黝的棕榈树下，却走动了无数的影子，有了精力的她们却饥饿了一颗小小的心，便分手了各自到各自约定的地点与另一个会说别一种言语的人物相会，差不多很浓的夜色就被咔咔嚓嚓的细碎之声稀释了。有言说鬼是喜欢黑暗的，但女孩子的胆子比鬼更大，她们在这个时候不要太阳，甚至也嫉恨月亮。她们在黑暗里各自又闻到了对方的气味，听得着对方的脉搏，看得见对方的眼睛和跳动的心。时装可以裹身，螺蛳可以饱肚，恋情却可以供心饱餐，甚至那时装和螺蛳都是为着心的饱餐的必不可少的准备工作。

　　当露水打湿了她们的裤腿、裤腰和脸上那茸茸的汗毛，她们带着满足的心和一副疲倦的身子回家去。当在纷乱的头上取下一叶沾上去的花树叶子，轻轻含在口里吹着，她们看见时装街上荡然无存，而卖螺蛳的妇人已经涮洗了碗，独自地在那里吮吸剩下的半碗螺蛳，吮吸声挺大，挺长。

羊城呓语

　　到了本命年，自知要不惑，但什么事还是困惑，心情便很不安宁。恰遇几位气功师往羊城去，邀我同行，这些气功师都是些天目洞开人物，看这个世界是另一样的结构；就想，或许这于我有益，能改变另一样的思维，该是我的另一番人生了。遂欣然南下。竟下榻于"天河宾馆"，好一个合心境的名字，我庆幸来的是时候。

　　四月的羊城，终日欲雨无雨，无雨衣潮，混混沌沌的，它不像北方有雨就倾盆，无雨则炎日。这是南方的温柔呢，还是气功师到来的缘故？因为与气功师相处数日，我的手表就无法定时，所带的摄像机磁化，摄出的图像色彩变异。看城无城墙，人皆着浅色衣，些许乏之凝重，但满城楼多且高，势在空中拥挤，而一街随处见花木，又令人放松了那种古板。北方的大树底下不长草，这里是各有各的位置，各是各的活法。倒感慨北方人是中国活得最累的人，一道城墙圈起来，城里就是城里，城外就是城外。城里的想出城，城外的想入城。钟鼓楼占尽了黄颜色，一切四合院又低又矮，一律灰白。大人孩子仰头热羡那空中一只两只风筝，大人孩子又都喜欢挑动土瓷罐里两头好斗的蟋蟀。以往只知广州人喜欢体育，又往往不解广州人怎么会喜欢体育？如今明白了广州的体育大有一种各自表现的意味。随着几十层高的电梯上来下去上来，偶尔看见一只胖胖的蚊子也在电梯上，一时倒觉得这蚊子的可爱。羊城真是个五羊而无头羊的城，一个随便的城，一个适意的城。

街上的木棉在开了，觉得惊奇，又觉得疑惑，说一句"塑料做的花"，周围人皆笑了。长安的市花确定了数年，先是有人定为牡丹，企图个天生丽质，雍容富贵，但听说牡丹归了洛阳，后又定为石榴。石榴其实不为花，讲究的是结实，而将众多颗粒聚集一起限制得都有棱角又被一层苦涩厚皮包裹，这恰恰合于长安人的心态吧？于长安城里待得久了，我真不知道那里的农民在田间做活谈论天下是一种正经还是一种荒唐？我们做文学活计的遵"文以载道"是一种大智呢还是一种大愚？

从长安来，已不必看文物古迹，可我还是特意去看了南越王墓。看来南越王当年并不豪华。那有着金印的三个夫人，一个左，一个右，一个佚名又佚姓的□夫人，着实令人以玄想，却又想不出个什么。可北方当然有千年古木，直破云天，可怜北方那些终日服侍的盆景花草则在羊城街上皆都是高大乔木啊。从南越王墓馆出来，瞧一些旧时的建筑墙壁昏黑，这是阴雨所致，但却绘成奇异的图画和文字，我到底未读出它的涵义。

夜里坐于高楼窗前，默念气功师所授的口诀：

神意流

流呀流

流向星座

流向银河

在神阙中转

经络脏腑梭

天人相应啊

生命奥秘破

便觉得身在楼上，已在空中，羽化登仙。随便俯身下望，街上灯光通明，人多如蚁，想世上这么多忙忙之人，有多少是广州土著，有多少是南来的北人？与气功师座谈，气功师说："人要自审，便生幽默。你是弄文之人，知道老庄哲学是人生之哲学吗？老庄的精神是中国的艺术的精神吗？你要崇高博大，但须弹起无弦曲，坐听天外歌，逍遥太空游，忘我成大我。可惜你

173

天目未开，为杂俗迷惘，感情琐碎，鸡肠小肚。"

我大惊，忙求道："大师能不能为我打开天目穴呢？"

气功师笑而不答，却说："南方属火，你是金形人。炉中火，沙中金，功夫到，丹鼎成。"

我说："这么说，去年我浮躁，去柳州谒柳宗元，今年心烦，应该是来拜琼州苏东坡了？"

气功师则说："无火不成器，火大器却销，你说呢？"

草于一九八八年四月三日

砼石岩

砼石岩是汕头的一座山。

山并不高，但在海边，却全是一堆乱石的堆起；旁边没有更大的山，疑心不了地震后的一场崩塌，便想象是外星人海滩玩过石子的游戏。

游砼石岩的人好多，而爬坡的几乎没有，那平仄纵横的巨石就很野，缀满了许多苔斑，挺象形，作想这是宇宙语，但无人看懂。石与石的夹缝里有细树，寡寡的样子，没有一株是南国的阔叶，都细碎椭圆，叶背乱翻如是耳朵，就能听见在山的腹部嗡嗡一满人语。

游人是在山腹。别的山都要爬，这里却真正是登，觅着山根处两石斜倚的洞穴进去，一股森气就吸身深入，沿一条通道便能引上山顶。这不是人工的斧凿，是乱石堆砌的自然空隙。盘过来，又转过去，旋转而上，常常就走迷失。迷失不打紧，可以在一张石桌下坐歇，目注着一处猜想着它是什么虫鸟人物，多看多新，也可以看着石缝的某一处透射下来的阳光，吊一条黄金绳索。山腹里阴冷，不能久坐，久坐又最易于不识我是哪石，哪石是我。在山腹中钻行，会有军事家的感觉，想到八卦阵，也想到游击战。若有一声笑，笑就酝酿不绝，甚至有金属的音韵，会惊得发笑人一脸的呆。终于从山腹出头，出口却是一块大得骇人的仄石，似乎那是个盖石才被揭开，又有随时要盖上的危险。

站在了山顶，人犹如初生，风吹得温柔，空气能握出水来，渐渐地睁开眼，能看到天的最空处，也看到了海的最阔处。于是想，石岩不是山，是来镇海的一座塔。

从老深处突然到老高处，探探索索到自由自在，觅寻到了大的境界，又觅寻到了自己，游人于是就大呼小叫。

大呼小叫，人正是成了塔上的风铃。

四月二十三日游太湖

原来是一摊水而已！

当我千里迢迢地站在了太湖堤岸，没有滚滚的波浪，没有穿空的危崖，十多年来的热盼和想象等待来的，就如这柳下仄仄卧卧的圆石一样呆痴和冰凉吗？天地间聚这样的一洼清水，别的地方也易见到，似乎更大，水更清，除了水鸟翻飞便无游人，而水鸟翻飞愈是水天一色的空阔浩渺。

我久久地不愿坐上泛湖的小舟。

时近黄昏，水面光亮如镜，无数的游舟在那里滑行，尖声锐语，嬉戏无常，已分不来是游人的得意忘形还是湖中显现了水族的活跃。全是些妙龄女子，衣饰使太湖浸染了各种颜色。忽有音乐骤起，从水的某一处潮湿湿过来。我茫然四顾，水汽蒙蒙中不见奏乐的人，却似乎在遥远的水面，一只彩舟凌波而去，无数的舟激动追逐，追在前头渐渐船如一线人若芥子，一层一层极厚极柔的水纹推至岸头。有几只终于返回了，满脸热汗的女子十分疲劳，却遗憾苦叫未能追上那西施。这怨恨使我惊讶，难道西施还在太湖？随之我也笑起我自己了，那倾国倾城的一代名姬是不会至今还泛舟在太湖，但夕阳辉映里出现幻景是太湖的奇观吗？想那英雄的范蠡在金雕玉琢的船上，置一点酒茶，抚一把檀扇，有美人在旁，衣若飞云，眉如远山，清妙似踏波仙子，那是何等适意。而如今的女子都来湖上是向往那美人神采而产生了幻景还是她们以自身的美丽和幸福不能自持，看别人是西施别人又看自己是西施而真似假时假亦真？我多少有些明白了，太湖毕竟是美人的湖。这一摊水

177

是有了美人，有美人而成就了这一摊水。

微风中我幽幽地叹息了。

有一年，我去西北的某地，在一处细若小儿尿的泉溪前看见了数百人为舀水发生的械斗，结果瓷盆瓦罐遍地碎片，有人流出的血竟比所得的水多。在所经过的三天四夜的路途中，干渴的人家宁给我一个馒头也不肯让半碗凉水，偶尔的那个下午天下起雨，村中的老的少的，垂奶子的妇人和少女，赤了上身在水地上打滚，那张开的口舌鼻翼的十二分的受活表情，惊心动魄地震撼了我。可这有着太湖的吴越，到处是水，似乎那高楼大厦的城市中若随便在水泥路面上抠抠就咕嘟嘟要涌出一个泉来。乡下的村居，更是屋在水上建筑，淘米费去那么多水，洗菜费去那么多水，衣服二日三日就搓，澡一日一冲，连每日早上年轻的媳妇提了马桶在门前吭吭敲着刷涤也要费那么多水。

知道了吴越的水多，你总算明白了之所以感觉这里的女人多的原因。遥想古有楚王爱细腰之说，楚虽不是吴越，恐怕同属一个流域，那么，西施也一定是个细腰妇了。细腰当然立之亭亭，行之曳曳，但细腰远瞧美好近察则不如北方的那胖妇杨玉环吧。看湖汊上的小船上临风立几个细腰女，真令人担心在船的波晃中那腰要闪断，一握之躯，能受用得了几碗饭呢？听她们细言颤语，舌尖缠绕，柔若蚊鸣，这多是腰太细的缘故。临走时邻居嘱我代购一件上衣，他熊腰虎背，我一到这里就打消进商店的念头，因为所行之处见哪一个是粗壮形象！我准备回去时买撮白菜和捎一页灰砖，我要让他瞧瞧：吴越的白菜就这么苗条如蒜苗，吴越的灰砖就这么秀气如瓷片！西北的大吼大叫的秦腔使吴越之人震耳欲聋，但我在吴越的几个晚上失眠而特意去看锡剧和评弹，竟使我沉睡如泥而昼夜不分。

我明白了吴越之地为什么多出文人，因为有水生纹，纹者文也。明白了吴越人为什么脚腿不健，因为以船代步，那船正是仿了北方人的鞋形而制。明白了吴越之地为什么人善乐，连一个瞎子也能奏出"二泉映月"，月偏偏在这里最清最白。

这里确实是配作有月亮的地方，即使太阳，也雌化得清丽，雄性的太阳在西北，阳亢得如一只火刺猬，那粗硬尖锐的光刺直扎着烤炙，便有了沙漠的灰烬和焦骨的石山。西北和东南如此不同，这真是上古神话中的共工与颛项混战的结果吗？天柱折，西北倾，日月就移之吗？天柱折，东南陷，流水便聚之吗？如若不是，那么羿射的一定就是东南的太阳，禹疏的一定是西北的流水！羿，可恶的持弓鬼，把太阳撵到了西北，而大愚的禹怎么能将西北的水一尽儿全疏走呢！被世世代代传颂的补天的女娲原来工作得并不完满和彻底！

　　天色愈来愈晚，湖雾愈发绚艳，太湖一时之间像要起火燃烧。太湖到了此时，才真正地感动我了，它是在等待着我的这一刻，更是我等待着它的这一刻，这一刻如此的辉煌灿烂！我踏步登上了湖边的岩山，我瞧见了岩壁上书写的三个大字：鼋头渚。哦哦，这千万年来静卧在这里的原来是一只水鼋！这水鼋几时从水里爬出，又几时被游人误为山岩而一直委委屈屈地忍受着在等待着我的会见呢？有龟便有蛇，蛇在哪里，是化幻了往昔那个妖冶的西施还是退化了如今湖中小小的银鱼？我终于认出了，这个水鼋不正是支撑天柱的那个水鼋吗？现在盖房筑厅只仅用凿成鼋形的石块，而真正能支撑苍天的真正的水鼋却冷落寂寞了。大材不可小用，这便是水鼋被误解和寂寞生存的伟大处。我默念起古书上对神龟的记载了：背脊像天一般圆，腹像地一般方，背上有盘像山丘，黑纹交错构成许多星宿之状，五彩斑斓像锦缎的花纹，行走与四季相应。我随之在鼋头渚上来回跑动着寻找着那可以占卜的纹相，可惜我不识那如星宿之状的交错的黑纹，坐下来，遥望那远处的据说有"潜鱼"之景的蠡园。是了是了，潜者为鱼，跃者为龙，鱼者阴，龙者阳，阴者清，阳者浊，失了天柱，空留神鼋，天地是东南倾了。我临风苍凉而悲，我不知道天地是不是还要再倾下去，我简直分不来我是那个未死的杞人呢还是杞人终又转生了我?！湖面的霞光水汽更红了，起火燃烧到正旺处。西北的沙漠上有海市蜃楼，东南的湖面上有山火燎原，这一切奇境又是神灵在暗示我天地要同此凉热的玄妙吗？难道我虽看不懂神鼋背上的占卜的纹相而以别一样的景色泄机吗？我恍恍惚惚之中意识到天地虽倾但并不会继续倾斜而要复正，不是说米是男性生殖器的象征麦是女性生殖器的象征而西北人缺阴故喜食麦东南人缺阳故喜食米吗？神意如此，真是千声万声的阿弥陀佛了，阿弥陀佛！

白藤湖梦忆

一、庭院

一片草地上不期然而然地裸露了一块石头。石头后是三株竹。草地原本是移植的，长得极嫩，极繁，从彩色的鹅卵石小径上慢慢走来，一踏上草，脚背便埋没了，甚至拐了一下，立站不稳，很容易产生一种异想。早晨的空气挺好，微明一个人起身，思想人皆昏睡唯我独醒，高望着有限天空中几点残留的星子，暂将懒懒的身子安顿下，就看见这石竹了。石头不大，玄黑色的，且质地坚固而浑圆，可想到这是从河之上流一直冲滚到下游的物件，石头里一定有了什么宝贝，憨憨的外表却透一派灵气，在夜与昼的分界光里，像油煮过一样闪亮。三株竹子，是罗汉种，左一株离石较远，中一株稍有偏后，右一株恰在石的紧边，皆一尺至一尺三寸余高。初眼的印象，这三株竹小而老成，人形里该是个大矮的老者。定定地看了一会儿，看出真正的幼稚，那胖胖的竹节犹如是藕节，又犹如是小儿的腿肚，忍不住要呼唤了。

这一切明明白白都是人工的造就，但既然是灵性之物，就表现得自然活泼。一所庭院，建设得已相当现代，这黎明里，草地，石头和竹却几多的凄美啊。

安怡的小姐和夫人们已经站在了楼栏杆上了，她们忘却了出外的日期，正听到枝头上歇栖的一只小鸟的朦胧叫声。

二、小池

楼梯下的一方，修造出一口小小的池。池中有一枚假山，玲珑剔透。山中暗藏着水管，水上来，又漫流下去，正符合山高水高的道理，淅淅淋淋的样子，但无声。山下的水极浅，却生有十三条鱼。一条红色，一条黑色，十一条是灰色，灰得透亮，犹如那是一个个油纸做的，其中插有灰色光的烛。十三条鱼很会生活。作并头齐游，或一字儿连贯。白天的太阳不会照着它们，夜来的灯光虽然分散，但池底是一个灯泡的一点圆光，鱼便围绕了不动，给人宗教感。

鱼永远是十三条，捉一尾去厨房烹了，添一尾又在池中，它们识其类而不辨其个，依然乐哉生活。但终不明白为什么有一条红鱼、一条黑鱼？仔细瞧池底嵌有一块玻璃，红鱼和黑鱼喜欢静浮于其上，判断这两条该是母性，那玻璃恰作了它们爱美的镜子。

假山上有了绿绿的苔藓，生出无数的金黄小花。花不能采，采来一拈便化为水，竟不是黄的颜色。

一只白猫胖胖的媚人，现代化的楼上没有老鼠，这猫唯一的在夜里叫春。白日里就卧在楼梯处下望小池，样子很精灵，有几分狐相。猫最能嗅见腥味，是一位玄学家，推算出了哪一条鱼的寿命。

三、窗外

原是疏通了湖到每一幢楼下的，河沟就随便得很，绕来绕去，水意脉脉，风情盈盈。现在排除淤泥，水退去许多，河沟便失了体态，暴露狼藉内部了。忽然作雨，已下得有半日之久，默默地斜在窗前看，雨落在沟泥上是一个一个小窝儿，听不见一丝声响，残缺的水面不停地眨眼，两脚正软软踏过。

不知道该怎么评价这一天？读几首唐宋诗词，体会得最深最切。房门打开着，听楼道上有噔噔的碎步，该是那些小姐和夫人雨中读山读湖读他归来？默默地出来，A君也站在栏杆前望天，一朵柳絮竟出奇没有打湿，仍从楼檐下飘来，接在手里，又放它飞去，再接在手里。两人无话可聊。又分别坐回窗前，捱守那一声蝙蝠叫了。

四、荡湖

荡湖那日正下着雨。其实不应算下雨，是水汽，脸上头上湿淋淋的，衣服上并不见水。湖颇大，东西南北不明了方位，天地贴在一起，似乎汽艇的前进才使其剥离，看得久久，弄清楚天是青中略白，地是白中略青。前边有了一艘汽艇，驾艇者是位少女，风将白衣和黑发鼓起，可可的是一个水中的小兽。加足了马力去追，如林中打猎一样易于产生疯狂。女儿艇将水面犁开波痕，波痕扩散，竟有车辙般坚硬，使追艇颠颠震震了。终于看见了远处的一抹长堤，二三人物晃动，如石上苔点。长堤的左侧，有一片杉木和芦草，迷迷丽丽的美。该是返回的时候了，忽见那白衣少女又在归途前头，是刚才隐于湖底呢还是芦草之后？现时则悠闲停泊在一方，艇横过来，那一张亲亲的脸扭过来，湖面晴朗许多，湖水温柔许多。涟漪细腻起来，两艘汽艇头尾相接了。

"水平线是圆的吗？"少女说。

"是圆的，教科书上讲，地是圆的。"

"教科书上讲地球还在旋转的？"

"是这么讲的。"

"那这水和我们是倒吊在地球上了?！"

少女的话立即使人感到了心悸，追艇在涟漪里摇摇浮浮出去，驶近了岸头，回首后望，湖心一点白，倒疑心那少女是凌波仙子，生无限的崇敬。

游笔架山

　　岚皋县有座笔架山，山离县城远，路又难走，很少有人去过。笔架山上有一个庙，没庙名的，在山顶南坡的崖窝下，周围树罩严了，上了山的人也不易能寻得到。一九九四年初夏我到那里，为的是山的名字好，没想到山上的月亮出来笸篮大的，红了一片梢林，软和软和地像要流汤水，赶紧拍摄，照片洗出来，月亮却小得可怜，是个白点，至今不明白什么原因。早晨云就堆在庙门口，用脚踢不开，你一走开，它也顺着流走，往远处看，崇山峻岭全没了，云雾平静，只剩些岛屿，知道了描写山可以用海字。崖窝的左边和右边各有一簇石林，发青色，缀满了白的苔，如梅之绽，手脚并用地爬到石林高端，石头上有许多窝儿蓄着水，才用树叶折个斗儿舀着喝干，水又蓄满，知道了水是有根的却不知道石头上怎么能有水根？庙前有一棵老树，树上生五种叶子，有松、柏、栲、皂、栒，死过三次，三次又活过来，知道了人有几重性格，树也有多种灵魂。挖了几株七叶一枝花，采到一枚灵芝，有碟子般大，听着了涧溪中的鲵叫，还遇到了一只朱鹮，长喙白羽，飞着似一片树叶飘，东一下西一下的，担心要掉下来，才一喊，如箭一样斜着射出去了。

　　在庙里住了一天和一夜，这需要掏钱的，因为没有和尚，一个束发的老女人能打卦，但也不是尼姑，就吃到熏肉，不腻，有松果味，吃了耐嚼的豆腐干，吃了笋丝，老女人说庙侧的泉水能治病，去舀着喝了一碗。夜真是漆黑，又寒得渗骨，得烧柴火取暖。屋角有虫鸣，崖头上有野鸽扑啦，也有什么兽叫，松鼠在咬松果，松果落下来发着绵软的响。

庙里的佛像是木刻的，没有彩绘，无灯无磬无钟，也可以不上香，不磕头，但卦却灵，卦谱是木刻的板，陈年老板，抽出签了，用淡墨水在板上刷，用黄表纸一按，卦辞就出来。庙是小庙，像山里的人一样质朴和简单，原因那个和尚早在六七十年前就死了，谁来庙里谁就是庙上人。但是，那个和尚死了，和尚的尸体还在，完好无缺地坐在一个土瓮里，土瓮就在庙前的树下。据说"文化革命"中有信男怕毁了这金刚不坏身，把它背下山藏在家里，十多年前又背回庙来。沙漠有风无雪雨，制作木乃伊，能运到城里让千人万人瞧稀罕；笔架山上雨无序，鸟兽群聚，而和尚六七十年死而不腐，狼不吃，鸟不啄的，可没有多少游人来看，也没有一个科学家来研究。

从庙后攀藤索能上到崖顶，崖顶上树很老，却是侏儒，有一堆白骨，几片已朽的木板，几颗锈坏的钉。陪我的人说，十年前有一个游医，也想自己有功德，尸首也会不腐，就做了一个木箱，自己坐进去，让一个山民把箱盖钉死，结果未出一年木箱腐败，游医成了一堆白骨。那山民呢，犯杀人之罪，判了刑，现在还坐在牢里。

一九九四年十月一日夜

抚仙湖里的鱼

　　如此近地坐在海边，看海水摇曳出一片一片光波，如无数的刀在飞舞，而刹那间恍惚整个海面陡然翘起，似乎要颠覆过来，这还是平生第一次。两千年的七月十五日下午，我就是这样坐在尖山下的小渔村口，面对着云南的抚仙湖。抚仙湖当地人称之是湖，我却认作它是海的，因为陕西缺水，少见多怪，把湖都叫作了海。海是这么的蓝！原以为水清无色，清得太过分了竟这般蓝，映得榕树也苍色深了一层。有人就坐在树下的石砌岸上，将赤着的腿浸在海里，上身的白衫发着莹光，却能看见水中那如藕的腿和染成绛红的脚的指甲。屋主用一种大的捞勺从海里舀水冲洗石子走道，舀上来的水里有一尾青脊梁的小鱼，欢乐着蹦，然后就蹦到了海里。而榕树枝上就挂着了一个如罐似的铜锅，锅里正为我们烹着辣汁的鱼。今天能吃到最鲜美的鱼了，我是这么想着，异常的兴奋。一份考古杂志上讲，人并不是猴子所变，而是来自水里，如果这种结论成立，鱼与人类应该算最亲近的，是鱼养活了人。花的开放是为着蜂蝶来采，鱼的生成就为着把坟墓建在人腹吗？那么，铜锅里的鱼来自海的哪一角呢，它活了多少岁月在等待着了我这个北方的人?!

　　我环顾着海的周边，午后的霞光和水气使群山虚化成水墨画中的皴染，唯独尖山就在屋后，真实明显，它无基无序，拔地而起，阴影就铺了全部的渔村。将眼光尽量地往远处看，海的那边影影糊糊能看到有着楼房的县城，半个小时前，我们就是从那里驱车绕道从尖山的背后过来的。同来的云南人告诉说，她就是海那边县城的人，数百年前，海水并没有到尖山下，旧城就在这里，如果运气好，逢着个好的天气，清晨依稀能看见在海面上有原来县城的幻影。但我没福看到。我看到的只是这么几户人家的小渔村。或许这地方原本就是一个小渔村，小渔村发展成了旧城，旧城又发展成了小渔村。沧桑变化，变化成如今的模样真是再好不过的事了。据说那次旧城沉没，正好是一个晚上，除一对无眠的老夫妇逃出外，屋舍、人物、家畜全无消息。人是从水里爬上岸的动物，而那么一城的人又复归于水里，它们是变成了人鱼吗？一只水鸟贴着海面飞过来，兜一个圈儿，又贴着海面飞了去，在偶然望见的那一个崖头下，石头上坐着了一个人，我想象那会不会坐着一个人首鱼身的美人鱼呢？

"那是捞鱼的。"陪我的人说。

"捞鱼的？"我怎么能相信呢，"坐在崖头下捞鱼？！"

原来这里的人很少荡船在海里张网捕鱼，古老的时候，他们用勺能连鱼带水舀上来，或者用竹茅在水里扎，如今鱼的需求量多了，也只是在崖头下的小石穴里等着鱼钻竹篓，这如同猎人的守株待兔。小石穴里，都是有泉水往海里流的，流出的泉和海的颜色不同，水质也不同，鱼顺着泉水往上游，只消在那儿放一个竹篓，鱼就进去了。泉水在海水中的光亮，如佛在尘世的召唤，海里那么多的鱼，能不能完满自己的生命，将坟墓修建在人的肚腹，就看它的造化了。

关于这个海里的鱼，是怎样的一种社会，有怎样的生存方式和信仰，真是无法想象的神秘。我提议能否去海上看看呢，于是搭乘了汽艇，遗憾地并没有见到一条鱼，鱼一定是沉潜在海底，海底里有水晶宫一样的去处吧？汽艇开得快起来，柔软的水面竟成了坚强的陆地，颠簸得身子生疼。陪同的人说要看鱼得阴历十五月圆的夜里，所有的鱼都游近了远处的那个孤岛下，若站在孤岛上可以看见四周一圈几米宽的鱼群带，白花花一片，鱼的划水声响成一种轰轰声。但那天不是阴历的十五，天又不是晚上，我仍是没有看到鱼，上得了孤岛，岛上住着一座佛庙，佛庙的门掩着，庙的花坛边坐着一群鲜艳的年轻女子，我弄不明白那是来庙里烧香的游客，还是鱼上了岸的化身？

汽艇又开始了在海上漫无目的地游弋，几乎是到了海的一角，海水变成了一条河向山垭间漫过去，陪我的人告诉说山垭那边仍是还有一个湖的，面积比这个湖还要大，两个湖便通过这条河连通的。天近了黄昏，穿过河去另一个海是不可能了，却生了玄想，如果要捞鱼，只站在那河里张一个网，那鱼就千船万担地收获了。

"不，"陪我的人叫起来，"两个湖的鱼从不相互往来的，河中间有一块礁石，就叫分鱼石，各自湖里的鱼游到那儿，全都掉头又游走了。"

"这是为什么？"

"这谁又知道为什么，恐怕各有各的地盘，各有各的家园，从不混乱的。"

这话说得真好。我说，鱼不混乱，人却混乱了，人污染了自己生存的地方，又以旅游的名义，到处去污染了。我一到云南听说这里环境优美，驱车就来了，从尖山后绕过来时，山脚那边已经是一个很繁华的小镇，有那么多现代的设施和那么多的游客，如果这里向外并没有道路，就那么几户的小渔村，该是多好呢？我一时也烦起了我和我一样丑恶的游客，蓦地倒醒悟了旧城沉没的秘密：是不是当旧城发展得人越来越多，他们就讨厌了作为人的生活而集体变成鱼了呢？

从海上返回小渔村，在一家厅室里，我看见了展示的两条青鱼的标本。鱼真是大，大到像一个人躺在那玻璃罩里。介绍的文字说，这两条鱼先后都是从湖里钓上来的。鱼是涂上了防腐剂，看上去如活的一样，我看着鱼眼，鱼眼也看着我，我最后是不敢再看它的眼睛了，退出了厅室，鱼的眼睛还在看着我。

夜里，我睡在了昆明市的豪华宾馆的床上，做了一个梦，我梦见了那两条大青鱼，大青鱼似乎在对我说什么，可我终听不明白鱼话，醒来我想起了小的时候看过的一出戏，戏是《柳生传书》。我是不是也该是那个柳生呢，可我给谁传书，传给谁去，怎么个传法？心中总有一团疑窭压着，所以写下了这篇文章求释然了。

187

二〇〇〇年七月二十九日

龙柏树

龙是柏树，树长堰塘，塘在成都西的一个山坳里。我去看它的时候已经中午，天不晴不雨，油油地小船在长溪摇了一小时，人上岸，溪里的一群鸭子也上岸，竟一直导游到塘边。

塘实在的小，像一口游泳池，塘边的土峁上去就是人家，孤孤的一家，那个红袄绿裤的姑娘站在一堆柴火前望着我，红肥绿瘦般地鲜艳。龙树螺旋形地横卧在塘的上空，让人担心要倒坍下去，亏得这土峁，以及土峁上的孤屋和姑娘压住了树根。我想，龙是从这一家农户出来的，或是龙从天上来，幻变了农人在这里潜藏。

天气已在三月，树梢有了嫩叶，稀稀落落不易见，而由根至梢，凤尾蕨附生茂盛。尾随从溪岸而来的一个汉子，热情解说这凤尾蕨只能在岸畔长的，谁也弄不清怎么就长在树上，长得这般密。"这是龙衣，一年一换的。"四川的口音，第一声特别地用力。"龙换衣不是冬季，而是盛夏！"龙之所以是龙，毕竟有它的神奇。

这棵树原是一对的，左右把持在塘上，塘面就被罩住，养鸭养鱼，放水灌溉坳里的几十亩稻田。那一年屋里的老头儿死了，夜里一棵树就"嘎啦啦"塌倒。将塌倒的树锯开来，颜色红得像血。剩下的这棵树，从此每到天要下雨，整个树就一团水雾，坳下边的农民一见到树一团雾气了，就知道天要下雨了。周围的农民吃水到塘里担，水清冽甘甜，最能泡茶，每年到土峁的孤屋里去看望那一位鹤首鸡皮的老太太，害怕老太太过世了，这一棵龙树也就要塌倒吗？老太太依然健在，爱说趣话，能咬蚕豆。

树长为龙形的，可能很多，我是到安徽见过龙柘树，在平地扭着往空中冲，那里出了陈胜吴广；也到陕西灞河源头见过龙松树，沿一山坡逶迤几十米，那里李先念曾住过三年，后来李先念担任了三年国家主席。龙形的树都附着伟人的传说，这柏树却躲在山坳中，土峁上的人家都是农民，这龙该是布衣龙。

但龙就是龙，它是潜龙。

解说的汉子喋喋不休地解说龙柏树的奇妙，末了让我站在一个方位看树根部是不是像个牛头，又让我站在另一方位看树干上的疙瘩像不像个狗，又让我站……说像马像鸡。说毕了，他伸手向我讨解说费，他原来是要挣钱的，我付了他一张纸币，却批评他解说不好：大方处不拘小节，龙就是龙，哪里又有这么多鸡零狗碎的东西呢？龙潜是为了起飞，而不是被猪狗所欺啊?!

我爬上土峁去拜望那位老太太，红袄绿裤的姑娘却谢绝了，说："我奶午睡哩！"终未能见。

夜 籁

延安街市

街市在城东关，窄窄的，那么一条南低北高的慢坡儿上；说是街市，其实就是河堤，一个极不讲究的地方。延河在这里掉头向东去了，街市也便弯成了弓样：一边临着河，几十米下，水是深极深极的；一边是货棚店舍，仄仄斜斜，买卖人搭起了，小得可怜，出进都要低头。棚舍门前，差不多没有小桌矮凳，白日摆出来，夜里收回去。小商小贩的什物摊子，地点是不可固定，谁来得早，谁便坐了好处；常常天不明就有人占地了，或是用绳在堤栏杆上绷出一个半圆，或是搬来几个石头垒成一个模样。街面不大宽阔，坡度又陡，卖醋人北头跌了跤，醋水可以一直流到南头；若是雨天，从河滩看上去尽是人的光腿，从延河桥头看下去，一满是浮动着的草帽。在陕北的高原上，出奇的有这么个街市，便觉得活泼泼的新鲜，情思很有些撩拨人的了。

站在街市上，是可以看到整个延安城的轮廓。抬头就是宝塔，似乎逢着天晴好日头，端碗酒，塔影就要落在碗里；向南便看得穿整个南街；往北，一直是望得见延河的头了。乍进这个街市，觉得不大协调，而环顾着四周的一切，立即觉得妥帖极了：四面山川沟岔，现代化的楼房和古老式的窑洞错落混杂，以山形而上，随地势而筑，对称里有区别，分散里见联系，各自都表现着恰到好处呢。

街市开得很早，天亮的时候，赶市的就陆陆续续来了。才下过一场雨，山川河谷有了灵气，草木绿的深，有了黑青，生出一种锃蓝的气霭。东川里河畔，原是做机场用的，如今机场迁移了，还留下条道路来，人们喜欢的是那水泥道两边的小路，草萋萋的，一尺来高，夹出的路面平而干净无尘，蚂蚱常常从脚下溅起，逗人情性，走十里八里，脚腿不会打硬了。山峁上，路瘦而白，有人下来，蹑手蹑脚地走那河边的一片泥沼地，泥起了盖儿，恰好负起脚，稀而并不粘鞋底，一头小毛驴，快活地跑着，突然一个腾跃，身子扭得像一张弓。

一入街市，人便不可细辨了，暖和和的太阳照着他们，满脸浮着油汗。他们都是匆匆的，即使闲逛的人，也要紧迫起来，似乎那是一个竞争者的世界，人的最大的乐趣和最起码的本能就是拥挤。最红火的是那些卖菜者：白菜洗得无泥，黄瓜却带着蒂把，洋芋是奇特的，大如瓷碗小，小如拳头大，一律紫色。买卖起来，价钱是不必多议，秤都翘得高高的，末了再添上一点，要么三个辣子，要么两根青葱，临走，不是买者感激，偏是卖主道声"谢谢"。叫卖声不绝的，要数那卖葵子的，卖甜瓜的。延安的葵子大而饱满，炒得焦脆；常言卖啥不吃啥，卖葵子的却自个嗑一颗在嘴里了，喊一声叫卖出来。一般又不用称，一抓一两，那手比秤还准呢。瓜是虎皮瓜，一拳打下去，"砰"地就开了，汁液四流，黏手有胶质。

饭店是无言的，连牌子也不曾挂，门开得最早，关得最迟。店主人多是些婆姨，干净而又利落。一口小锅，既烧粉丝汤，也煮羊肉面；现吃现下。买饭的，坐在桌前，端碗就吃，吃饱了，见空碗算钱。然而，坐桌吃的多是外地人，农民是不大坐的，常常赶了毛驴，陕北的毛驴瘦筋筋的，却身负重载，被拴在堤河栏杆上，主人买得一碗米酒，靠毛驴站着，一口酒，一口黄面馍干粮。吃毕，一边牵着毛驴走，一边眼瞅着两旁货摊，一边舌头舔着嘴唇，还在说：好酒，好酒。

中午的时分，街市到了洪期，这里是万千景象，时髦的和过时的共存：小摊上，有卖火镰的，也有卖气体打火机的；人群中，有穿高跟皮鞋的女子，也有头扎手巾的老汉，时常是有卖刮舌子的就倚在贴有出售洗衣机的广告牌下。人们都用鼻音颇重的腔调对话，深沉而有铜的音韵。陕北是出英雄和美人的地方，小伙子都强悍而显英俊，女子皆丰满又极耐看。男女的青春时期，他们是山丹丹的颜色，而到了老年，则归返于黄土高原的气质，年老人都面黄而不浮肿，鼻耸且尖，脸上皱纹纵横，俨然是一张黄土高原的平面图。

两个老人，收拾得臃臃肿肿的，蹲在街市的一角，反复推让着手里的馍馍，然后一疙瘩一疙瘩塞进口里，没牙的嘴那么嚅嚅着，脸上的皱纹，一齐向鼻尖集中，嘴边的胡子就一根根矛起来：

"新窑一满弄好了。"

"尔格儿就让娃们家订日子去。"

这是一对亲家，在街市上相遇了，拉扯着。在闹哄哄的世界，寻着一块空地，谈论着儿女的婚事。他们说得很投机，常常就仰头笑喷了唾沫溅出去，又落在脸上。拴在堤栏杆上的毛驴，便偷空在地上打个滚儿，叫了一声；整个街市差不多就麻酥酥地颤了。

傍晚，太阳慢慢西下了，延安的山，多不连贯，一个一个浑圆状的模样，山头上是被开垦了留作冬播麦子的，太阳在那里起着红光，河川里，一行一行的也是浑圆状的河柳却都成了金黄色。街市慢慢散去了，末了，一条狗在那里走上来，叼起一根骨头，很快地跑走了。

北方的农民，从田地里走到了街市，获得了生活的物质和精神的愉快，回到了每一孔窑洞里，坐在了每一家土炕上，将葵子皮留在街市，留下了新生活的踪迹。延河滩上，多了一层结实的脚印，安静下来了。水依然没有落，起着浪，从远远的雾里过来，一会儿开阔，一会儿窄小，弯了，直了，深沉地流去。

张良庙记

汉中城北山高沟大，二百里深处有个留坝县，多不为人所到；出县城再往北四十里，是张良当年退隐处，更不为人所知。连绵的山峦一直排列到此，突然错落开来，向东一折，再往北甩去，窝出一个四合院式的山坳。坳边山石如蹲如卧，堆砌隆起，万般姿态像人工精心设计了似的。山石皆乳白色，凿之便为字壁；上有异竹，碧青青的透着紫色，一律出地一尺，便拐一个弯儿，又端端向上。山石下，多有细水，在竹石之中隐伏，悄然无声。往后就是崖壁，仰视不可见顶，全被古松遮掩，半腰又卧了白云，使人不知崖的巉巉，不知涧的深浅。楼、亭、台、榭，依山而筑，却尽藏在绿里，只浮出一檐半角；人进去，便不见身影，坐下静听，唯有鸟鸣数声。此山坳好在偏僻，被张良看中，但也亏在偏僻，却不被世人看中。据说留坝县的书记，历来最难委任，任了又多不待三年五载。书记当官尚且如此，何况一般人呢？故几千年来，多不被人赏识、游览。如今都说山林野外幽静清净，空气新鲜，但人又多想方设法挤向城市，一旦在城市烦嚣甚了，想见山水，修起公园，但那么一块假山假水，又都蜂拥而至，又是十分烦嚣。可见人是图热闹的动物，常要舍其本，求其末，为时髦所驱动。站在山坳怅然良久，便写下这段文字，为张良庙山坳做广告，以白天下。

陈　炉

从铜川往东南去，有一脉山，其实并不可称作山的，没有树，也没有明石，是渭北的黄土塬的沟壑。沟底极深极深，终年却不见流水；弯弯曲曲地往深处去，沿途的埝壁上都凿有窑洞，上载危崖，下临深谷，窑门口吊着印花布帘，洞前丈余见方的场地上，有小儿敲着瓷盆儿嬉闹着。走到十余里，沟道宽起来，壑势平缓，这儿一洼，那儿一塄，是极不规矩的凹凸，长短不一的瓷管儿竖在那里，青烟就端端冒出来，而且有了鸡啼。这便是一个村了；屋舍院落看不见，人家都住在塄下：凿洞而入，迎门盘炕，将烟囱开在塄上的什么地方。再往深走，沟壑却慢慢束了，愈束愈窄，愈窄愈深，末了，一个山嘴，全然挡了去路。路面上不再是黄的虚土，有了碎瓷片儿，一闪一亮的。正疑惑间，"晃晃晃"的，山嘴那边闪出一头毛驴来，有妇人赶着，驴驮上一边是瓷盆，一边是瓷碗；打问道路，她用鞭往弯后一指，笑笑地，一路悠然去了。挥步儿转过山弯，眼前豁然一亮，神奇般地出现一个偌大天地，这便是到了陈炉了。

陈炉，渭北的瓷城，一个很有特色的富极美极的地方。

早年的山头上，曾有过一座窑神庙的，相传每年正月二十，奠太上老祖，香火十分昌盛。如今庙宇已经倒塌，荒草里还残留着几块断碑，黄土垢蒙，青苔复掩，费力擦洗，上边了了笔文，隐约可辨，曰："周至八年，重修几次"。北宋末年，金兵入侵中原，铜川黄堡镇"十里窑场"皆毁，窑业落脚此地。瓷以缸、盆、碗、罐、盘，釉色以黑，以白，因就"原料之便"，数百年"延传不衰"。陈炉的陶瓷究竟名气多大，销路多广，至今谁也说不甚清，只是这里遍地坩土，原是狭窄的沟壑，硬挖掘烧去，阔出了宽二里、长五里的盆地来呢；年年月月，日日夜夜，挑子、毛驴、拉车、汽车，运着瓷器出山而去，瓷器养活了陈炉的人，也养活了一沟上下的人；走遍陕北陕南，八百里秦川，家家都有着陈炉的货了。

陈炉人是富裕的，从盆地口看去，三面山坡，一台一台，尽是窑洞；拾级而上，一直摆至山顶，渭北的人家，大凡住得分散，窑洞依地势而建，一家一处，从没有陈炉这般集中，而且，窑洞皆是土凿，门面不加修饰。这里却家家砖砌洞门，一律的耐火红砖，白灰搪抹，一层一层的，使黄土山坡有了几分生动。走近沟中，挨山根往上看去，那白色的门面就不见了，是一面一面墙壁，全是瓮儿砌的，盆儿砌的，碗儿砌的，自不说那厨房、院墙，便是那厕所，也是外瓷儿，经风，耐雨，又不易倒，每每太阳一照，满山满谷一片光亮，莹莹的是水晶世界呢。

走进村去，一层窑洞，原来竟是一条自然的巷道，虽是只有半边，出奇也正是这半边：上面人家门前的场地，便是下面人家的窑顶，层层叠起来，可谓人上有人，巷上有巷。墙壁是瓷的，台阶是瓷的，水沟是瓷的，连地面也是瓷片儿竖着一页一页铺成的。站在这里，一声呐喊，响声里便有了瓷的律音，空清而韵长，使人油然想起古罗马的城堡，或是古战场情景，试想如果导演一部武打的电影，那斗打起来，是极为精彩而有趣的。这么一条巷一条巷到山顶，便没了窑洞，两排屋舍，相对而列，形成一条正儿八经的街道来。过山风却硬，早晚街头风响着哨子，人不能久站。

但是，每逢二、六日子集会，这街上就人车拥挤，远近百二十里的人，用毛驴驮了粮食、油、盐、酱、醋，穿的，用的，一揽杂物什品，从四面塬上，八方沟岔赶来。陈炉人，也早早在街两边摆了盘儿，碗儿，坛儿，罐儿，集旺开来，叫嚷声，手拍瓷器声，高声讨价声，毛驴嘶叫声，乱哄哄地直要闹到天昏。但是，外地更多人，差不多在街上交易一通了，就分头走进每条巷去，每家人家去。立即，这面坡上的人，喊着和那面坡上的人对话，买卖人检查瓷器优劣，全是用手击敲响声，坡上坡下，这儿响几声当当当，那儿响几声叮叮叮，彼此不绝。一场交易好妥了，买主们就将拴在窑口的毛驴拉过来，卸下一袋两袋粮食，装上盆盆碗碗，然后，蹲下来吸烟，但从不讨水喝，这里山高缺水，若要讨一口水，主人心里不悦，又觉不忍，常常就送给一只碗去，说："啊，没茶叶啦，有茶叶的话，我去沟下给咱担些水上来泡茶喝呀！"

山沟下的二里路边，确实还有一口泉呢，鸡窝大个池子，周围长着蝎子草、白蒿，清凌凌聚起那么一掬，每掬一次，只能舀出半桶水来，于是乎，整个陈炉的人就都挑了水桶来排队，常常就在那儿打闹起来。如今，水的问题解决了，政府从外地抽了水来，但这里依样没有浪费水的习惯：吃饭极少吃菜，一顿饭，两个馒头，一碟辣子也便算了；洗脸水总是刚刚盖住盆底，依墙侧着，一家人，老的洗了，少的洗，脸洗湿了，水也便完了。

这地方水这么缺贵，山坡上那挂着的一片一片地，种下五升，收获一斗，亏得弄这瓷器，他们自称是捏泥搬坯。翻开每户的家谱，爷是捏泥的，儿也是捏泥的，生下孙子还是捏泥的。旧社会，夏秋二季，在地里忙活，一把庄稼打上场了，就合伙开窑，三家的、五家的，匠工、旋工、佐工，有艺的出艺，无艺的卖力。外地嫁来的媳妇，过门三天，就要去学捏泥，生儿生女，四岁五岁便给传艺。常常是牙牙幼童去作坊给大人送饭，老子在旁吃完一碗，儿子就已做碗十几个。一窑货烧成了，人熏得漆胶墨染般似的，就拿着去街上买粮食。粮价时涨时落，运气好的，换来一担几斗，粮价提了，总得几斗几升。若到年馑了，瓷就卖不出去，他们狠着心，宁可整车整车往沟里倒着次一等的瓷品，不去降价出售。末了，瓷器愈不值钱，窑就封了。

陈炉人永远记着那糟心的日子。

如今，陈炉的小窑，再也看不到，沟底的坪场上，一排一摆的大窑，是一个规模不小的工厂。家家老少成了工人了，吃到国家的标准粉了。但这里的工人，却一样农民的打扮，他们不习惯炒菜，吃饭不习惯坐桌子。车间里，儿子在那里揉泥，泥是黑色的，细腻的，揉面式地揉好了，交给老子。老子那么年纪，扳了电闸，皮带带动一扇石磨，哗哗地飞转，泥堆上去，双手往上拥，往上拥，捏个窝儿，手趁泥，泥趁手，泥管儿眨眼长上来，手便伸进去，泥要长即长，欲圆便圆，立即便是"▽"形的盘儿碗儿，"O"形的罐儿盆儿，"S"形的瓶儿壶儿，似乎已不是在下苦了，是在表演魔术哩。媳妇呢，在一旁旋着泥坯，孙子来回穿插地搬运。他们大声说话，东家长，西家短，唱着"社火"曲儿，儿子唱不对了，媳妇羞笑一通，这当儿，孙子和爷爷就逗着花嘴，胡乱骂趣。下班了，家家在窑前坐地，一边喝着茶，一边听那对面坡沟里倒瓷片的响声，那一块瓷片儿，一个音符，倒下去，丁丁零零，当当锵锵，满沟如鸣佩环，律清韵远。

陈炉真是个好地方，名气一天天大起来，游客也一天天多起来，规模也便越发扩大，工艺也便越发提高。他们已经不满足了粗瓷，又恢复发展着青瓷。那真是上品物件，其色温温如也，其声铿铿如也，上有刻花，饰为植物、动物、人物、自然形态和几何纹样，图案生动，刀刻流畅，欧瓷虽长于艳丽，景瓷虽长于细致，但却不可相匹比呢。

辛酉年初春，我们一行四人在陈炉待了一天，记下此文。临行，依依不舍，购得一只插花玉瓶，一套青瓷牡丹花碗。从此玉瓶置在案头，春插桃花，冬插红梅，夜来灯下作文，暗香浮动；沏一碗清茶，汁液儿青淡，茶底儿牡丹款款，香醇味长，顿时心清神明，文章也自觉有了风韵。

白　夜

　　我常常有这么个怪现象：做过的梦，过了不久，便就实现了。今天冒了大雪，从城里去秦岭办事，半夜在山根下了火车，走了十几里路，黎明的时候，赶到这村口。雪是不下了，却觉得这儿好眼熟！想来想去，蓦地记得这似乎是我一个月前梦里去过的地方呢。

　　那梦里就是这个样子的：没有月亮，没有星星，落了叶的树，黑了枝的线条，睡了的房子，黑墙的三角和斜面；除此都是雪白的了。夜，不是黑的概念了，白得朦胧，白得迷离，是一个古老的童话，一个单纯和朴素的木刻版画啊。

　　这使我十分的骇怕了，不知道这是有了什么神鬼儿作祟，还是所谓的生物电感应所致呢？我裹紧了衣服，再不敢想那梦的事，也不敢在这野外多待一会儿，急匆匆要走进村去，寻一户人家。

　　村子里静悄悄的，没有一个人影，也没有一只狗咬。从巷道里过去，雪落得很深，一脚踩下去，没了小腿，却没有一点声息。走进一家，院子里平静静的，一直走近门口，门被雪封了半边，只看见那黑色的门环，一动未动，像画上的一般。轻轻一推，门关着，我只好又退出来。反身看去，那脚印却就消失了。

　　再往巷子深处走，两边墙上的雪堆偶尔就掉下来，直埋了我的大腿。绕进一家篱笆，脚下依然没声无息，那门又是被雪封了，严严实实的，推也无法推了。

201

我退在了巷道里，听见了自己打的嗝儿；倏忽间，头发根根竖起来了：这个山村要被大雪埋掉了！天黎明了，山民们还这么沉睡不醒，是他们的懒惰，还是雪的温暖下使他们失去了黎明醒来的本能，而遭了如此的不幸吗？

我无目的地向巷的一头跑去了，感到了孤独，感到了寂寞，感到了恐惧，想这一场大雪，是天上云朵的脱落吗？这么个地方，为什么就要有这么个村庄，这么个村庄为什么偏要住了人呢?！

可怜的人啊，在大自然面前，多么无能为力！我深深地后悔这次夜行，我狠命地跑去，步子却迈不开去，似乎谁在拉扯着我的衣襟，我预感到我已是电影里死前那种慢镜头，很快就要倒下去，埋在雪底，然后是一个平静的雪景……

突然，铃响了。很响的铃声。整个白夜似乎都在颤抖了一下，我兀自站住了，不清楚怎么会有了铃声。我觅着铃的声音，跑了过去。

巷口的那边，一个高地，飘着一丝铃的余韵。跑近去，是一座院落，院前一株老树。门开着，树上垂一根绳索，绳索顶端是一口铃，绳还在摇着，人却是没影的。

我疑惑着，四面看时，就见树远去五米的地上，一个黑色的窟窿边，正弯腰站着一个人，一个很老的人。

"大伯！"我叫着，声音有些发抖了，"铃是你敲的？"

"学校的铃我敲了十几年了。"

"快，大伯！"我说，"你知道吗，村里家家的门被雪封了，人要捂死在里边了。"

老人却哈哈地笑起来了：

"你是外地人吧，雪怎么会捂死人呢？每年冬天都有这天气，大雪下来，常要埋了门窗，人们觉得暖和，就会误了起床。亏得我住的高，在风头上，雪是落不住的。这就是我们这里的白夜啊！"

"白夜？"

"是的，白天的黑夜，黑夜的白天。"·

这真是诗意的语言，奇妙的山地。我心松了下来，却还惊惑不解。回望着这白夜下的山村，心有余悸地说：

"这雪太可怕了，把什么都埋住了。"

"那不见得，你瞧这井，不管多大的雪，它能盖住吗？"

老人直起腰来，却提了一桶水，原来那黑色的窟窿竟是一口水井，水并不深，用手就可以拔绳打水了。我走近去，在白夜里，井上腾着丝丝的热气，竟在那井壁口上，看得见长着一个小小的竹笋。

我说：

"这种白夜，会有多少天呢？"

老人说："断断续续一个月吧。"

"一个月？那人不冻坏吗？"

"不，冻死的只是细菌，只是脆弱的生命。这白夜要是哪年少了，春上人才要害病呢。你知道吗，这个村里人都长寿到八十多岁哩。"

"可这地方，毕竟是太寂寞了。"

"耐过寂寞的，才是伟大哩，同志！"

老人对他的教学的语言，似乎很得意了，那么映着眼诡笑了一下，提了水桶，就蹒跚地向校门走去了。

我站在这白夜里。长久地站着，做着遐想。似乎悟出了几分东西，却还有几分疑惧，便又向村里跑去了。

村巷里，果然有了人走动，有的人家正打开了门，雪却像一堵墙挡在门口，出来不得，便见烧热了锅，那么端着，一下就钻出来了。然后，一家人全站在院下里，乐得大叫：

"好雪，好雪，明年麦子要丰收了！"

看着这白夜的地方，看着这一个个憨厚的山民，原来他们是那么平和，那么乐哉，那么一切无所谓，我突然觉得这是实实在在发生的事呢，还是我又在做着什么梦了。但无论如何，我是感到了脸在发烧。

一九八一年九月三十日夜于静虚村

三月十一日过留坝县

壬戌三月十一日，我和宁克中从汉中搭车向北，车愈往沟里走，山愈往一处挤，路瘦得是勒出的一条白线。到了留坝县城，出现一个满是绿树的圆形坝子，才知道是二百里的长线，艰难难地吊起这个宝葫芦了。

我们一住下旅店，店里的开水打来却泡不开茶；以为水不开，问服务员，回答说：水是早晨烧开的，来客少，放凉了。喝不成了茶，就只好漱洗了，分头在各自房间休息。我睡不着，光听见自己打嗝儿，起来便到街上去转悠。走到街上，老宁却早也到了那里。这时候，太阳正坐在西边山尖，燃烧得很旺，突然坠下去，似乎能听见山那边有锵啷一声；看看表，才三点二十五分，城里却没有几个人在走。左右的商店门都大开着，拣一家两层楼进去，一楼是三个服务员，两个顾客：一个买了一包烟，一个看看又出去了。走到二楼上，三个服务员，顾客还是两个：一个是一岁的婴儿，一个是抱婴儿的姑娘。三个服务员瞧见我们，却盯着，问："买什么吗？"我们摇摇头，她们却问从哪儿来，到哪儿去，是不是来过留坝？问得我们乏味，赶忙走下来，站在大门口，看街上来往过去了七个人。后来，东边一辆自行车过来，西边一辆自行车也过来，走到街心，却相撞了；但没有骂，从地上爬起来，互相笑笑，各自又骑走了。

我们点着了香烟，一边走着，一边吸，从新街东走到街西，拐进旧街，从西街又走到东街，开始往旅店走。像在古刹中，又像走在子夜，我们能听见各自的出气声。总疑心身后有人跟着，回了几次头，却没有人，才知道是自己脚抬一步，那街道上就响一下回音，嗡嗡有些律韵。一时间，觉得这里，处处都装了扩音器，用不着大声，说悄悄话也传得很远。一直到了旅店，那支香烟终已燃到手指，只好不忍地扔掉。

我随老宁到他的房子里去说话儿，老听见墙根有蛐蛐叫，声音很中听，赶过去找，那声音又在屋外叫；一直寻到后院的花坛里，蛐蛐叫得十分热闹，就坐下来听到天黑。后来，风起了，在脸上显得很硬，身寒不敢久坐，就又走回房子，仄在床上说话：

"这里人和人不吵架呢。"

"是的，心里哪儿会有胡思乱想呢？"

这一夜，两人睡得很踏实，第二天竟忘了起床时辰。

一九八二年三月二十八日作于静虚村

夜 籁

　　当学生的时候，血气方刚，常要做以济天下的人物；莽撞撞地闯进社会几年，弄起笔墨文学，一事无成，才知道往日幼稚得可怜，不觉心灰意懒，且"行于当所行""止于所不可止"了。借仲秋的日子，去陕南度假散心，坐了十多日船，行了上千里路，随便往两岸的山上一望，便见秋收后的庄稼地正在深翻，老牛，木犁，疙瘩绳。或者，是歇晌的时候了，老牛站在那里，四蹄直立，尾巴直垂，犁沟里坐着默默的农夫：劳作后的疲倦，瞬间凝固的雕塑。我心中感慨：天下最劳心者，文人；最劳力者，农夫。劳力者给了劳心者以粮食；劳心者却不能于劳力者有所作为，不觉喟然长叹！

　　夜里，船到了山弯间，月显得很小，两岸黝黝的山影幢幢沉在水里，使人觉得山在水上有顶，水下有根，但河面却铺了银，平静静的似乎不流，越发使人惶恐。到了渡口，船不走了，只好向岸上的山村投宿，一道石板小路引着向山坡根去了。石板是锃蓝的、赭红的，一块不连着一块，人脚踹得它光滑细腻，发着幽幽的光，像池塘平浮水面的荷叶。在石板路上走，一步一个响声，常常使人觉得后边有人跟着；看半山坡上的灯光，星星点点，似乎对称，又见分散。一直到了坡根，那灯光却再不见，路成了窄巷，陡然向坡上爬去，常常是前边突然无路，一个直角，巷子向旁边拐去了。两边高高的人家，前院墙石块垒起十来丈高，后屋墙却依山而筑，仅二尺有余。灯光正从那家小小的石窗照下来，犹如一道白柱。一个极俊俏的女子，探头往下看着，打一个口哨，麻酥酥的，立即就捂了脸，作认错了人的害羞。

我走近一家院落，院门是桐木板的，窄而短，门环却小碗口般大，挨墙弯着一株古柏，绳索似的皮纹，疙疙瘩瘩的根爬满了门前的石阶。敲一下门，响声很空。院子有了脚步声，一个老头把门开了。正要询问，坡那边的石窗光又一亮，那个极俊俏的女子又出现了，一个口哨，麻酥酥的，巷子里有了脚步声。"这猴女子！"老头说。"她在做什么？"我也有些奇怪了。"恋爱吧，"老头说，"这么冷的，又要去河边，你恋过，你说说，恋爱有火吗？"

我笑了，不觉向河边望去，那河竟离得很近，看得见了那并排的几只木船，月光下亮得分明。一位诗人描写过这种境界，说那船是河神的套鞋，如今，两个人影走上了空船，有一个是那极俊俏的女子吧。船客走了，河神走了，只有明月，明月初照人哟。

老头是个厚道人，热情地接待了我。他老伴到闺女家去了，夜里剩下他一人，正在灶火口熬茶。茶锅小极小极，只有拳头那么大，系在一条铁丝上，架在火上，像烧着一个黑瓷蛋儿。火不甚旺，老头几次俯下身去吹，嘴皱得像个火筒，烟就罩了一层，我喀喀地咳嗽起来。

"就好，就好，"老头抱歉地说，"快蹲下，烟高不烟低。"

茶熬好了，老头倒给我了一小碗黑汤儿。喝一口，苦得直吐舌头。

"这是什么茶？"我说。

"龙叶茶，自己上山采的。"他说，"香吗？"

我该怎么说呢，我看着这烟火熏得黑漆漆的石屋，看着这光一闪一闪泛着黑瓷一样幽光的老人脸，我摇摇头了，知道这些农夫，大都没钱去买那高质茶叶，便自己采了什么叶子去熬喝这又苦又涩的汁汤了。

"你们城里人是喝不惯的，"老头苦笑了，"可我们却珍贵呢，你喝喝，后味叫香呢。"

但我无论如何不敢去喝了，老头便接过喝起来，喝一口，舌头就伸出来在毛茸茸的嘴唇上舔一下，发出一种很响的声音。他又熬了第二锅，喝了，又熬了第三锅，喝了。然后，闭了眼睛，坐在地上，将那弯曲的背、脚、手、脖子，使劲伸展，然后鼻孔里长时间地出气，一双小眼睛显得明亮多了。

看着老人的舒服劲，我心里滋润起来，恨不能自己变成个小虫儿，钻进他的鼻孔，好让他再舒舒服服地打个喷嚏。"今天地里干啥了？"我说。"翻

207

地呗。"他说，"天又旱得厉害，地瓷得扳不开啊！"

"真苦了你，这么大年纪了。"

"哪里！一辈子还不是这么过来的，多亏这茶呢！一天不喝几锅，头疼，骨头也散架了，这茶是农家乐，一喝乏劲没有了，百事都忘了呢。"

老人说着，哈哈地笑起来，精神十分活跃，问起城里的人吃的什么呀，穿的什么呀，这秋天里，都在干些甚事呀，比如今天晚上，又在干着什么呢？我一一回答着老人，感到深深的内疚，老人却又哈哈笑了，说：

"土命人也不像你说得可怜，苦是苦，苦中仍有甜呢，好比是咱这茶，可惜你不愿喝一口。"

这当儿，院门又在很空地敲响，老头出去开门了，院子里立即有了一老一少的女人声。进了堂屋来，果然是一个老太婆，和一个穿红格子新袄的女子。那女子嬉皮笑脸的，一看见我，却戛地止了声，躲进灯影黑处去了。老太婆便说：

"他大伯，你瞧瞧，明日要出嫁了，穿这件红袄儿可合适？丽儿，你站过来！"那女子在黑影说："娘！"老太婆似乎才看见了我，忙笑笑，说："城里人看就看吧，明日要办事了，千人万人要看呢，城里人会笑话你？"

我明白这是位要做新娘的女子，忙连声道喜，那女子扭扭捏捏站在灯下，却转过了头，不让我看她的脸。

"合身，合身！"老头说，"柱子那头准备停当了？"

"他有什么好准备的？明日唢呐一吹，他过来入洞房就是了。"

老太婆牵了女子，笑笑地出门去了，在院门口很响地说：

"他大伯，明日你一定来啊！"

老头回来，重新坐在灶火口，又咕咕地熬他的茶了，说这家是个独女，哪儿都不去，就招了女婿过来。这女婿也逗，哪儿也不去，就要来这村子。他开始从怀里掏出一卷钱点起来。钱票很烂，油腻腻的，像湿了水。

"明日我要上十元钱礼呢。"

"你们这儿还兴这规矩？"我想这农民，手里能有多少钱呢，偏遇着这红白喜事，这么破费的。

"取个吉利嘛。"他说，"城里人要笑这是老封建了，可山里人把这事看得重，一生能有几次乐事呢？你若不走，明日你也来热闹热闹吧。”

我无空满足老头的邀请，看着老头又喝了一碗茶水，便听见院门外的古柏上，有斑鸠在咕咕地叫，老头说夜不早了，便要我去睡。睡在东边的炕上，月光从石窗上银银地照进来，我不知道河边木船上的人——那个极俊俏的女子，走了没有？

老头喝毕了茶，叮叮当当刮了一遍木犁上的泥，也睡下了，打着很响的呼噜，慢慢，一切都静下来了。我却无论如何睡不着，想当年做学生的情景，想这几年的风风雨雨，拳拳之情，一时又涌上心际了，便觉得今天夜里，有好多事要想，却又无从想起，有好多事情已经意会，却又不可道出。石头屋子是这般的静寥，像是寺院。

远处，偶尔有一声狗咬，声音在窄窄的石头巷里，或在高高的对面崖上，撞出了回音，嗡嗡传韵。立即，有了一种什么声音，从石窗下的巷底传来，先是模模糊糊，再就清晰了，原来是在“招魂”：

“回来啊——！”一声苍老的叫声。

“回——来了！”一个稚语。

“回来啊——！”

“回——来了！”

这“招魂”我是知道的。小时候在乡下的老家，常有这种迷信的活动：小孩受惊了，或是跌了一跤，或是得了一病，整天哭闹、痴呆，做母亲的便在夜深人静之时，一手抱了孩子，一手提了灯笼，从巷子走过，母亲叫一声“回来啊”！孩子应一声“回来了”！再在地上撮一点土，放在孩子的额头上；怎么现在还相信这个呢？

“回来啊——！”苍老的叫声。

“回——来了！”幼稚的应声。

“招魂”声慢慢地从巷子里远去了。我默默地数着他们的招呼声，想象着那一团灯笼的移动，计算着他们的脚步，一下、二下、三下……夜，安宁了，石屋里静得像个寺院，我均匀地呼吸着，便睡去了。

一九八二年

黄陵柏

　　从铜川往北数百里，全是赤裸裸的荒山秃岭，到了桥山，出奇地却长满了柏树。一棵树一个绿的波浪，层层叠叠卷上去，像一个立体的湖泊。天放着晴的时候，湖泊丝纹不动，绿得隐隐透蓝；逢着刮风下雨了，满山就温柔地拂动，绿深起来，碧碧的，青青的，末了，似乎欲晶莹了，在这黄褐褐的世界里，像一颗偌大的绿宝石，灿灿地要映照出一切。

　　山上有一条小路，曲曲折折爬上去，山顶就有丘土堆，活脱是一个山上的山：这便是黄帝陵了。站在陵墓往下看，才知满山没有一眼流泉，也不见飞禽走兽，柏籽在倏忽落地，簌簌地如洒起细雨，满鼻满口都是柏的荃香了。最有趣的，那柏全都枝叶瑟瑟缩缩，如一根一根桩的模样，肉肉的，依山而微微趋身，似乎是向陵墓肃然静默，立即使游客失去了轻狂和浮华，刹那间入了庄重、虔诚的境界，再不敢有了言辞，只提了脚步儿在厚厚的落针上悄悄起落。

　　我三次上过桥山，每次都在这窸窣和柏林里静观，一待半日，于是看出柏的好多妙事。回来用笔记下，归类十多余种，竟成了一册柏谱。

　　柏谱这么记载：

　　山下柏：阴面少枝无叶，阳面枝叶却繁极密极，腰身弓弓的，如负重载。顶端是一丛柏朵的三角形状，似乎是拉长了脖子，向山上仰望着什么；下边的柏枝便垂垂下来，又像在做着无可奈何的手势。它奋命地向上长着，但终没有山上的一棵草高，于是，寄希望于后代，枝头累累的，都是些柏籽。

伞柏：这柏如伞一样，光光的身子上，突然顶一蓬枝叶，圆圆坨坨的。从上看不见干，从下望不着天；树下从不见雨，亦不见光，数丈之地，不长出一棵小草。一早一晚，山风拂来，伞顶嘎嘎作响，如雷电爆裂。

坡坎柏：它处在险恶之中。似乎永远没有安全感，但却正如此十分的安全。根从坎壁上横出，然后突然崛上，形成一个直角，每一条枝，每一根节，都表现着十分的努力，以致全扭歪了。柏叶却很丰腴。临风袅袅浮动。如悠悠的云，日光下泻，倩影便款款落地；如动画一般，显出如狮，如虎，如隼的万般形象。

平地柏：因为得天独厚，身一出地，便肆意横生，杆少而叶多，不为高大，但求雍容，风很少刮过来，雨水却得到满足，每一弱枝，必结柏籽，籽小花大，瓣裂四片五片，但却不能发芽：大半被松鼠拉去，小半被麻雀叼走。

风头柏：分明是一座塔的形象，经营着庄严，建筑着气势。枝叶全相对展开，一朵一朵，呈薄扇状；在四面来风之中，执着八方盾牌，步步为营地向空间进军。

屈柏：如弓一样俯在地上，背上暴露着一个接一个的疙瘩，似人的脊骨，身下却裂开来，是蚂蚁的天国。似仅几朵枝叶，落地时却平面伸来，做求拜状，游客便以其身为椅，男者，女者，全骑上去，一压一摇，做晃板的快乐。

桩柏：枝叶于它是多余的，全然一个赤身，数十丈高，纹沟从上到下，不弯不屈，头顶三丝四丝柏朵，宣布着自己并未死去，安详得却如停驻的云。

朽柏：只剩下半个身子，其实仅仅是半圈空空的皮壳，被护林人用石头砌起，补了缺，毛老鼠便拉来了大量的柏籽，在那石头的穴孔里做起一个仓库。

挤柏：它们存心是来拥挤的，目标就在天空，比试谁第一个到达，狭窄的面积，刺激着它们生存的竞争；生存的竞争，使它们一起成为山上最高最直的代表。

孤柏：太富裕了，使它养成东拐西歪的懒散习气；太自在了，左顾右盼

211

地尽长了杈枝。

石缝柏：实在没地方了，就到石崖上去，只要有一条细根伸进去，便要石崖挤出缝来，再抱住它，把根织成了密网。用力太过度了，根如瘀了血的手指，青而黑，黑如铁。虽然比别人长得慢，浑身却成了油心，摸摸粘手，敲之叮叮，投一块石子砸去，立即反弹过来，身上不留一点痕迹。

柏中柏：一棵小柏长在一棵老柏的空心里。老者已断上身，小者一身浅绿，风里便做媚态。

夹石柏：也许是一块石头突然从山上滚下，将它砸断了，石头就永远坐在疤坑里，宣告着它的死亡。但疤沿一愈合起来，就又从四周一起往上长，竟抽出新枝，死死将石头夹住了。从此，再不能取下，或许夹成碎末，或许就成了它身体里的一部分。

山顶柏：以为是最高的了，其实不过三尺，又都秃了顶。

芽柏：一个什么动物的头骨，用什么力量也不能使其分开，被遗弃在这里了。一颗小小的柏籽落下来，静静地躺在头骨里，一场雨后，它发芽了。那么一小点绿，但它迅速地从骨缝里长起来，头骨竟神奇地分裂了。它似乎是与生命开个玩笑，以暂短的生存证明了它的无比的力。

默默地从这无数的柏中走过，我总要站在黄帝陵前肃立片刻，做我的幼稚而荒唐的遐想，最后那次上山，是在夜晚，月亮就在天上，林中远影幢幢，近处迷离，陡然间，产生异样的感觉：我站在这里，也是一棵柏吗？面对着我民族的始祖，我会是一棵什么样的柏呢？

一九八三年五月写于黄陵

212

延安杜甫川牡丹山记

　　山上长牡丹，这便稀奇，一山上下都长牡丹，便又稀奇，长牡丹的山不在洛阳，不在苏州，而在千里赤褐的陕北高原，这就更是稀奇。正因为这片牡丹不去公园占却富贵，偏执意亲恋荒原，热闹寂山，所以一经发现，声名便天下震远；做工的，务农的，学文的，习武的，争相朝看：朝者不为看花艳，为着天地自然之元气也。

　　走十里不见一村，进村寻不着五家，门窗在坎壁上开凿，炊烟端端地在土塄上冒长，这便是杜甫川。川的两边，挤着无数的和尚，臃臃肿肿，却全然着一个一个光头，太阳下，丝丝缕缕往上蒸腾热气，这便是杜甫川的山。山上不长一树，支零破碎的一片片草皮，又被牛羊踩出小路织成的网状，这便是和尚头山上的坡。顺坡而下，逆沟水而上，没有龟纹，却成了干粉，有风如烟如火，无风虚土半尺，脚踩下去不见了鞋面，尘"嗤"的一声如水一样四处飞溅，这便是网状草坡底下的路。沿路深入四十里，川越走越窄，山越走越挤，兀然突出三座郁郁秀山，北是北华山，南是南华山，中间特秀特高者，牡丹花山到了。

　　牡丹花山高而不险，媚而不俗，满山瘦柏、黑桦、青桐、枸子，沉重却不压抑。遍地潮土，酥浮并不起尘。牡丹每到五月，初五开红，初七开白，初九开紫，十一开黄，绣球般的、团蝶般的、盘状的、拳状的，娇，笑，羞，媚，含怒，欲语，闹哄哄从立夏直到小满。朝花人远近而来，来了以花水洗尘，身轻神怡，喝花茶清心，耳聪目锐。朝花人中，来路最远的，朝罢

213

不走而住下的，要数我了：年年来休创作假，花绣苞便到，花谢尽才走。从此人熟花熟，和这里结了不解之缘，故三年写成两本散文，我自取名《野外集》《花源集》，以此纪念了。

我总是住在那山上庙里的，庙是花神庙，小小的，红梁绿窗。院中两株古柏，都一搂粗细，柏朵如伞，遮了半庭阴凉。院里院外，遍地牡丹，以致埋没了石阶。往左三十个石阶，上有一丛瘦柏，细而高长，如竹子的扶疏，中有一木亭，八角飞檐，四面来风。往右幽径而下，是一草亭，草已干白，缀满绿苔，中置一副石桌石凳，全被牡丹围住；静心而坐，看山下人家鸡鸣数声，听满山柏籽簌簌如雨洒落，读一句书文，吸一口香气，无酒自醉。黄昏里去山下小溪里洗涤，月上来，去路旁石泉里挑水，一副扁担，两只木桶，沿百十台石阶款款而上，两旁新植小松旧枝青黑，新枝嫩黄，四枝五枝一丛，一树一树如擎起了万支蜡烛；上一阶，思一句，到了庙中，取笔就写，写得轻而不佻，丽而不俗，自鸣得意也。

五月到了中旬，花事正盛，夜里就要落一场细雨。黎明醒来，窗外冷香习习，被里热香熏熏，出门便走，忘了系扣，不顾洗脸，一任脚儿信步。山土软如酵面，一脚下去，一个浅窝，但鞋底干净，不沾一星半点黄泥。先见满山白雾，五步外不辨路径，隐隐约约，从柏露出梢来，如漫天黑龙奔走；间或便露出树身，碧青如涂了绿漆，起亮泛光。倏忽云就荡然无存，阳光在树间激射，风动处，便见到处红黄紫白，牡丹高低迎日，五彩斑斓。急切切扑近去，一时不顾安全，爬高上低，凑上脸去，拼命儿吸香，却不敢伸手去摸。中午时分，赏花人就拥上山来，那儿童多有不规，常要攀折，我便提了柏枝，上下奔走，见艳花就搭木围栏，见新芽就掘土为堰。顽童们便骂我"花奴"。骂得却好，只要有花，我便做奴，自此"花奴"二字倒做了我第五个笔名了。

接连十多日，花愈开愈多，愈多愈艳；平地上有，沟底里有，山头上有，岩壁上有，常是偶一抬头，阴暗暗的崖畔上，就鲜活活有了一棵，似乎愈是阴暗，愈是红亮。这些日子，我便丢了书笔，专意儿迷在山上，如痴了一般，卧听满山瘦柏咿咿吱吱在风里作响，似仙乐从天而降，那黄鹂声声鸣叫，声音里也似乎有着清香，有几次从花间爬起，一头花粉，竟被蜜蜂误入头发，蜇了三个四个红包。

爱花总梦想花能长在，越发觉得这黑柏杂木，荆棘荒草实在丑恶，万万不该在这里生存。待得一久，那牡丹似乎专意儿要回答我吧，常常就在柏根下生出，荆丛里开花，而且更艳更香。我才悟出：美并不怕丑，美在丑里美更美。但牡丹并不傲贵，百花同时与它生长，那刺玫繁花坠枝，如万千粉蝶在那里聚集，枸子木也满树满枝绣着米粒大小的白苞，开放之后，如披了一身雪花，桑瓜瓜顶一朵黄绒，地英放一片淡蓝，甚至那林中空地上的地皮绿苔，也有了一点一点花的紫色。牡丹在鼓励着百种小花不要卑微，有颜就显，有香就放。游人多赏牡丹花容，我却赏到牡丹风格，便曾洋洋夸口：我更爱花，花更爱我，我于牡丹最知己！

四面山垭，全被朝花人踩出路来，那路不是通道，却是由无数细绳甩过来似的纷乱。人越来越多，只能排队上山，一批看过，一批再看，看完就叹，叹了诗兴便发。我便于亭中置墨置纸，让其抒写。三日之内，亭里就已贴满，只好又拉了几道绳子，一道一道挂起，每到百首，就订一册，如今已有五册，存在花神庙内。但曾有人建议，荒草里长出牡丹，草会吸了养分，何不除去？我便与护山人忙了三天三夜，清理出一块地来，草则没草，但却从此少了一种味儿。随后又有人提议，石阶上不能长花，何不植些盆景陈列两边？我便又与护山人买了花盆三十，但移了牡丹进去，那花全无总根，一日还好，二日便谢，三日过后，便都枯死了。才知满山牡丹一个总根，只能让其自然，四处蔓延；痛心疾首，再也不敢忘却这次教训了。

夜里偶尔要会起了狂风暴雨，这便使我彻夜不得入睡，打了灯笼满山护守：才绣出的花苞怕折了茎，已绽了瓣的怕散了红；平地的给搭棚，风头的给扶棍，悬畔的给培土。有一夜将雨伞、草帽全用完了，我脱了上衣一头系在树上，一头用手拉住，护着一朵白牡丹直到天明。也有护不到的，五彩涂地，我默默捡起落瓣，洗净晒干，制作茶料，一杯一杯送上山人喝了，叮咛他们记住牡丹，让其精灵永存。

在山上住上一月，每每假期就满了，有时花已落了英，有时花容还未褪，总是依依不舍。临走之前，挑个月明风清之夜，护山人摆小宴送我，小宴设在花下，举杯对月对花，大发感慨，说今年走了，明年一定还来，但愿黄土高原上，这山永远不倒，山上牡丹永远茂盛，普天下世人永远爱花。说完，连饮数杯，草成此文……

一九八二年五月十四日作于延安

拐杖记

从张良庙再往深山走，有一个镇子，说是镇子，其实十几户人家而已。镇上有一作坊，专做拐杖，远销国内好多大城市。游张良庙时，夜宿在镇上，与作坊一老者谈起，他说："这里没有什么值得稀罕的，只有产这拐杖。因为山深草莽，多长有荆子木、枸子木、鸡骨头木，这些杂木荆棘，不可能成材，但它们不择地而生，风吹、雪压、缺水，耐是都耐过了，却可怜几十年再长不成一握粗。这么荒荒落落，自生自长，木质倒也十分坚硬，正好能做拐杖了，又多有弯根、斜枝，以木形而做，扶手把上就可雕龙、刻凤，鱼、虫、花、鸟，随意着刀就成了。拐杖做出后，无意拿进大城市里，立即被人抢购，这使我们深山人万万没有想到。我们大多数的人从未去过大城市，不知道你们大城市的人竟这么喜爱。想想，大城市的人到了一定年纪，是不是都肚皮过肥，腿骨酥软，这拐杖便是这第三条腿了。你们有的是钱，担心的是寿，咱们深山的人却总是钱少，就多亏了你们这么周济了我们。你可回去后写写文章，说我们会记着你们大城市的人呢。"于是，我遵嘱将老者的话写在这里，让所有大城市的人都记着老者的话，当大腹便便的挂着拐杖悠悠散步的时候，也都记着支撑臃肿身躯行走的第三条腿，其实是深山里那些几十年无人知晓的杂木荆棘。

火水火鱼记

汉中城内东南角，有一湖，小极浅极，称池方宜。水却清澈异常，叶落进去终不沉底，水面也从未见过轮状的、网状的纹，平平静静，像一块圆圆的镜子。站在西边，就可照出东门方面的屋舍；站在北边，又可照见南门方面的楼台。有着日头的天气，可见鱼在水底，并不大的，黑着脊梁，像时兴酒杯底的花鸟，又像玻璃匣中嵌的标本。才一俯身，身影铺过去，鱼儿突然而散，再无踪迹，水面依然不动，白亮亮仍是一面镜子，倒会疑心那鱼儿是天上的鸟儿飞过的影子。这湖已不知哪朝哪代形成，一直都有着鱼，但从未见过鱼长大，历史上东门南门都曾有过好多次火灾，火灾一起，人就舀湖水去灭，总是湖涸了，鱼也死了。但不久，天并未落雨，湖水却满了，湖里也却又有鱼了。这样湖涸了又溢，鱼死了又生，一直到了今日。今年三月，我到这里，本城新县志编辑室的老赵又说起这事，直道这水儿出奇，鱼儿出奇，要我给这两种生灵起个名儿。我说，此水明知救火自亡，偏要蓄存，这是好水；此鱼情知水不久存，偏生于此水，这是好鱼。鱼有水方活，水有鱼不腐，全为着一个火字，天下每个城的门口都有这么种水和鱼，火灾就不可怕了，取火水、火鱼最好。老赵说：妙！遂在新县志中记之。

大洼地一夜

我不敢忘记大洼地的一夜。

那是七九年的冬天，我跟着老于去打猎，一直到了秦岭深处。第三天里，一只皮毛极好的狐狸被我们打伤，却不肯倒下，我们便追了半天，黄昏的时候，翻过一座山梁，狐狸竟不见了。不能赶回去，我们便决定到山沟里的树林子去寻些干柴，要在梁畔里取暖过夜了。这当儿，月亮已经上来，雪地上一片白亮，我们一直向林子里走，来到了一块大洼地里。

大洼地的雪比山梁上厚多了，脚踩下去，就没了腿肚，走起来很是艰难？秋天的枯草全倒伏着，偶尔有一撮两撮露出还绣着白毛穗的茎尖，但冰得坚硬，一撞就脆折了。一切树木，几乎都是一搂粗的、两搂粗的百年物，叶已落尽，枝丫如爪一样扭曲，每一截曲处，每一个疤上，都驻着落雪，月光下黑森森地亮着点点白光，像怪兽的眼。枯朽的原木横七竖八地倒在地上，一半被雪埋着，一半斜仄着，满身的木耳和苔叶，茸茸的像长了毛似的。我们站在一棵枯了半边的古木下，不知道这洼地到底多么大，秃树过去，是一片黑黝黝的松柏，呈现着一个挨一个三角形状的小山模样，后边便是一片灰色，再后去，全然一个白色，什么也无法分辨了。

我们小心翼翼地站了一会儿，一时觉得身骨瘦起来，而且特别冷；赶忙就低头寻着干柴。干柴倒容易找，只要拖出一截枯木来，立即就能扳下一堆干枝，雪虽然在埋着，却干得很脆，发出"嘎喇喇"响声。很快集起一个大堆，我们拼足了全部力气，每人扛起了一大捆。站起来，小腿就哗哗地颤，扶定一棵树往上看，望不见树顶，我第一次感到我们太渺小了，简直像一片树叶。低头看洼地这么多干柴，我们尽一切力量，而充其量不过拿走微不足道的一点，又觉得像蚂蚁在粮仓里拖走一粒小米一样可怜。

我们开始向前挪步，便发现什么路也没有，也看不见任何走过的痕迹；一切都静下来，像死了一般可怕。这是一块从未有人来过，也从未有人知道的地方吗？难道我们的突然到来，不速之客使这个世界惊讶了？但我们立即恐惧起来，觉得正是这种寂静是有着什么目光在盯视着我们的一举一动；同时便听到了自己的呼吸声和每一脚起落的沙沙声。

霎时间我们全慌了，扛了柴捆急急往出奔走。但糟糕的事发生了！我们一时竟不知了归路，从一棵树下蹚雪到另一棵树下，又到另一个树下……跌了几跤，转来拐去，约摸半个小时过去了，最后发觉又转到刚才转到的树下。"中了迷糊鬼了！"我叫了起来，老于也吓呆了，两人丢下柴捆，我喊一声"喂！"他喊一声"喂！"四面便起了"喂喂"的回声。我们再不敢叫，洼地里又死一般寂静了。

"快划一根火柴！"我记得老年人曾说夜里行走会遇到这种迷糊鬼的，只要有火光，才会清醒过来。

老于把火柴划亮了，一团放射的光焰里，一切月色黑影都退却了，洼地里什么也看不清。我们就靠在一起，划掉一根，又划掉一根，十几根火柴划完了，我们冷静下来，终于看清来时的那棵枯了半边的古木，才手拉手从那里爬上山梁了。

回到梁畔，再不觉得冷，只感到离奇。我说还真有迷信呢，老于说，这是精神作用，划了火柴，是自己给自己壮了胆的。他说得有道理，我却晦气起这次出猎了：明明打伤了一只狐狸，但突然追过山梁就不见了！辛辛苦苦又在洼地里寻着了干柴，但却一根也未拿回来！这洼地是什么地方呢，我们常进深山打猎，可这样的洼地从未见过，难道这里是从未开发的元气混沌的天地大自然的真正一隅?！

"大自然于人是多么不可知啊！"我说。

老于却笑了，连声叫起妙来："知道了大自然于人不可知，正是我们从此可知大自然了。"

"啊，神秘的大自然！"

"不，神秘的应该是人呢。"

"人？可是，我们在大洼地里什么也没有得到啊！"

"但我们的脚印不是从此留在那里了吗？"

　　　　　一九八二年六月二十三日从静虚村到五味村

延川城感觉

再也没有比这里更仄的城了：南边高，北边低；斜斜地坐落在延水河岸。县中学校是全城制高点，一出门，就慢坡直下，窄窄横过来的唯一的一条街道似乎要挡住，但立即路下又是个慢坡了。使人禁不住设想：如果有学生在校门跌上一跤，便会一连串跟头下去，直落到深深的河水中去了。以此观察去，全城极少有自行车，是不是也是为了防止这种危险呢？如果下十天八天阴雨，地皮松动，真担心整个城会一下子滑脱吧？以此再推想，由永坪镇到黄河是一百四十里，由延川城到黄河是五十里，是不是这座城原是一只窄窄的船，急急要奔赴黄河，拐来拐去行了九十里，突然在这里搁浅，才变成了这般模样吗？

从南岸到北岸，一座桥连接了，这是一个伟大的连系，否则延水没有滩，山下就是河，河上就是山，两边说话听得见，但老死不得往来了。看北岸峭壁之上，凿满了窑洞，真怀疑那是怎么上去的？窑前没有空地，可想那大人是多么勇敢，那孩子在大人出门的时候，会不会是被用带子拴在门槛上的？白天里，窑洞一排叠一排，如蜂窠一样；到了晚上，每一孔窑洞里都亮了灯，是每一孔窑洞里藏住了一个太阳，还是整个山是一座黑黝黝的冶铁炉，那窑洞就是一孔观火势的口？

城太小了，居民没有谁不认识谁的，整个城里的人的布置好像是一张网，各人都在各人的方位，任何人一有动静，别的人就会知晓。一个生人只要在街头上一出现，全城就立即发觉了。似乎在这里，走了一个人，城就空了许多，来了一个人，城就挤了许多。但人和人是友善的，因为谁也知道谁的祖宗三代，谁也有用得着谁的时候，或许细数起来，都是些转弯抹角的亲戚；地域的限制，生存的需要，使他们只能团结而不能分散了。

出奇的是这么个地方，偏僻而不荒落，贫困而不低俗：女人都十分俊俏，衣着显新颖，对话有音韵；男人皆精神，形秀的不懦，体壮的不野；男女相间，不疏又不戏，说、唱、笑，全然是十二分的纯净呢。物产最丰富的是红枣，最肥嫩的是羊肉。于是才使外地人懂得：这个地方花朵是太少了，颜色全被女人占去；石头是太少了，坚强全被男人占去；土地是太贫瘠了，内容全被枣儿占去；树木是太枯瘦了，丰满全被羊肉占去。

可以设想：每一个生人来到这里，每一个生人都会说这是一个有趣的城，一个不易忘记的城。我也有些同感，才写下这文存念，时值八二年九月二十四日初夜。

一九八二年九月二十四日写于延川县

紫阳城记

在家读过一本书，记得说："紫阳疆隔，为安康锁钥，任河路径，实川陕咽喉；峰有千盘之险，路无百步之平。"便对紫阳没了好感。想：地理居势或许重要，但毕竟是太偏远，太荒僻，隔南北飞雁，过日月东西，实在不足为游览胜地了。

狗年二月，正是草发春浅，我们一行三人从任河坐船下行，黄昏到了任河与汉江汇合之处，但见江面渐阔，两岸冥顽之石嶙嶙，静锁之峰屑屑，一派灵秀浩浩之气。正不知到了什么地方，船上人说：紫阳到了。我蓦地一惊：真是山不转人转，竟莽撞撞到了紫阳！仰头看那下游北岸，一山满是屋舍，竟成了屋舍的山；此行几千里路，以其孤城压江，委实稀罕。就停桨下船，嚷着去城看个究竟呢。

先在河边洗了手脸，那水比上游深得更沉，碧得更蓝，清清楚楚地显出水底的石床；丢一块片石下去，犹如落叶一般，好长时间，悠悠飘飘，才能到底。沿水边往北岸走，艰难地踏过一片卵石，便是蔓延上下的石板河滩。没有滚石，更不见沙砾，是地质变化的缘故吧，石层全然立栽，经水冲刷，变得高高低低，坑坑凹凹，但一道一道梁坎明显，黑青青的，如一根根偌粗的绳索，又呈一条条电焊的鱼脊。江风骤起，猛觉是奔涌而去的石浪，又使人顿时感受到了运动的力量和气势的雄壮。我们都十分冲动，拼力儿跑近北岸，却一时寻不到上岸的通道。岸仄极陡极，屋基就沿岸壁而筑，那么高的，那么高的，似乎一直扶摇冲上，顶上就有了一个小阁子木楼。木楼多是一层，更有两层、三层，一半搭在石基上，一半却悬在空中，下边用极细的木头顶着。有的竟如背篓一样，用木条和绳索系一个小小房子贴在大房身边，怕是特制的凉台了。我们都大惊失色，担心那鸟窠似的住处会突然掉下，即使不会发生，那江风吹来，木楼吱吱晃动，如何歇身安家呢？仿佛是要回答我们这些北方的旱民似的，一家木楼的三层竹窗，呀地推开，便有一个俊俏俏的姑娘坐在里边，风抛着头发出来，如泼墨一般，自抱了一个满月琵琶，十指弄弦，五音齐鸣，飘飘然，悠悠然，律清韵长；眼见得半壁上一树樱花白英乱落，惊起半天绿尾水鸟，那姑娘眉眼，却终因琵琶半遮半掩，遗憾不能看清。

打问了江边的一群洗菜少妇，急急向西边湾后走去，果然一条细绳模样的石阶路垂在那里。阶是石条压成，已经不知被踏了多少年月，石条没有棱角，光滑如上蜡抹油，不易站住。这时几只小舢板泊泊从上游划来，停在那里，下来一群挑担的、背篓的，一拥而上，竟裹挟着我们到了街面。

街面窄得可怜，两边的街房，屋檐对着屋檐，天只剩下一扁担宽的白光，又被那交织的各类电线，裂成网状。路阴阴的，潮潮的，饭馆、酒铺、商店、旅社，一家挨着一家，压抑得使人喘不过气。上街的人却十二分的多，小商小贩便贴墙根站起或蹲下，出售竹织、木器、菜蔬、小吃。更有那芝麻烧饼，被一些小姑娘捉着，在人群钻动，锐声叫卖。最是有趣的，在人稠处，脚步儿正踟蹰，忽有人大叫："让路，让路，油过来了！"前边人赶忙缩身闪开，回头看时，并未有油，只是那些背了龙须草的人；知道上当，待要报复，那卖草者却回头一笑，报以原谅，早走过去了。

街面窄是窄了，且弯弯扭扭，又起起伏伏，站在这头。如何不能看到那头，想赶快逃开这拥挤世界，到另一条街市上去吧，抬头往上看时，山上不见一石一草，全是屋舍，高高低低，仄仄斜斜，细端详，各个建筑，各有各的姿态，位置正表现着恰到好处。这时候，就会突然发觉，这儿的屋舍总那么单薄，注视良久了，才见屋顶没有木梁，也不曾抹上泥巴，而且椽一律横挂，上边钉了竖的木条，用一块一块石板就那么干干净净地放上去罢了。随便拣一人家进去，主人异常热情，让烟让茶。若只盯着那石板屋顶发呆，瞧那并不严密，有夕阳在孔隙里泼射，问：漏雨吗？答：不漏。这就万分令人惊异了。主人此时就得意起来，说紫阳这地方，一是石板多，二是木板多；房屋都是两头用石，中间用木，为天下少有。出门再看所有房舍，果然如此。由不得我们便做了好多想象：到了盛夏，那雨点骤落，必是如珠坠盘，大珠当当，小珠叮叮，万般妙音，可是何等乐事?!

我们兴致越发暴增，可是，要寻另一街市，却再也不能够了。巷道却极多极多的，从这第一条街面上，钻任何一条巷往里走，都是石板台阶，一会儿左了，一会儿右了，似乎是走进了人家的院落，但三米之外，一拐，又是石阶，少则三台四台，多则二十三十不等。间或两边房相峙而起，檐角相错，如过走廊，间或却一边屋的前基高如城垛，一边屋的后墙矮如坐椅，可以细细看那屋顶上的石板瓦了；黑油油的，摸摸有皮肤的腻滑。走着走着，巷道纵横，不知该走哪条，竟转下山去；又复上进，好长时间了，却又返回原地；一时如入迷宫，不辨了东西南北。上上下下的行人很多，有头缠黑帕的老人，有肩披鬈发的少女，有穿草鞋的在石阶上印出水渍，有蹬皮鞋的在石阶上叩出节奏。大凡汉江、任河养女不养男吧，男人皆瘦小，五官紧凑，女人却极尽娟美，说话声尾扬起，圆润如唱歌动听。拦住一女子打听机关单位都在哪儿。说是市民和单位混杂居住。问去××单位如何走？答："向左，再向左，又向左，后向右……"请直接说出巷名门号，对曰："无名无号。"我们只好噢的一声，茫然而苦笑了。

终于算摸出了一定的规律：从任何一条巷子，只要目标往上，皆可上山；每几条巷子汇合了，必在那汇合点上有一个商店或饭馆。这真是一座奇妙的城，有如重庆之盘旋，却比重庆更迷离；有如天津之曲折，却比天津更饶趣。从山下到山上，高达几百米，它就是靠这一种崎岖的建筑而使人解谜一般的不觉疲倦、蛮有兴致地攀登吗？

我们毕竟肚子饥了，在一家饭店喝了米酒，吃了焦黄透亮的熏肉片，又往上走。只说自上山来，已经在城里半天了，但突然一座耸峻雄伟的城门楼挡在面前，仰脸儿看看，上有赫赫大字：东门。不禁惊骇失声：走了半天，原来并未进城?! 个个面面相觑，随之就击掌叫绝，想那城中不知又有何等景象！便小跑入了城门，回头看那来路，已不见石阶，唯满山坡屋顶，石板片片，太阳下一片灿灿亮光。

城中平展多了，再无石阶，快步前行，便见四处新式高楼：一为县政府，一为招待所，一为剧院，一为县委会。站在大楼前，看江水就在眼下，越发碧蓝，平平静静，疑心那已不是流水，而是画家的一泓染料。江南山坡上，屋舍点点，如晨星落落，求三家村者，则无，而山径小路，纵横交织，如绳索乱扔。人家前后，全被开垦，麦田块块，茶垄行行；有人吆牛耕空地，一半为黄，一半呈黑，飘来几声隐隐的山歌，间或被鞭响炸开。我们正陶醉着，边走边乐，突然路又折弯拐下。彷徨之际，见那巷口写着"西关"字样，方知城已完也！这便又使我们大惑不已，站在那里，长时间地发呆。忽见前边一棵树，被剥了一块皮，树上有汉隶写就一诗："上完三百六十阶，才见斗大一块城。"哦，斗城，斗城，我们一时哈哈大笑，说：有趣，有趣！

又旋转往下，又见一沟石板，不见巷道。进之，如鸟投暮林，如鱼潜藻底；又是巷道分岔，石阶逶迤，转之又转，又复上山。最后终到了北坡，方见地面平坦，公路通达，高楼幢幢，正是新扩建的地面，模样与别的县城一般。但壮观则壮观，却无味儿了！

此时天已黑严下来。先是一处灯光，随之，山上，河岸，灯火点点。疑是天上地下之分，想这天上的，是地下的映像吗？这地下的，是天上的倒影吗？来往行人，去看电影，戏剧，上下手电光，忽明忽灭，倏忽不定。到了此时，才醒悟入紫阳城以来，还未见过一辆自行车，这该是一大特点，而另一大特点，竟是备有手电，却是人人必不可少的随身用品了。

末了，坐进一家茶店去，买了茶水来饮。茶是驰名天下的紫阳青茶，甘醇爽口，一杯解渴，两杯提神，边品边想这次紫阳城一游，极有趣味，怨恨以前看的那书，尽是将紫阳委屈，误了多少人的游览。昔人讲：山不在高，有仙则名。紫阳并不大，却给人以离奇，并不繁华，却恰似热闹，可见偏僻并不等于荒寂，贫苦并不等于无乐。进而又想：虽人生之路曲曲折折，往前知去途，回首见来路，硬进而上，转身便下，只有登到顶上，更知来去之向，脉络形势，此景，此情，此理，此义，岂不是完完全全让紫阳城写照殆尽了吗？我把这想法告诉给同行们，大家都说极是，提议再下山去，重上一次，慢慢将人生体验。于是，我们三人便又下山重登了一回紫阳城。

宜君记

宜君划为县以后，城便建在山上，屋舍极少，唯几所单位，几座商店，沿山梁公路的两旁排列而已。整个山梁峭而精光，凌众山之上，像是连接关中和陕北的一道天桥。这里春夏秋冬，四季分明，风花雪月，变化丰富。这几年里，此地好处传开，远近人都去游了。

七九年七月，天热的时候，我去了一趟。车一拐进山梁上的岔垭，也便进了城口；风呼地吹来，顿时清凉到了心上。遂往西看，梁垭之外，是几百里深远的峡谷，似乎都装了风，在那里憋得很久很久了，一出这梁垭，就都要喷出来。那风却十分清净，无沙无尘。因为没有树，也看不见它的踪影；人却感觉到了，如在淋浴着泉水澡。房子就静静卧在那梁背上，疑想一定如山溪中的鱼一样有着吸盘了，才在这里趴下来的吧。街上游人踵踵，其人数之众多，服装之鲜艳，和这个地方极不相配。有的拣起石子逆风而掷，三米五米，掷出又滚回，顺风去掷，石子像鸟儿一样飞去，人好像也要一起掷出去了，前跑十多步才能收住。岔垭处拥了好多人，故意任风将身子旋转取乐，再竭力扎住脚跟，身子向西倾斜，好像使弹簧牵制着，已经斜成六十度了，却不会倒下。我一近去，众人就睨着我嘻嘻窃笑；觉得纳闷，问时，才笑我穿着短衫短裤。果然走遍全城，人皆长衣长裤，每个商店从无出卖扇子、裙子、蚊帐，更无叫卖的冰棍。到了夜晚，旅社少，游客多，我们就睡在外边。月光也清凉，大家聊起来，立即熟了，一个说：难得一个夏天这么凉的月光！一个说：何不去打些酒喝？便去一家夜店灌了酒，席地而喝。夏天的燥热和燥热引起的昏沉一时退尽，什么也不去想了，只是贪杯。享受不在酒上而在这夜的清凉，夜的清凉享受在心上又寄托于酒上；不觉大醉了。醒来天已大白，却见满身一层白皮，原是夏天里出的痱子，全都尽愈而脱褪了。

从此以后，每年夏天，我到宜君城一次，最热的时期就度过了。今年冬天，冷得特别出奇。我到陕北出差回来，坐在车上，眉毛胡子都结了一层冰花，十几个小时里也不知我腿是谁腿。到了宜君，心想这个季节，再也不可能有外地人待在这里了吧？一下车，满山遍野一片银白，脚踩下去便没了腿肚。但一进城，两边屋檐却滴着水，街上倒没见几个人，家家窗口里都往外涌着笑。随便到一家私人客店，挑棉布帘进去，烘的一股热气就喷过来，立时身上就腾腾冒气，双腿恢复了知觉，十个指头却钻心地疼痛了。房子的人都围过来，一听口音，都不是本地人，才知是外地的游客，或是从陕北下关中、从关中上陕北的旅客过往中特意留下来的。惊问：冬天里还到这里来？答曰：别的地方，或许比这里气温高一点，但室外室内一个样，这里却是室外越冷，室内越热，最暖和不过呢。主人便指点着让我看：窗下便是火口，火道却是通过屋内地下，又连着夹墙，直到土炕；整个冬天，火便烧个不停。果然见那桌上一盆月季，花开得十分鲜嫩，那以麦糠和泥涂的墙皮上，竟绿绿地出现一些麦苗了呢。夜里和旅客睡在一个大炕上，舒服得脚手大字摆开，如躺在热水盆里。夜已深，却互不能入睡，直道这地方的出奇，遂喊主人起来，切了牛肉，烫了壶酒，又喝又聊。一直到了鸡叫，渐渐听得了外檐水大起来，方知道雪下得更紧了。

离开这个地方已经好些日子了，脑海里还总是恍恍惚惚记得那一夜。想这个山梁小县城，夏天知凉，冬天知热，难得这一块宝地，一年四季里，远地人喜欢来旅游，过路的人喜欢来歇住。再想，这地方比不得北京、上海繁华，比不得青岛、桂林幽美，但繁华为了饱眼，七天八天也就烦了，幽美为了软腿，十天半月也就腻了。这个小地方，却给人以实惠，给人以慰藉。便琢磨县名：宜君。真是宜于君来啊。君是何人？天下不耐热冷人也。

一九八二年十二月二日作于静虚村

清涧的石板

车在陕北高原上颠簸，旅人已经十分的懒意了。从车窗里乜眼儿看去，两边尽是黄褐色的土峁，扑杳一堆的样子，又一个不连贯一个；顶上被开垦了，中腰修了梯田：活脱脱的秃头皱额老人呢。先还觉得有趣，慢慢便十分无聊，车上人差不多都闭上眼睛，昏昏欲睡去了。

但是，突然睁开眼来，却发现有了异样：山峁不再是重重暮气的老人了，它已经站起来，峭峭地有了崖，草木极盛；再往远看，山势一时生动，合时主峰兀现，开时脉络分明；随之便也听见了哗哗声，似流水，又不见水。车再往前开，便发现路正在石川里，石是青铮铮的，却并不浑然，分明看得见是一层一层叠压起来的。石川几米来宽，中间裂一窄缝，哗哗声便显得更大了。司机停下车来，说要给机器加水，提了桶下去，往那石缝里一跃一跳，立即就不见了。旅人都好奇起来，下车近去，原来河就在石缝里边，水流颇大，竟在里边拐来搋去，淘出四五尺宽的穴窟、渊潭；石岸更有了层次，越发杂乱；水是清极亮极的，看得见有一种鱼样的东西就趴在水下的石上，静静的，如何不曾冲去。

有人叫道：这便到了清涧县了。

陕北高原上，黄褐色的土里，突然有了青的石层，这便使人耳目一新，又有这么一道清水，立即就活泼泼地叫人爱怜了。

车继续往前走，石川越发幽深，常常转弯抹角，便闪出一个开阔地来。村庄也多起来了，全簇在山根，身后的石层，一道一道脉络，舒长而起伏，

230

像是海的曲线，沉浮着山村人家。人家都是窑洞，却不是凿的土窑，也不是拱的砖窑，全然用着石板，那窑墙满是碎片立砌，一层斜左，一层斜右，像针织着的花纹，窑檐一摆儿用石板压起，如帽檐一般好看。间或就有了房子，房瓦是石板相接，有一人家正在修筑屋顶，房上站满了人，旁边的斜梯架上，匠人赤膀子背着石板，一步一挪，一步一挪；太阳在膀子上闪着油光，在石板上泛着青光，终于站在房上了，弓着腰，石板朝上，云幕的衬托下，像是背着一块青天。

河岸上，有人在叮叮当当凿着，然后是举着钢钎，弯着了身子，努力地撬动，咯咯噜噜地脆响，是分木裂帛的声音，一页页石板揭了起来，小的桌面大，大的席片小。装在毛驴车上被拉走了，老头仰八叉睡在石板上吸烟，小儿却坐在车辕杆上赶驴，驴是不消赶的，他只是在车帮上吊一串小石板，用木棍敲着，叮叮当当，音亮而韵远。

旅人们再也不觉寂寞了，眉飞色舞，感叹起这天地造物的奇妙了：如果整个陕北是个秃头皱额的老人，这里该就是个灵光秀气的女子了；如果黄土高原是件光面羊皮大袄，清涧该是大袄上的一枚晶亮的玉扣了。清涧，是黄水的沉淀，是黄土的结晶，它是为着旅人的情性而形成的，还是为着改变黄土高原的概念而存在呢？

傍晚到了县城。县城不大，却依半山而筑，黑黝黝的一圈城墙，一色石板堆成，使人沉重而隐隐逼迫着一股寒气。走进城街，街巷极窄，两边建筑皆是石板所做，虽然这里一天前才下过雨，路却无尘无泥。有人从小巷深处走来，满巷一片响声，放开喉咙歌唱一阵，音嗡嗡而有韵，久久不散。市民衣着华丽，习俗却还古旧，家家老小在门前石板桌前坐了喝茶，或是在石板棋盘上对弈。虽有自来水，女子们不愿在家洗涤，全抱了衣服在城边的河里，赤脚下水，在那青石板上擂着棒槌。

天黑下来了，旅人并没有睡意，依然在街上溜达，去量量城墙上石板的尺寸，去摸摸街面上石板的光滑。末了，长久地看着夜空，做一个遐想：夜空青蓝蓝的，那也是一张大石板吗？那星星就是石板上的银钉吗？

天明起来，旅人们兴趣毫无减退，打问着石板的趣闻。旁人建议到城外乡村里走走吧。到了乡村，几乎就都要惊呼不已了，觉得到了一个神话的世

231

界。那一切建筑，似乎从来没有了砖和瓦的概念：墙是石板砌的，顶是石板盖的，门框是石板拱的，窗台是石板压的，那厕所，那台阶，那院地，那篱笆，全是石板的。走进任何一家去，炕面是石板的，灶台是石板的，桌子是石板的，凳子是石板的，柜子是石板的，锅盖是石板的，炕围是石板的。色也多彩，青、黄、绿、蓝、紫。主人都极诚恳，忙招呼在门前的树下，那树下就有一张支起的石板，用一桶凉水泼了，坐上去，透心的凉快。主妇就又抱出西瓜来，刀在石板磨石上磨了，嚓地切开，籽是黑籽，瓤是沙瓤。正吃着，便见孩子们从学校回来了，个个背一个书包，书包上系一片小薄石板，那是他们写字的黑板。一见有了生人，忽地跑开，兀自去一边玩起乒乓球。球案纯是一张石板，抽、杀、推、挡，球起球落，声声如珠落入玉盘。

终于在一所石板房里，遇见了一个石匠。老人已经六十二岁了，留半头白发，向后梳着，戴一副硬脚圆片镜，正眯了眼在那里刻一面石碑。碑面光腻，字迹凝重，每刻一刀，眉眼一凑，皱纹就爬满了鼻梁。我们攀谈起来，老人话短而气硬。他说，天下的石板，要数清涧，早年这个村里，地土缺贵，十家养不起一头牛，一家却出几个好石匠，打石板为生，卖石板吃饭，亏得这石板一层一层揭不尽，养活了一代一代清涧人。为了纪念这石板的功劳，他们祖传下来的待客的油旋，也就仿制成石板的模样，那么一层一层的，好吃耐看。他说，当年陕北闹红，这个村的石匠都当了红军，出没在石板沟，用石板做石雷，用石板烙面饼，硬是没被敌人消灭，却沉重地打击了敌人。他说，他的叔父，一个游击队的政委，不幸被敌人抓去，受尽了酷刑，不肯屈服，被敌人杀了头，挂在县城的石板城门上。但他们又连夜攻城，取下头颅，以石匠最体面的葬礼，做了一合石板棺材掩埋了。结果，游击队并没有垮掉，反倒又一批石匠参加了游击队……

老人说着，慷慨而激奋，末了就又低头刻起碑文了，那一笔一画，入石三分。旅人都哑然了，觉得老人的话，像碑文一样刻在心上，他们不再是一种入了异境的好奇，而是如走进佛殿一般的虔诚，读哲学大典一般的庄重，静静地做各人的思索了，问起这里的生活，问起这里的风俗，末了，最感兴趣的是这里的人。

"到山上走走吧，你们会得到答案的。"老人指着河对面的山上说。

　　走到山上，什么也没有，却是一片墓地。每一个墓前不论大小新旧，出奇地都立着一块石板——一面刻字的石碑，形成一片石板林。近前看看，有死于战争时期的，有死于建设岁月的，每一块碑上，都有着生平。旅人们面对着这一面面碑的石板，慢慢领悟了老人的话：是的，清涧的人，民性就是强硬，他们活着的时候，是一面朴实无华的石板，锤錾下去，会冒出一串火花；他们死去了，石板却又要在墓前竖起来。他们或许是个将领，或许是个士兵，或许是个农民，或许是个村儒，但他们的碑子却冲地而起，直指天空，那是性格的象征，力量的象征，不屈的象征。

冰风洞体验

西安南七十里有翠华山，山上有湖，湖后有山，景色秀丽而游人蜂至；山上之山，往西而去，有冰洞风洞各一，神奇稀罕，遂为翠华山景之一绝也。冰洞风洞者，为乱石堆积而形成：一座山，曾几何时失却了平衡，自我崩溃了；屋大的，十间屋大的，数十间屋大的巨石，或蹲或立，或仄或卧，泛漫出一个三十亩方圆的混沌、荒漠、上古似的世界。远远看去，树在那石缝间生长，一身苔藓，万条附藤，弯扭着数十丈的枝干；叶冠却呆若浮云，一有风动，便游悠不定，拉长或缩圆，阴影就从一块巨石跳到另一块巨石。石隙穴窟里，云忽聚忽散，出没无常，疑心住有鬼魅。

入洞须得夏日，四月二十六日后方可，八月十五日前便止，洞内洞外温度相差十到二十度。相传过时进洞，待得一久，口舌僵不能言，手脚硬不可举，有兔子冻死其内，风干一冬一春而尸体不腐呢。

洞口极小，又一半露出，一半隐藏地面，太阳一出，便往外喷吐白汽，一站在洞口外一堵数十丈高的石门旁，就感觉到有一股冷气袭来。这石门是一立栽的巨石裂缝而成，称作"鬼门"；有生痱子的，只消在门内洞口坐一个小时后，热痱便可消退，一身白皮都脱落了。

进洞去，一片黑暗，正遗憾未带了手电，那黑暗却慢慢光亮起来，而且光亮得异常，如洞内有了朗朗的明月，才发觉这洞竟是两块长条巨石相持相依、矛盾得到统一的造物。两石顶上，夹嵌了无数小石，天成为二指宽的断条，有水滴着，半天一滴，仰视如玉珠坠落，砸地有金属音韵。深入百十米，旁有一孔道可上，石嘴犬牙相错，努力爬上去，体肥的需要收细身子，个儿高的需要佝偻腰背，手脚并用前进。远处便有了一柱光线，呈七彩颜色；颤巍巍从光柱里钻出来，人便浑身泥水，一脸乌青，却已经坐在乱石之上了。看三十亩方圆的上古世界，四面全是峭崖陡壁，原本无木无草，但那裂而未断的壁上缝纹，尘土落上，草便生出，组成人工似的绿的图案，黑石皮上却都渗出水来，湿淋淋的，在阳光下如涂了蜡一般闪亮。有几声鸟在叫着，鸟用它的声音制造着这里的寂静。再往前行，眼前三步之外，便尽是十几丈长的光面面石，石皮一侧，有一深窟，白汽冒着，看不清里边深浅。有人便灰心懒意了，叫嚷返原路退回，但原路的穴窟，也是白汽喷冒，能上得来而不易下去。踌躇半天，只好还是再往前走了。

抓住那深窟口的一株树根，将身子慢慢旋转，做一个鹞子翻身的动作，终于下去。拐三个弯儿，四个绕儿，乱石斜立着，如楼梯的台阶，一直钻出去，身又在乱石腹地了。左看成峰，右看成岭，人在石间乱跑起来，立时分散，听见声音而不能见面。那石缝里，白汽丛生，如有地上温泉四溢，以手试那石下水潭，则森骨入髓。好容易人聚拢一起，再往前走，便见到处都是石洞穴窟，每一个石洞穴窟又似乎都通行。拣一大洞进去，先一直向下，又一直向上，越走越深，越深越黑，不知到了什么地方。怯生生站住，听见远处有滴水声，声声如敲碎鼓，"喂——！"喊一言，满洞"喂"声不绝，用手扳一块石头掷去，一声碎裂，随之传来似乎有风、有雨、有雷、有电，天地毁灭般的震撼。一时惶恐至极，再扳下一石要掷，却没了勇敢，急急退出，看那手中石头，竟是冰块，明白这是到了冰洞。

冰洞深处到底如何景象，无人再敢探究，慌乱中从旁边一个洞穴又往上爬。这洞穴并非石窟，而是排列的两行石头中的一条通道。那石与石之间，长着蒿草杂木，茂密不可见天，一根枯树枝上，却大大地下吊着一个土蜂的泥葫芦窝巢，吓得人气儿都不敢出了。举着头，猫身匆匆跑过，通道尽头，眼瞧着三丈高的上边是一处平地，却不能上去。强壮者就蹴下以肩为梯，让少的、女的踏肩而上，一个一个爬上去了，又一人抱树，众人一个拉一个牵上做人梯者。一列儿坐到平地上了，就都软作一团，面无人色。

"赶快回！"一人提出，众口响应；站在平地上寻回路时，却又不知所措。"这儿有路了！"侦察的叫一声，就随他而去，从一条斜道往后，转来转去，那路却突然断了。再顺旁边一条小路吧，眼看着就要到了前边的一块平坝子上了，又却置身在一块方石顶上，三面陡如刀切。只好又从原路返上，重辟新径，终于有了一条可行之时，众人欢呼雀跃，但再十米，平平的一块平顶地上，中间却裂有三尺深缝，望之，深不可测，白汽又丝丝缕缕涌上来；男的是跳过去了，女的却只是腿软，男的又只好再跳回来。这么跑来跑去，无路可走，有人就呜呜哭了。一群乌鸦又倏忽飞来，落在一棵树上烦人，去赶那不祥之物，却出奇发现那树下有路可直通沟底，就大呼小叫。众人赶到，却又傻眼儿：要到树下，唯一的出路是抱着这树身溜下，女人们又是唉声叹气，男人们千声鼓动，万声激励，方上拉下接，一行人溜下树来。然后顺道路而下，一会儿伏地钻洞，一会儿出头露面，仰着身子从石嘴上溜下，攀着藤条从石嘴上翻上。三个小时后，方从后山而出，人皆衣衫破烂，手脸出血了。

如此艰难的历程，进出过的人从未一一走遍乱石世界，而又各自路线不同，也从未有人详尽了解乱石世界的内容。去过的人差不多后悔不已，未去过的人听之又常常止步；说是旅游为人消遣之事，增其乐趣，冶其心性，而何又受这等艰辛、为此惊骇呢？又建议翠华山管理人员：或者封闭冰洞风洞，或者大兴土木，疏其道，通其路，修楼建亭，进行人工改造。

管理人员听之则大笑，两种意见均不采纳，曰：

"人是多么聪明的动物，人又是多么愚昧的动物；聪明的是能使自己生活得更美好，愚昧的是却为了生活得很美好而常常幻想着'万事如意'。冰洞风洞，正是将天地自然，万物人生之真谛、谜底缩于一隅而说破、呈现于人，人却就受不了了?!

"请问各位：在这茫茫的世界上，你知道你生前为何物所托而来吗？又知道你死后会变为何物而去吗？明日、后日，乃至以后的十年、二十年直至到死，或许你是会知道要吃、要喝、要拉、要睡，但明日、后日，乃至以后的十年、二十年直至到死，你能说清你会要见些什么人，说些什么话，得些什么病，干些什么事吗？红薯长大了就是大红薯，大狗生下的狗就是小狗，但所有的红薯又是如何地生芽、拱土，如何地风吹、雨淋、日晒、虫咬？大狗生小狗，那每一个小狗又是如何受孕、怀胎、分娩、生长？都是半真半假的存在，都是有知无知的生活。于是，上帝和神就人为地创造了。人在失去自信的时候，神便诞生，神的越强大，越残暴，越遥远，使人的自信和力量也就越少了。

"正因为在一种莫名其妙的，不可掌握的盲目中行事，顺利了就得意，挫折了就悲观，胜利者以为命好，失败者只恨运蹇，以此到了行将老去，怅怅然有之，茫茫然有之，恨恨然有之，废弃了的哀叹少时不努力，虚废了的埋怨醒悟明理又太晚。人生在世，如果活一时期死去，死去又可活来，自己能在活来之时看到自己死后的讣告，知道死后的反应，判断出自己生前的功过德耻，这是何等好事！就可以在重新活着之时，来明白世情，认清是非，纠正言行。但这哪里又可能呢？而这风洞冰洞，却正是为每一个活人做出了类似讣告一样不可能的可能的作用，岂不是于人极好极好的事吗?！

"人都是从小到老，而从小到老又却是由不自觉、由蒙昧到自觉、到清楚的过程。人生是什么，只有在其走完人生的历程之后才深深地得到完全的体验，但这体验得知之时，人却要结束了人的一生。这风洞冰洞，正是在人未到人生终止之时便让人体验到了人生，使人知道这人生的道路原来并不'万事如意'：曲折，陡峭，多迷道，多艰险；胆怯便可无望，失足就能丧身，要退无门而惶恐，要进必须要探索，此路不通另辟新径，迷途而回再寻出路；路就在脚下，探索便是前途。

"勇敢的人，正视人生的人，不妨都到这风洞冰洞来一番体验，获得的只会有前进的目标和方向，获得的只会有勇气和力量啊！"

过二年，再游此地，石门上的"鬼门"二字已被铲去，凿为"人门"，而管理人员的一席议论刻于石壁，观者不绝。

一九八三年六月三日游翠华山归来

237

三游华山

　　华山是天下名山，我在西安住十多年了，却还没有去过一次。今年四月里，筹备了好些天，终于在一个天气晴朗的日子去了。一到华阴，远远就看见华山了，矗立群山之上，半截在云里裹着，似露非露，像罩了一层神光灵气。趄着那个方向走去，越来越不见了华山，铁兽似的无名群山直铺了几里远的凉阴，树木一片一片的。偶尔从树林子里漫下一条河来，河里却全都没水，满是石头，大的如一间房的模样，小的也有瓮大的、盆大的、枕大的。颜色一律灰白，远远看去，在绿树林子之下，白花花的耀眼，像天地之间，忽然裸露了一条秘密。这便将我吸引过去。置身在那里，先觉得一河石头高高低低，密密疏疏，似乎是太杂乱了，慢慢地便看出它乱得有节奏，又表现得那么和谐。本是一片死寂的顽石，却充满了运动和生命，这使我惊奇不已，高兴得从这块石头上跳上那块石头，从那块石头上又看这块石头的阴、阳、明、暗，不停地在石隙之间跑动出没，竟没有再往华山去，天到黄昏便返回了。

　　到了五月，我又去了一趟华山。直接搭车在桃枝站下来，步行了七里赶到华山入谷口，忽见谷外有一处院落，很是好看，便抬脚进去，才知道这是华山下名叫"玉泉院"的寺庙。院内空寂无人，数十棵几搂粗的大树，全部遮了天日，树下的场地上，有着深深浅浅的绿，如铺了一层茸茸的地毯。坐上去，仰头看见太阳在树梢碎纸片大的空隙激射，低眼儿看身下的绿，却并不是苔藓，是一种小得可怜的草，指甲盖般方圆，裂五个七个瓣，伏地而生，中有数十个针尖大小的花蕊，嫩黄可爱。用手去抠，草不能抠起，手却染成浅绿。这小草一棵挨着一棵，延续到草场边的斜砖栏上，几乎又生长在树的根部，如汗毛一般。我太喜欢这种环境了，觉得到了最好的地方，盘腿坐起，静静地听着自己呼吸。忽见后边的朱红方格门推开了，出现几个游客。再看时，一条曲径，直从那边花坛旁通去，不知那里又有了什么幽境，只见那路面碎石铺成，光影落下，款款如在浮动。我就这么坐着，神静身爽，竟不觉几个小时过去；起来看天色不早，就又搭车返回西安。

两次为华山来，却未登山而归，友人都笑我荒唐，我只笑而不语。到了六月初，又邀我的一个学生再次去上华山，终于进了谷口，逆一条河水深入。走了三里，本应再走十里便可上山了，河水却惹得我放慢了脚步，后来干脆就在水中列石上坐下。水很明净，河底石子清晰可见，脚伸进去，那汗毛上就显出一层银亮亮的小珠儿，在脚下形成无数旋涡，悠悠而去。青石板很多，水从上流过，腻腻地软着身子，但遇着一块仄石了，就翻出一朵雪浪花，或在下出现一个空心轴儿的旋涡。河里没见到鱼，令我很遗憾，到了拐弯处，水骤起小潭，有几丈深的，依然能看到底。捡些小片石丢下去，片石如树叶一样，先在水面上浮着飞，接着就没进水，左一飘，右一飘，自自在在好长时间才落水底。

这么又玩了半天，学生催我赶路，我说："回吧。"他有些疑惑了："你这是怎么啦？三次上华山，都半途而归？"我说："这就蛮够兴趣了。"学生说："好的还在山上哩！"我说："是的，山下都这么好，山上不知更是有多好了。"学生便怨我身懒。我说："不。要是身懒，我能年年想着来吗？能在今年接连三次来吗？之所以几年里一直不敢动身，是听别人说得多了，觉得越好越不敢去看。如今来了三次，还未上山，便得了这许多好处，若再去山上，如何能再享用得了？如今不去山上，山上的美妙永远对我产生吸引力。好东西不可一次饱享，慢慢消化才是。花愈是好，与人越亲近；狐皮愈美，对人越有诱惑力。但好花折在手了，香就没有了；狐皮捕剥了，光泽就没有了。"学生说："那么，这是什么道理呢？"我说："天地大自然是知之无涯的，人的有限的知于大自然永远是无知，知之不知才欲知。比如人之所以有性格，在于人与人的差异。好朋友之间有了矛盾，往往不在大事上纠纷，

239

而在小事上伤了和气。体育场上百米赛跑，赛的其实并不在于百米，而是一步的距离。屋内屋外，也不是仅仅只是一门之隔吗？可以说，大自然的一切奥秘，全在微妙二字，懂得这个道理，无事不可晓得，无时不产生乐趣和追求。"学生点头称是。两人一路返回。学生很乐道此游，要我下次上华山，一定再邀他同往，并要我将所说的道理写出送他。

一九八三年夏写于静虚村

法门寺塔

甲子年四月，到扶风周原看出土文物，向当地人打听附近的法门寺，回答说：没甚看的，塔已废了，倒了一半。我说，那更该去看看了；同行的和川、白墨、沙丁、子余也都乐意，便徒步前往。

平原上没有山林障碍，数里外就看得见了那塔，果然单单薄薄，没了方圆建筑的气势，又大幅度的倾斜。当日天很白，它就显得极黑，像一株巨大的烧焦的树桩。到了寺，院落窄小，所有的房屋和墙垣原本是为塔而修的，但塔确实废了，是从塔顶到塔座，齐齐的，刀斧砍削似的将西边的一半倒坍了，砖石堆在那里，狼藉不可忍睹，周围用绳子隔了，挂着醒目的牌子：危险禁行。我们并没有听其警告，却站在塔下仰脖往上看，塔实在太高，拢共十三层，有四十五米左右吧，雕刻也实在精致，所剩下的每一檐，每一个拱，神佛人物都栩栩欲生。墙身底部的砖上，旁边的石碑上，院墙上也都涂满了朝拜人的题言，想象得见此塔往昔的威壮，香客的热闹。进入后院，却一片花木，月季、牡丹、芍药，红黄绿白灼灼耀眼。有几位闲人在花间品评观赏，估量一株君子兰的价钱。

从花木中小道到后殿，那里供有佛堂，香客没有，唯法师在蒲团上端坐，案上两根白烛摇一点红焰，三炷紫香飘一缕青烟。与法师攀谈，他似乎很伤感，说此塔是国内著名佛塔，内藏唐宪宗令人迎来的释迦佛指骨节，当年"王公庶士，奔走舍施"，百姓有"废业破产，烧顶灼臂而求供养者"。但于去年秋雨中塌废，香客顿绝，只好院中植花育草，以花园招揽游人，且亏得院中发现一石碑，水泼之便显出一条卧虎形象，倒有香客前来磕拜的。说话间，果有一些人进来，匆匆跑过塔下，到后殿台阶前跪下磕头，一边用水泼那石碑，一边口中祈祷不已。

我们退出寺院，远远地在院外田埂上坐了，看着废塔议论。和川说，此塔能写一首诗呢，残缺不全的东西最易于出一种诗意。白墨却连连遗憾塔在好时没有来过。沙丁、子余都是年过六十的老人，只是默默不语，末了对我说：你又可做一篇记胜文章了。我说，在陕西关中，此类文章是不能做的，这里名胜古迹太多，世人游玩的太多，记胜文章本是记心中各人之游，写出又不能全其形容，自会遭人笑骂的。但心中却想：这塔已倒了一半，那一半还会倒吗？是要倒在今年的夏初，还是秋后？但无论如何，我明年还是可以再来的。和川有诗名，已经被外省挖去了，工作正在调动；白墨德才兼备，经提拔进入政界，不几日将去陕南上任；沙丁、子余均为某部局领导，年迈离休，也要在六月返归故里，五人同行也怕是最后一次出游了。随快快不乐，说声：回去吧，五人转身离去。回到扶风县城，已是天黑，新月初上。

黄甫峪

这是两山之间夹出的一条细水。

见到它，先是在峪口的一片竹子林里，流得缓缓坦坦，没有一点声息。似乎是滋养这片竹子而来的，来得好，来得有用；这竹子微微地摇曳，却又传递到了它，使它在每一株的竹下，做一种神经的颤栗，样子酥酥，情味也充满了脉脉。

峪里没有河岸，岸就是两边立陡陡的石壁，白得像涂过了粉，并不曾下雨，手按上去，却出现潮潮的一个手印。有一种草，疑心是无根无须地长出来，以为是贴上的，用手一掐，嫩得直溅汁儿，石壁上依旧无缝无隙；一打问，叫石蹦莲，名儿真妙，是山的元精水的灵润从石壁蹦出来的。河床越走越窄，成了槽子，水也束了身子，恰恰的饱满，是滚圆的体形。声音也大起来，空空地响，人却不觉得烦乱。走走停停，看一会儿半壁之上的云雾，想象里是一群羊，一条龙、鹰、狗和人物。再上行二十米，石槽就突然聚一个筐篮大的潭，深有数丈，清澈能看出底部平整，水面却生有云，忽聚又忽散。又二十步，又是一个潭，又是云；还上，还是，以此八个二十步，潭潭九个，九处生云，呈一个环链状。下边的潭最深，底层锈了黑绒线，石头就蠕蠕地动，像是海里的软体动物，这便可称作黑潭。再上，黑是浅了，有了绿意，幽幽的，算是墨绿潭。再上，绒的东西就没有了，底石却透了蓝色，是碧青潭。再是绿潭、浅绿潭、白潭、亮白潭、亮潭，末了就清，似乎不存在任何东西了。

　　九个潭上去，河床就开阔了，消失了石槽，满是屋大的石头，水又是软软的，滑滑的，可以脱鞋下去，捡几枚十分可爱的石子。等反身回来，天色近晚，明月要出现在山的上空，潭又成了九个一样的潭，却看出潭水有两种颜色，从入口进来，是半个圆的白，再一旋，是半个圆的黑，月亮就落在每个潭的两个半圆的中心，很像是九个双鱼太极图了。

　　至此，方明白了这是一条有玄妙的水，是哲理的水。

石砭峪

邻居说：城南石砭峪的山不同于别的山；它是裸露的，不但露出石头，而且石头都面目狰狞。居于崖上的，或陷或突，随势赋形，以形写意；处在河沟的，或仄或横，二石相压，三石一垒，摇摇欲坠。我说，噫，此等艰难劳苦之山态，微情妙旨之蹊径，名山大川里实不多见，一定是要去读读了。

农历十月末，阴雨初歇的一天，我一大早就去了峪口，正坐下来啃些干粮打尖，不觉天色暗起来，鼻子很呛，脸上也有湿漉漉的感觉，扭头看时，峪口正往外涌雾。像是峪里有一位烟瘾极大的神，从峪口的嘴鼻里一团一团喷烟。雾团撞在石上，石头变得惨白，正瞧那钩心斗角之处，雾则匀开来，五分钟后，群山人了远空，实体轻了，层次淡了，如纸剪的，如墨晕的，如水中的倒影。天真成了圆的，地却不方，十几步外就被雾摄收得缥缈。我一时方向迷失；坐下来，耐心儿等着雾散。到了十点，雾并不消退，天地搅和得如牛奶状；进来一山民告诫说：每每雨后，这雾就要生出，一整天儿不可能退去，但生了雾就预兆天要放晴了，明日太阳一出来，这山就看得分明了。我转身往回走，心里并不遗憾，大笑道：山没看到，却看到了雾；雾里看山，从此知道了影在离合之外，色在有无之中啊！

过了几年，又去石砭峪读山；太阳是朗朗光明，山却没有了。原来国家投了很大的资，在山中埋了巨量炸药，第一次试验了定向爆破，大获成功，所有顽石堆积成坝，造起峪中水库，可灌溉城南十二万亩干渴旱原了。

我站在大坝上想：既已无山，那雾也不会再生了吧。

高观潭

　　水从峪里来，随物便赋形，随形就变色。触之巨石，呈轮状，电感反应似的勒出层层碧痕；翻越伏石，又激动不已，看若千变万化，始终却不离方位，揉起一堆白雪；到那些光滑的仄石面上了，则薄得像抹上去，木木的织出难得粗布经纬纹来。几乎从每一个凸处到凹处，常常是两头胳膊粗的偌深石槽，铁链般地拴一个蓄水池，曰："得月泉"，一损即满，一满即溢，保持平和；白日不能得月，色却愈发的丰富；池底白者水白，黄者水黄，有生砂锈者则水红。好得意的水啊！有形而无形，有色而无色，似乎这样一直流下去，流个不休不止，经七色的阳光照射要升腾为红的霞白的雾乌的云了。

　　却谁也想不到，于峪口三里之处，河床突然一落，深数千丈，水一下子把握不住，全从那桶粗的石渠子里跌下去了。跌下去的再不能跌回，未跌下去的继续在跌，它们的经验是不能汲取的，各自的体验只能是各自经历后所得。这石渠子是它们自己身子刻凿的，刻凿了就来束住它们的身子，束为一绳，硬不能弯，拉也拉不起，扶也扶不动，是闭了眼睛纵身一跳地下去了的。

　　下去时，它们是绿的，落下了，哗，有生以来第一声呐喊，立即碎为烂银，随之悄然无声，颜色全然的黑了，黑得如漆，如墨。

　　这便是我看到的高观潭。我看到的也就是所有游客看到的。

　　游客很多，有少男，也有少女，更有老翁和老妪，差不多却全是城里人。当地农民并不来看，即使看了也便看了，说："水往低处流，有甚看头？"但一些失意之人看了，临风叹息；一些下野之人看了，掩面而去，传说竟有人从这里跳下，潭中浮起一具尸体，被水剥脱的衣服被漂在潭边，是一件黑呢子中山装。我观后却仰天微笑，作想：水在潭台之上，诚然多形多彩，但毕竟浅薄无力，水跌潭内，由高处到低处，形态或许单一，色彩只是黑白，却从此低处愈深沉，深沉处愈力量，这原因本是水的原始原质原色原性啊！于是认定这高观潭之所以让人高观，全是天地自然为人开导的绝妙机关，遂记明此潭地点在户县，南二十里云台峪，观时为乙丑年正月二十七日傍晚。

在米脂

走头头的骡子三盏盏的灯，

挂上那铃儿哇哇的声。

白脖子的哈巴朝南咬，

赶牲灵的人儿过来了；

你是我的哥哥你招一招手，

你不是我的哥哥你走你的路。

在米脂县南的杏子村里，黎明的时候，我去河里洗脸，听到有人唱这支小调。一时间，山谷空洞起来，什么声音也不再响动；河水柔柔的更可爱了，如何不能掬得在手；山也不见了分明，生了烟雾，淡淡地化去了，只留下那一抛山脊的弧线。我仄在石头上，醉眼蒙眬，看残星在水里点点，明灭长短的光波。我不知这是谁唱的。三年前，我听过这首小调的唱片，但那是说京腔的人唱的，毕竟是太洋了，后来又在西安大剧院听人唱过，又觉得舒扬有余，神韵不足。如今在这么一个边远的山村，一个欲明未明的清晨，唱起来了，在它适应的空间里，味儿有了，韵儿有了。

歌唱的，是一位村姑。在上岸的柳树根下，她背向而坐；伸手去折一枝柳梢，一片柳叶落在水里，打个旋儿，悠悠地漂下去了。

这是极俏的人，一头淡黄的头发披着，风动便飘忽起来，浮动得似水中的云影，轻而细腻，倏忽要离头而去。耳朵一半埋在发里，一半白得像出了乌云的月亮。她微微地斜着身子，微微地低了头，肩削削的，后背浑圆，一件蓝布衫子，窈窕地显着腰段。她神态温柔、甜美，我不敢弄出一气响动，一任儿让小曲摄了魂去。

这是一首古老的小调，描绘的是一个迷人的童话。可以想象到，有那么一个村子，是陕北极普通的村子。村后是山，没有一块石头，浑圆得像一个馒头，山上有一二株柳，也是浑圆的，是一个绿绒球。山坡下是一孔一孔窑洞，窑里放着油得光亮的门箱，窑窗上贴着花鸟剪纸，窑门上吊着印花布帘，羊儿在崖畔上啃草，鸡儿在场垴上觅食。从门前小路上下去，一拐一拐，到了河里，河水很清，里边有印着丝纹的石子，有银鳞的小鱼，还有蝌蚪，黑得像眼珠子。少妇们来洗衣，一块石板，是她们一席福地。衣服艳极了，晾在草地上，于是，这条河沟就全照亮了。

有那么一个姑娘，该叫什么名字呢？她是村里佼佼者。父母守她一个，村里人爱她，见过她的人都爱她。她家在大路口开了个饭店，生意兴旺，进店的，为了吃饭，也为着见她。她却最是端庄，清高得很，对谁也不肯一笑。

姑娘有姑娘的意中人，眼波只属于清风，只属于他。他是后山的后生，十八或者二十岁，每天要从这里路过去县上赶脚。进得店来，看见她，粗茶淡饭也香，喝口凉水也甜，常常饥着而来，待会儿便走，不吃不喝也就饱了。她给他擀面，擀得白纸一张，切面，刀案齐响，下到锅里莲花转，捞到碗里一窝丝。她一回头，他正看她，给她一笑，她想回他个笑，但她却变了脸。他低了头，连脖子都红了，却看见了桌布下她露出的两只鞋尖。她看出他的意思了，却更冷了脸儿，饭端上来，偏不拿筷子。他问；她说："在筷笼，你没长手？"他凉了心，吃得没味，出去了。她得意地笑，终又恨他，骂他"孱头"。

他几天竟不来了，她坐在家里等。等得久了，头也懒得梳，她说："不来了，好！"但却哭了。

天天却听见门外树上的喜鹊叫。她走出来，却是他在用石子打那鸟儿。她愣了，眼泪都流了出来。他瞧着她喜欢，向她走来，她却又上了气："为什么打鸟？""我恨！""恨鸟儿？""它住在这里。""那碍你什么了？""也恨我。""恨你？""恨我不是鸟儿！"她想了想，突然笑了。他一看她，她立即面壁不语。他向她走近来，她却又走了，一直走到窑里。只想他会一挑帘儿进来，回头一看，他没有进来，走出窑看时，他却走了，边走边抹着眼泪。

她盼他再来。再盼他来。他却再也没来。每天赶脚人从门口来往；三头五头的骡子，头上缠着红绸，绸上系着铜铃，铜铃一响，她出门就看，骡子身上架着竹筐，一边是小米、南瓜、土豆，一边是土布、羊皮、麻线，他领头前边走，乜她一眼，鞭儿甩得"叭叭"地响，走过去了。

一次，两次，眼睁睁看他过去了，她恨自己委屈了他，又更恨那个他！夜里拿被子堆一个他，指着又骂又捶又咬，末了抱住流眼泪。等着他又路过了，她看着他的身影，又急切切盼着他能回过头来，向她招一招手……

小调停了，我却叹息起来，千般万般儿猜想，那后生是招了招手呢，还是在走他的路？一抬头，却见岸那边走来一个年轻人，白生生赶了一群羊，正向那唱小调的村姑摇手。村姑走了过去，双双走到了岩那边的洼地，坐在深深的茅草丛中去了。茅草在动着，羊鞭插在那里，是他们的卫兵。

我悄悄退走了，明白这边远的米脂，这贫瘠的山沟，仍然是纯朴爱情的乐土，是农家自有其乐的地方。

一九八一年十月八日静虚村

温　泉

　　十年前，我曾在陕南的山中做过旅行，三个月的时间，走遍了那里的每一块地方。山中的地域广大，人口却不甚多，常常在一条四十里、五十里的沟岔里，间或才碰到一间两间石墙石瓦的小屋。有一日步行了六十里，还未见到一个人影，傍晚在一座山下歇身，要烧火做饭，却苦于四处寻不到水。别的地方，山是浑圆得到了极致，裸露石崖上清清楚楚看出一层一层地壳的结构线，曲曲地抛伏着。这山的两边层线却势均力敌，相峙相牴，使山大起大落，而将峰的层线直竖直立了。而且石头并不团结，危石耸耸，岌岌可坠。山下也没有河，两石一台、三石一垒的沟里，石头上生满了黑里透红的苔藓。一些矮矮的弯柳桩上却纠缠着泥草枯根，显示着夏日山洪暴溢才形成有河的记录。我只好啃些饼干，急急再往前走，不能有野餐的趣味了：煮一些携带的小米，在洼里剥一株出土的笋苞，然后垂竿去河里静静等待，看三尾四尾银色的小鱼上钩。

　　转过一个山弯，路却又没有了，只好坐下来看山上一片桃花，妖妖的，开在枯藤老树之中。倏忽之间，扭头发现在一面层线竖起的崖下，腾腾冒着一团热气，热气上升，在半崖之上凝为了云。虽然没有白鹤，成群乌鸦却聚散无常，皆一起在夕阳里，翅膀驮了霞光齐飞。我走近去，竟是清清的一潭新水，起源于崖下的一条石缝，咕咕嘟嘟地，然后注入潭中，无声而柔软，从沙石之下潜流而去，潭也就不涸不溢。陕南的山中是有着燃烧的煤的石头，水的燃烧这还是第一次见到。当下喜出望外，取了饭盒盛水煮饭。

251

这时候，有人在大声喊叫，便见一个采药模样的人从山上急急跑下来，将我拦住，说：此泉是鬼水，万不能喝的，喝了要拉肚子哩。我疑惑，喝一口尝了，其热滚烫，涩苦难咽，哇地就全吐了。不明白这么好的山野，竟没有水，难得有了水，竟又如此恶劣。采药人说：正是水恶，这里才远近无人居住。这就奇了，这般清澈的水，潭底碎石历历可数，若不是有热气蒸浮，清净得疑心那水是不存在的。但确实水中藻类不生，游鱼小虾也不见有一条，甚至潭的四周，竟也没有一花一草一树一木，土地上不曾留有各种蹄爪足迹。可以想见，蝴蝶是没有来过，禽鸟是没有来过，连那山羊、草鹿，有一个好胃口的走兽也没有走过呢。

我实在有些遗憾：是这水太清净了吗，清净得使鱼虾也不肯殖养？是这水太温暖了吗，温暖得使飞禽走兽也不肯渴饮？直奇怪不知道这是什么缘故儿，要辜负了这一片妖桃媚柳的山石！

这一天晚上，一直又跋涉了半夜，才到了山林深处的人家。谈起这一泉燃烧的水，山民当然又是一番怨恨，说正是这泉水，害苦了这一带地方，好多人去食用了，都上吐下泻，多少年来这里几乎就路断人绝了。曾经有人动手填过那泉。但总不能覆盖，也曾挖掘过那泉，但源头也无可奈何，依然没有别的好水出来，依然还是热，还是苦，还是涩。就只好以"鬼水"来诅咒它了。

我说：平日只知道世上人分各等，有好人大人，但也有坏人小人。且好坏大小一尽儿平均分配的，没想水也有良劣区别，怪不得那里满山桃林，自是特意儿去避邪的吧。

两年后，我上了大学，读到一本书，上面说："因地壳变化，山中会出现一种泉，烫热，其味涩苦，不可食用。内含硫黄等质，沐浴之可治皮肤病，尤疗理类风湿关节炎最有特效。"我猛然想起那山中的燃烧的泉了，原来它竟是这等药水！一般流水可食用，它却能杀菌灭毒，强身健骨，功能不一啊！深山人只知其一，不究其二，诬蔑它为鬼水，这真是一桩冤案！天下水多为食用，以图鱼翔于底，蝶飞其上，它却永不变其清，永不冷其热，以自己的自生而不自灭的寂寞存在，来求得时间空间而证明自己的有益，这又是多么难能的可贵！遂深深怀念起那山中的燃烧的泉水了，不知它还在否，不知山民还肯认识它否，极想书信告知那些缺乏科学的山民："大力开发这一温泉，建其澡塘，修其屋舍，办一所矿泉疗养院，那荒寂山里将会繁华昌盛，天下有病之人将蜂拥而至，使外地人来此地获益，也使本地人以此地收利。"但却不知那处山属何县何社何村管辖，地址不详。怏怏之间，自我安慰道：科学在发展，社会更文明，只要温泉还在，人类总会有认识的时候吧。

一九八三年十二月二十八日记于五味什字巷

仙游寺

　　周至县南有一山，名终南，曲折迂回，别于天下所有名山，山中有黑河，更曲，曲到山为一窝水为一圈的极致处，有一塔一寺的，这便是仙游寺。仙游寺建于晋朝，是隋文帝的避暑行宫，唐代白居易在此客居，写就了千古绝唱《长恨歌》，故历来为游览胜地。近多年里，黑河暴溢，山路崩塌，寺院颓废，但仍时有游人沿山根荒草里前去，却不是烧香拜神，也不为消暑玩乐，是怜念古昔爱情悲剧，为纪念白居易而来。今春三月，我到了县城，两对大龄未婚人陪我去游，说："到那里，你可见到好多有缘无命的人呢。"步行入山，果然水在路下，路在草里，草顺山转，如入迷宫，作想白居易之所以能在此作《长恨歌》，且不说他那时感世伤时，单这山曲水曲不尽，便也悟觉了人生的复杂，爱情的波折了。遗憾的是那天沿途并没见到别的游人，我只是头头尾尾地听清了这两对大龄未婚人各自的是是非非，哀哀怨怨。

　　行到五里，坐看寺容，水是从后山来的，并无山石阻拦，就白白地划一圆圈，那圈即将接榫处，水却向下流去。塔就在圆圈中，共八层，上小下小，中间饱满。上小者，为风之摧折，生就了无数蒿草，有斑鸠在那里啄朋鸣叫，下小者，则水的腐蚀，差不多的砖已朽去，蚂蚁在缝隙里拥挤。塔后有一寺，木的结构完整，檐下壁画却脱落，门上锁，又贴上了封条，窗扇被油毛毡从里钉死，窥内不能，但见前檐下吊一蜘蛛，大若拇指蛋，触之便沿丝而上，静卧檐角装板上俨若石块。寺门上墨笔题有"大雄宝殿"，知道该寺并不仅此，环顾四周，分散有四户人家，两家是高脊拱瓦，檐头挂有瓦当，该是寺的厢房。四户人家正吃午饭，一律黑瓷大碗，睁白多黑少的眼睛看人，表情木木，只有门前木桩上拴的两头牛，一头犍，一头孺，头尾相接，发一种"哞"声。殿前共有五柏，四柏新植，粗已盈握，一株古老焦黑，一身疙瘩，若没有顶上三片四片柏朵，疑心是石头砌的。近视，腹内全完，如火烧过，从树皮的黑疙瘩里透出一个连一个的黑窟窿。

寺彻底是废了，怪不得无香无火，福禄寿的神耐不得这种寂寞，信男信女们的黄表草香也不会无目的地来烧点的，只有《长恨歌》诗灵尚在，爱神是不在乎物质条件和享受的。两对大龄未婚人已经抚柏仰天，长长地叹息了。

五个人里，我是不幸中的幸人，观寺就索然无味，于是离开塔往河边去。踏过一片麦田，麦苗起身，绿得软而嫩，再下去就是荒滩，却是在石堤之内，乱乱地躺伏了一片石头。石头浑圆如打磨过，雪白，眯眼远看，像芦草地里突然飞走了一群鹅鸭，留下一层偌大的新蛋。走上去在石头上跨踏跳跃，就有一种草，叫黄蒿的，去年就长上来，临冬干枯，枝茎硬而未折，疏疏地从石缝间生出二尺余高。呆呆拣一块石坐下，便感觉到这黄蒿疏得温柔，疏得妖媚，使蒿下的白石显一种朦胧，如在纱里，烟里，风起蒿动出石亦似动如梦幻。再走过石滩，下堤到水边，河中巨石堆积，脚下碎石漫漫，便见有一种石，如朽木一般，如腐骨一般，敲之则坚硬，嘣嘣价响，甚是稀奇好看。玩石坐下静观流水，名曰黑河，水却澄清，历历可见水底石头，有指长的群鱼游来，遂掏饼捏蛋儿掷去，鱼便急而趋之，饼随水漂，鱼随饼游，倏忽全然不见。忽一阵风起，水色不变，似若五云之浆，举着看时，才是对面上岸有无数的桃榆，临风落英。一时兴起，直唤塔下的两对大龄未婚人，他们皆不动，我便急不可待地脱鞋挽裤欲过河去攀折，无奈那水凉得瘆骨，又兼水中石看着清净，踩之滑腻非常，几个趔趄，险些跌倒，只好出水上岸，快快抓一些枯草燃火吸烟。此时风又静，夕阳从河边上升，停留在对面崖头的独树桃花上，面前的枯草火燃灭了，烟缕端直。

塔下的大龄未婚人赶来了，五人盘地而坐，我遥指后山垴上一片松柏中的屋舍，问是何处。他们说：是一小庙，庙里有一尼姑。问多大年纪。答曰：三十六。再问：如此年轻，为何出家？四人沉吟多时，方说：曾是下乡知青，婚事迟迟未能解决，后来连找几个，皆受波折，心灰就出家了。我顿时可怜那位夜对青灯的女子，社会如何耽误了青春，人世又如何沉沉浮浮，也不至于万念俱灰、消极遁世呀?! 欲前往造访，但白云堆没了山坳，才行至塔后，那下山的小路上野花也迷了去径，幽鸟在风前鸣叫，只好作罢。两对大龄未婚人又去塔下了，且用石子在塔上划动什么。我赶去问：做什么呀？他们说：留言。看时，他们各对在上面写了："×× 与 ××× 于某年某月某日又游。"在这留言之上，又有四行留言，全是他们的名姓，日期则一是五年前，一是三年前，一是去年，一是今年正月。细看塔身，上边竟密密麻麻全有字，什么内容的都有，落款皆是一男一女。我不再责斥他们在文物上这么题字了，心沉得往下坠，也捡起一块石子在塔上题道：多少情人拜塔前，可惜再无白乐天。掷石说声：回吧。五人返回，又是到了山曲水曲处，扭头看那寺塔，没听见什么孤钟敲响，而水曲成潭，流溅空音如风里洞箫。大龄未婚人说：你今日没有游好，游人是太少了。我说：但愿人更少。四人无语，突然说：我们也是最后一次来游这里了。我说：那好呀，我祝贺你们！到时候我送你们什么礼呢？他们说：什么也不要你送，你是作家，你就写这里一篇文章吧，让天下都知道这里还有这样的事情。我满口答应，我虽文才不逮，我却真诚关心那些大龄的未婚男女，也企期所有人，整个社会来真诚关心，便于当夜草出此文。

一九八五年三月二十三日于静虚村

红石峡

　　这是沙漠中唯一的石峡，石峡是红的。如果认定沙漠上的沙是塞外大火后的灰烬，那么它就是灰烬里烧焦的铁的凝锈。亏得一条玉溪河，坦坦地，又是成心地冲刷，使它裸露了形骸。沙漠上不可能建筑五脊六兽的神的殿堂，人就在石峡的壁上凿洞，不用泥塑，依石雕出许多栩栩如生的神像。洞如蜂巢一般，一层一层，被峡壁风蚀后的流水似的石线联系网络，有一种黑色的硬壳的爬虫在默然移动。道士已经没有了，于是也没有了布施的香客。空空的洞穴里，泥涂的墙皮剥脱无余，看不见任何壁画，但石壁天然的纹路却自成了无数绝妙的线条，如沙漠起伏，如云，如流水，如现代抽象派的艺术。清晰的是那一个一个洞顶上刻饰的阴阳太极八卦图，在静静地推算着黑白交替的昼夜，如流沙在风里懒懒地移动，河水在峡底的沙层上相吞相啮出一种微妙的律音。

　　水可以将石子运动为沙，风也可以将石子运动为沙。这里的沙就细腻为土，但绝对是沙，干净无泥。漫过的水退了，沙依然保持水流的模样，像打皱的卫生纸，像兽的足迹，或许是远古的一种象形的文字。赤了脚涉在浅水里，脚的感觉如踩在玻璃上，看粉一样的沙流从脚面流过，抽出脚，随风又干了，是一层霜白。若双脚使劲在一处踏踏，又会不自觉地陷下去，越陷越快，似乎一直会没了顶去。立定看河边的柳树，皆粗大，桩敦实强壮，枝叶隆起如蘑菇状，翠绿得十分新鲜。绿之间，露出一节一节红石堤岸，水在下边淘空了，上边却依旧坚硬，突出如板，上游引渡的流水钻进了峡壁中的空

257

隙。又分流出来，从板石上流下，扯得匀匀的，看去如滚珠一样，一颗一颗洒落下来。

峡壁除了神洞，就是历代官人的题字，小者如碟，大者如席。大自然成全了人，人塑造了神，神又昭著了官人。这就是胜地，今日，大凡到榆林塞上的人都来这里游览，人人不见神塑，对神茫然，人人对做官人的好处模糊不清，对官人的题字却看得清清楚楚。他们差不多一直游览到天黑，燃一堆篝火，在还原的大自然中一直要游玩到天亮。

松云寺

药王堂

柞水有个药王堂，仅仅是一间庙，就修在山根的一个台子上。台子可能是开出来的，也可能是水冲刷出来的，远远看去，就像一块大的石头。

据说孙思邈当年路过这里，坐下来要歇脚，当地山民都跑来求他治病，他就再没走成，从唐朝一直坐到了现在，坐成了一个小庙。

小庙不知翻修了几百次，庙始终是一间房，和山区寻常人家的房子没有区别。但来人不绝，似乎那就是孙思邈的家，有病了来看看，没病了也来看看。

孙思邈也似乎已习惯这山区的日子了，小小的台面不足三十平方米，出门到台沿一丈多宽，不砌院墙，立马就能看到台子下的乾佑河，河水总是呜呜咽咽。河对岸的山冈上，满是柴林，雨后的太阳照着，柴林的叶子像涂了蜡，闪闪发亮，像无数的眼睛瞅过来。而房的左边呢，崖壁上湿漉漉的，插了个竹片就流出水来，水细得如同挂面，下边的潭仅是笼筐大，这也就够用了。房的右边还种了菜，是三行葱，二十来棵豆角苗，竟然靠崖角还长着一窝西红柿呀，柿子青里泛了红，正是好的颜色。

庙里住着神，又觉得是白胡子老者，能听到咳嗽吧，是不是正研了药往葫芦里装呢？

山民又来了许多，都说：去摸摸那个葫芦么，要些药，灵验得很哩！

二〇一〇年七月十二日　从药王堂回来写就

松云寺

商州杨斜有一个寺，很小，就二百平方米的一个院子，也只住着一个和尚。和尚在每年的三月底或四月初，清早起来，要拿扫帚扫院里的花絮，花絮颜色深黄，像撒了一地金子。

这是松花。

松是孤松，在院子西边，一搂多粗的腰，皮裂着如同鳞甲，能一片一片揭下来。树高到一丈多，骨干就平着长，先是向东北方向发展，已经快挨着院墙了，又回转往西南方向伸张，并且不断曲折，生出枝节，每一枝节处都呈 Z 字状，整个院子的上空就被罩严了。

松树真的像条龙。

应该起名松龙寺吧，却叫松云寺。叫松云寺着好，因为松已是龙，则需云从，云起龙升，取的是腾达之意哈。

但寺院实在太小，松的腰枝往复盘旋，似藤萝架一般，塞满了院子，倒感叹这松不是因寺而栽，是寺因松而建，寺的三面围墙竟将龙的腾达限制了。

二〇〇一年九月五日，我从商州城去寺里，去时倾盆大雨，到了却雨住天晴，见松枝苍翠，从院墙头扑搭了许多，而门楼高背翘角，使其受阻。我建议既然寺紧邻大路，院墙不可能推倒，不妨砸掉门楼背角，让松能平行着伸长出来。所幸和尚和乡政府干部都同意，并保证半月内完成，我才慰然离开。离开时，雨又开始下，一直下到天黑。

当晚还住在商州，半夜做了一梦，梦见飞龙在天，醒来睁眼的一瞬间，竟然恍惚看到周围有一通碑子，有扫松花的扫帚，有和尚吃茶的石桌。很是惊奇，难道梦境在人睡着的时候是具现的？疑疑惑惑就直坐到天明。

二〇一〇年九月七日记

云塔山

——镇安山水记

已经到了高山，弥漫的云雾一散开，高山上竟然还有高山。那个下午我在云塔山第一次体验到了什么叫出世，于是我望着山尖上的那间屋舍，当然我的帽子就掉了，说：那就是道观吗？

穿过了无数的岩角和石嘴，终于站在了那个廊楼下，石砖的台阶几乎都直立了。手脚并用着往上爬吧，爬得战战兢兢的，云就赶了来，我是在云里了，没有了惊恐，别人却在下边说我是见首不见尾。总算上去了，顶上也就是四五平方米的地方，屋舍的墙尽边尽岩，里边只有一张条案，条案上坐着泥身的神，在给我微笑，而旁边站一道士，说：你来了！我便在门口行朝拜礼。我没有带供果和鲜花，往怀里掏，唯有一支心爱的笔，掏出来放在了神前，那一瞬间能感觉所有的东西都开始摇晃，像是在了梦里，记得磕头的时候，脚是紧紧地蹬着那门槛。

我问：为什么要把道观盖在这里呢？

道士说：你不觉得在天上吗？

是在天上。我看见了太阳，像金冠一样就在身子西边，伸手便能抚到。一棵白皮松长在石壁上，你不知道它怎么就能长在石壁上，那是看得见的风的形状。屋檐还吊着一个铁片，并没有什么撞叩，却自鸣出一种韵音。香炉里一股青烟在端端生长。门边靠着的是一把笤帚，那是扫云用的。

　　从道观下来，我并没有再坐车从前山的来路返回，而是绕到后山沿小路而下。后山阴暗，到处是锐齿栎、粗榧、鹅耳枥和刺楸树，全都斜着长。能听到繁复的鸟叫，也偶尔看到有獾有獐子和黄羊奔跑，还有蛇。而到了谷底，那里就是村子，狗叫得很厉害，有个妇女在哭，同时围观了许多人，原来是飞鼠吃掉了她家的鸡。这里产石斛，也就有了以石斛为生的飞鼠。鼠本来是鼠，又有了狼的凶狠，一些就成了黄鼠狼子，一些则忌妒着鹰，就长出一条长毛尾，能在半空中飞翔十几丈，常常要扑食人家的鸡。

　　路边有了一种草，叶子肥厚，顶着一粒红珠，我去摘，旁边人说：这是山虎草，有毒的，牛吃了即死。远远的场畔上是卧着了一头牛，还有人赶了一群羊过来。我有些不解，牛和羊都是吃草的，并不是掠食者，怎么还长着抵角？

二〇一七年六月二十九日

游寺耳记

　　甲子岁深秋，吾搭车往洛南寺耳，但见山回路转，弯弯有奇崖，崖头必长怪树，皆绿叶白身，横空繁衍，似龙腾跃。奇崖怪树之下，则居有人家，屋山墙高耸，檐面陡峭，有秀目皓齿妙龄女子出入。逆清流上数十里，两岸青峰相挤，电杆平撑，似要随时做缝合状。再深入，梢林莽莽，野菊花开花落，云雾忽聚忽散，樵夫伐木，叮叮声如天降，遥闻寒暄，不知何语，但一团嗡嗡，此谷静之缘故也。到寺耳镇，几簇屋舍，一条石板小街，店家门皆反向而开，入室安桌置椅，后门则为前庭，沿高阶而下。偌大院子，一畦鲜菜，篱笆上生满木耳，吾讨酒坐喝，杯未接唇则醉也。饭毕，付钱一元四角，主人惊讶，言只能收二角。吾曰：清静值一角，山明值一角，水秀值一角，空气新鲜值八角，余下一角，买得今日吾之高兴也。

夜游龙潭记

　　×年×月×日，携弱妻幼女，告假往商洛龙驹寨拜友。夜里住在寨东山湾下的村子，时已下了几日暴雨，偶尔晴空，一觉醒来，见月亮出得满圆，悄悄临窗照着；正想这月儿出得奇怪，却听见一种轰轰闷音，沉沉的，又有一些清脆韵律，恰似老驴拽动一合石磨，有磨石声，也有驴铃声。一时疑惑不解，未能入睡；翻身走出门来，见村里的柿树，红叶尽落，满村巷铺了一层。去后院寻朋友打问，他却也已起来，曰：龙潭瀑布。

　　这便又使我奇了，我走过多少名山大川，见过的瀑布全不是这般儿声响，便忍不住要去看看。朋友说瀑布就在村后山中，并不甚远，向导我就去了。村后就是湾里，一道白水淌下来，却悄然无声，柔弱弱的，像一位寂寞的寡妇，使人添几分悲凄；知这水闹时喧嚣，静时平和，又是同别处不一样了。步行一里，路逼仄起来，是凿在崖畔的，上载危岩，下临河谷，蛇行而上，树影落在上面，款款浮动，恍惚路移而恐于举步，正踟蹰间，脸上有了感觉，凉湿湿的，我惊慌着：又下雨了？朋友已经前去，立在一块石头上叫着："到了！那是瀑布水沫。"

　　果然，石崖走过，看见前面一色白茫，上接月空，漠漠不见源头；下注深谷，濛濛亦不辨终底。月下看不见那水汽的五光十色，也不见飞腾的霓虹彩环，满世界只有一个乳白色的谜！朋友说，这便是龙潭了，潭底渊博，下有无数支立的磐玉，形成洞穴，水注下去，嗡嗡轰轰的声响中就有了锵音，夜静可传十余里地呢。我听得出奇，欲要下潭亲眼儿看看，又恐深处危险；

267

朋友竟牵我从瀑布旁的石梯而上了，说：咱们去荡舟好了。

山上还有舟荡，这更使我奇了。随那百十多层石梯上去，又到了一处山坡。山坡上满是老柏，奇形怪状，俨然是一山人物：繁枝如慈母的，怒虬如强盗的，挺拔如伟岸丈夫的，弯屈如阿谀小人的……从柏林中穿过，正感叹这无言又无声的芸芸人间，方觉自己站在一片淼水边上了。原来在瀑布石台上，两岸窄窄的黑崖间，矗起了一座水泥大坝，将水蓄成一个偌大的水库；暴雨涨溢，翻过滚水坝梁，难怪瀑布那么壮观，它的源头竟是如此大一个深湖了！

"你知道吗？"朋友一直向我提问，侃侃夸耀着这潭水，"这里有一个神话故事呢，传说当年楚军入秦，潭中出现一匹龙驹马，项羽得了，这便是乌骓。"

噢，天下闻名的乌骓，原是出于这里?!古人曰，山不在高，有仙则名，水不在深，有龙则灵；这里瀑布比别处神奇，莫非原因在此？我站在坝顶，尽力往下看去，却什么也看不出来，想：难道这潭里只出了一个乌骓，是否能再跃出一个？是潭里已无龙无驹了，还是少了知马伯乐不再显世呢？

朋友早跑近水边，解了树根系着的小舟，在那里叫我了。我走下去，这舟长不满三尺，宽不足尺五，两人进去，一前一后，恰身而坐，但觉四面空洞，月光水影，不可一辨。桨起舟动，奇无声响，一时万籁静寂，月在水中走呢，还是舟在湖上移，我自己却早已不知身到了何处，欲成仙超尘而去了。

舟到湖心，骤然起了山风，库区是几道沟岔，风从各沟扫来，在湖面纠缠，方向不可捉摸，霎时水兴浪涌，满湖星斗碎玉烂银了般，我们一时骇然，奋力撑划，不能掌握，舟在水中颠簸旋转，正艰难，偶尔看见左前边有一小石岛，我们拼命儿向那里靠，几欲靠近，几次又冲脱。我大惊失色，害怕一时失了平衡，葬身水底，又怕舟撞石块，摔个粉碎，只叫苦今晚要吃亏了。朋友一个努力跃身，当的一声，将手中的桨钩住了石岛上的一个石坎儿，小舟剧烈的一个颤抖，悠悠靠近了。

我们慌忙跳上小岛，待要系那舟时，舟已飘然而去，没了踪影，小岛四面唯是一片空白。小岛并不见大，十米方圆，我们相依相偎。一身湿水，被风一吹，冻得簌簌价抖，听满湖啸嚣，如千军万马厮杀战场，我身骨儿都吓得软了，只念叨这水库里竟还有这么个救生岛，可这么四面水围，如何下场呢？朋友安慰我，说这本是南坡半崖伸出的一个石嘴，平日并不见水，暴雨起洪，水位高了，才淹成这个模样，就让我呆着，他去南边探那石嘴脊梁了。

我瓷眼儿呆着，便见小岛的尖端儿上，孤孤地长着一株野枣刺，已经无枣无叶，黝黑的、铁条似的枝条，千百万次地在风中倒伏，响着锵啷啷的铜的声音，但又千百万次地直起身来终未断去。我不觉惊异起它来，觉得草木坚强，人却可怜，一时又觉惊悟：这么一个小岛上，孤孤长它一株，是专意儿给我以灵魂，给我以力量来的吗？

朋友探路过来，说石嘴脊梁上水很浅，但高低窄陡，需得小心；慢慢涉水上了南岸。欲想从原路返回，已是不可能了，朋友就扶我攀援南山坡，从那边的小路上绕道回去了。

返回家里，妻女还在酣睡，我便再没去就寐，愈想愈奇，捻灯就记下这次夜游；写毕，天并未明，妻女依然还在昏睡中。

登鸡冠山

我的故乡丹凤县城北二里地，有一座山，没有脉岭，也没有漠坡，齐巉巉的，平地里陡然崛了起来；山上没有奇松古柏，没有寺院庙宇，全然裸露着石头；山顶亦无尖锥模样，等距离地分开着无数的齿形。春天，商州川里还是黄褐，它却晕染了一种迷迷离离的绿雾，走近看时，却出奇地没有一片绿叶，当县城南边河畔的柳絮如雪一样纷飞了，它却又出奇地黝黑得如铁。夏天里，白云常住在那山顶石隙里，一旦漫出来散步，大雨就要到了。最是那天晴日暖的早晨，太阳出来，照在那齿峰上，赤红得炽热，从此便有了鸡冠山的艳称。

鸡年初秋，一个阴雨初晴的黎明，天很闷热，我独自攀登鸡冠山。在山根的时候，看得见山上的路很多，等走上去，才知道那路没有一条可以走通。那全是牛羊踩出来的，路面上重重叠叠地有着各式各样的蹄印。我从一片荆棘丛中穿过，剐破了衣服、裤子，忽地扑棱棱一声怪叫，吓得我出了一身冷汗，原来是石壁下的几只蝙蝠在飞。我不敢往上走了，犹豫了一会儿，看看山顶，已不是十分远了，便硬着头皮又往上攀登。眼看着就到顶了，云雾却突然起来了，先是一团一堆的，被风涌着，弥漫过来，使我辨不了东西上下。我不得已又停下来，一等云雾散去，急急又往上爬，心里只有一个信念：此时此刻，要下已不可能，要脱离困境，只能往上，往上。

终于上到山顶，太阳还没有出来，天却已大白了。山顶上原来竟是很平的场地；平就是陡的终极，这使我很奇异，推想这种感受，领悟的人又能

270

有多少呢？从山上看下去，县城被层层的山箍着，如一个盆儿，这是往日住在县城里不能想象的，而且城中的楼很小，街极细，行人更觉可笑，那么一点，蠕蠕地动。万象全在眼底，我觉得有些超尘，将人间妙事全看得清清楚楚。

这当儿，太阳出来了，光华四射，宇宙朗朗。齿形的丛峰一下子赤红起来，我兴奋地爬上最高的那个齿上，面对红日，做着遐想：天下已经大白，这是雄鸡的功劳，可是，呼唤黎明的雄鸡在哪儿，是到地底下去了，留下了这朵鸡冠吗？这伟大的鸡，它的功劳正是在于天下大白前的巨鸣，如今虽然沉默，但它是真正的不荒寂的。

一九八二年三月于静虚村

十八碌碡桥

我家门前的河上，有一座桥，桥西的路一直通到深深的大山沟去，桥东过去三里，却便是极繁华的县城。来往的人天天从桥上走，却谁也不停下来看看这桥，甚至连这么想也不曾有。

桥很不起眼，没有水泥制板，没有栏杆，虽是石的，也不是虹形月样的飞拱；仅仅十八个碌碡，砌三个桥墩，上边用木头碎石泥土铺铺垫垫罢了。河面宽宽的，流沙的河水漫漫延延；桥显得凝重而十分拙朴了，竟使人疏忽了它的存在，更无人知道它该是哪年哪月的物事了。

秋天里，陡然间下了几天暴雨，山皮尽都剥脱去，洪水涌下来，水痕的脚爬到了河谷上一人多高的崖壁上。桥便在冲击中没了。从此，荒寂的山沟与繁华的县城失去交通，人们远远从山沟来，站在河岸，遥遥望着县城的高楼、烟囱，顿足兴叹。突然间，都感觉到了桥的伟大！我们四处觅寻着桥的旧址，那路面，路边的杨柳、碎石，全然不见了，连那十八个碌碡，也没了踪影。后来水落下去，满河谷皆是漠漠白沙，只是那断桥的两边，有几根斜吊的木头。这情景虽然比桥在时有了些诗意，却使人不忍心将诗吟出。

桥断了十多日，我们再耐不住这种可怕的隔离，齐心合力要重新修桥。苦于物资不十分方便，发动力量沿河滩去找断桥的材料，但是，那些凿得四楞见线的小块砌石，顺河跑了十里，一无所得。木头也没有，只在八里外的下滩里，淤泥中露出一个木桩，掘出来，是当时桥头的那棵老柳。碌碡是最珍贵的了，下了功夫要找到，可在下河滩摸来挖去，不见一个。我们都泄气了。一个退休的老教师知道了，拿来一本书，说书上写着一个故事：古时候一个石狮子被水冲了，后来在上河滩发现的。我们就半信半疑地又往上河滩的泥里沙里水里去找。奇怪得很，竟然找着了，并且在一个地方，囫囵囵的十八个碌碡，一个不少。

人们都跑来看稀罕，瞧着这粗粗糙糙的、蠢蠢笨笨的碌碡，肃然起敬。谁也说不清这是为什么：这么大的洪水，一切都在顺水而去了，它竟逆流而上?! 这般的愚样，却有这般的大智；有老太太就跪下磕头，说碌碡是镇河的宝。我们就说这桥一定还要用碌碡来修，只有这十八个碌碡才能撑起这座桥。于是，桥很快就又修起来了。

荒寂的山沟与繁华的县城接通了，桥上汽车也过，马车也过，本地人也过，外地人也过。外地人过了也便过了，记忆中不会有任何印象；我们本地人却每每走到桥上，就都要跑过去，看那河谷石壁上的水痕。后来新编地方志，第四本里，就记下了这十八个碌碡。

一九八二年三月二十八日作于静虚村

273

夜在云观台

三年前，我从学校毕了业，莽撞撞入了社会，经了好多世事，人情却未练达，心便恹恹起来。在家读了些吉摩的书，只是一心儿恋那山水；便借着休假日期，自往丹江泛舟而游。到了山阳县，听得有一处胜地，便打问路径，一路寻着逍遥去了。

先是逆着鲁羊河而上，河面很宽，水没过膝盖，两岸杨柳如堵墙一般，间或空出一段，看见岸上人家：一幢竹楼，半匝篱笆，有鸡的几声细吟。走上半天，河水愈来愈浅，人家也见得稀少，末了，绿树围合了河面，只有一道净水从树下石板上流出，旋着轮状，自生自灭。眼见得天色晚下来，心想有胜地必有人家，便信步走去觅宿。

进了绿树林子，在浅水中的石头上跳跃着走了一气，便见有了一条道路，道路两边不再是杨柳，挤满了竹，粗者碗口粗，细者恰有一握，出奇地都是出地一尺，便拐出一个弯来，然后端端往上钻去。时有风吹过来，一声儿瑟瑟价响，犹如音乐从天而降。竹林过去，便见一座石山梁，山梁赤裸，不长一棵树木，也没一片草皮，沿山梁脊背凿着一带石阶。阶宽六寸，刚好放下脚面，阶距却一尺，步登一阶有余，跨两阶不足，需是款款慢上，不敢回头下看。这么上不到一半，便气喘吁吁，骇怕得起了一身的鸡皮疙瘩。

274

好容易登到最后一阶，软坐下来，小腿还在抖抖跳动不已，正感叹天地造物奇特，倏忽听得有什么响动，时而似云外闷雷，时而又觉在身下，四下看时，才见东西山梁两边，各有了两渠水悠悠去了。源头正从山湾后而来，在这山梁下凿分洞而过，水色翻白，山梁后侧刻着斗大的隶书：滚雪。

一时倒忘了疲倦，我踏着源头走去，山势陡然窄得多了，拐过又一弯处，竟是一大潭渊。水青得发黑，幽幽地如一泓石油。潭上有一架大拱桥，弯弯的撑着两边山崖，像是一把张口钳，又像是一张拉紧的弓，似乎稍一松动，那山崖便要合拢。走上桥去，立即看见水里有了黑影，像在上镜中的梯子，愈往上走，那黑影愈拉得长，风动波起，那桥那人就在潭底晃动，自觉脚下的桥面也在动了，再不敢挪步。

我大惊失色，立在桥上，听山鸟在两边林里喧闹，偶尔一条两条鱼跃起，在水面上打得啪啪响，愈觉得静得可怕了。山色更暗起来，山根有了雾，先是一抹，接着繁衍成一个带状，霎时间爬上桥头。我一时不知何处有着人家，忽见潭上边的一块巨石上，端坐了一位老者：盘脚搭手，垂钓静观。我忙叫了几声，那老者竟不应不动。

我慌忙跑过拱桥，随那边一条小路跑去，却见眼前兀然一座大坝，尽是大块青石砌起，两边又是杨柳青竹，只有风声竹声树声。我站在那里，茫然不知所措。我悔不该一个人竟到了这里，实在是太可怕了！顿时周身冷汗，头发一根根竖了起来，拔腿又往回路跑去，却见林中路分出几条岔道，奔来拐去，自不辨了东南西北。

忽在远处，有了一点光亮，忙跑近一看，才发现是一处院落，门掩着，后屋的台阶上，有人在灯下剖鱼——正是那垂钓的老者呢。

"老伯！"我站在他的面前问，"这是什么地方？"

老者抬头看看，用手指着耳朵，示意耳朵不灵了。我大声又说了一遍，老者叫着：

"这便是云观台啊！"

云观台是风景胜地，如何没有游人，又如何没有什么人家？我大声问一句，老者答一句，好不容易才弄明白：这里是云观台水库，五年前建成的，守库人一共四个，今早到县上办事，去了三人，明日方能返回，就剩下这眼花耳聋的老者了。老者知道我远路而来，就安顿我在东厢房里住下，又沏了一壶茶，说："这是山上产的雀舌茶，煮的是这水库的水，你尝尝，味儿不错呢。"

我打开茶碗盖，果然一层白汽，吹了一口，白汽散去，水面上显出皱皱的纹痕，那雀舌浮在碗中，不漂也不沉，色并不浓，一股清香钻进鼻来。呷过一口，满嘴醇甘，我连声赞好。老者笑而不语，又剖他的鱼去了。

"喝完，好生睡吧。明日尝尝我们水库里的鱼。"

我独坐在房里品茶。新月初上，院里的竹影就投射在窗纸上，斑斑驳驳，一时错乱，但干的扶疏，叶的迷离，有深，有浅，有明，有暗，逼真一幅天然竹图。我推开窗便见窗外青竹将月摇得琐碎，隔竹远远看见那潭渊，一片空明。心中就又几分庆幸，觉得这山水不负盛名，合该这里没有人家，才是这般花开月下，竹临清风，水绕窗外，没有一点儿俗韵了。

我没了睡意，挑帘儿走了出来，老者还在剖鱼，我便对他夸道这地方绝妙，恨不能长住这里，看雾聚雾散，观花开花落，浪迹山水，乐得悠然。老者先是含笑，再是不语，末了狐疑起来，说："照你这等心绪，这山水也会使你厌烦的哩！"

"哪里，住在这里，就不开会了。"

"还有什么好处？"

"起码不多和人打交道吧。"

老者突然呵呵大笑起来："年轻人，你要知道，人是合群的，是热闹的，是鱼就应该到海里去，是虎就应该到林里去，要不，虎也要成了犬呢！"老者说完，又呵呵大笑不已，我却无言可答。老者端了灯，提着剖好的鱼进房里去了，院子里还留着那笑的余音。老者在房里又说道：

"年轻人，要说这云观台风光，你还没有到那最绝的地方去呢，凭这夜色，你去那大坝上看看吧，那儿更是没个人影，才是清静哩！"

我突然想起了来时的惊恐，猜想那大坝之上，湖水浩渺，万籁俱寂，是何等可怕的境界，心里便怯了许多。

老者又走了出来，站在月光下说："你去看看大坝里的水也好哩，那里边蓄了上百万个立方的水，静得落个树叶也能听见。可水蓄在这里，为的就是流下山去，水都恋着山下的田地庄稼，何况人呢，你要寻什么，又要想摆脱些什么？你走到哪儿，不是脚下都带着影子吗？你走了一路，哪一夜月亮不相随着你呢？"

　　我蓦然有些醒悟了，刹那间感觉到了我的幼稚，我的浅薄，我的可笑。我真想走过去握住老者的手，叫他一声"老师"，脚下却挪不开来，一股热辣辣的东西涌上脸面，只见那身后的竹帘影儿，静静地垂在新月里，那老者的笑声徐徐地浮动着，悠悠远去了……

南岭登高

十二岁那年，我在老家放牛，常到南岭山下。南岭是极高的，平日很少能见到山顶，白云四季卧在半腰，将山断成几截，只要那云层连在一起了，方圆几十里便是雨要来了；我常常是赶牛不及，被淋个精湿呢。后来，都在传说山顶上有珍奇的药草，有人便上去了，回来说那里果真有人间未有的绝妙，又采得一笼半篓药草，卖得许多钱。我那时心很不安分，便谋算能上去一次，因此牛就放得十分烦了，牛群常常走散也懒得及时去找，等找着了，就要拴在树桩，用鞭子一下一下狠抽，怨我不能想我所想，干我所干，全是这有口无言的牲口所拖累了。

一日，堂哥要去登山，我便偷偷让他带去了。山上果然还是有路，走了半日，回头一望，群山便都落在身下了。远远看得见我们的村庄。房子竟如火柴盒子大小，村人走动，更小得似黄蚁。我便乐得大叫：山上真好呀，万事万物都在我的脚下了，那整日板着脸面训我的大人们，原来也不过一丁点儿嘛！再往上去，云雾就出现，先是一溜一片的，后就积起团，扑上身来，眼睛看不见了，浑身也湿漉漉难受，用手去抓，却又抓不住。路看不清，其实路也没有了，我不敢松开堂哥的手。又走了约摸二十分钟，云雾倏忽却没有了，太阳白光光照着，刺得眼睛睁不开。山顶渐渐看得见，是个莲花状的，但树却分明比下边稀得多，而且又不上长，常常是树弯成弓，枝干下垂，我一跃身就骑了上去。我不明白这么无遮无挡的地方，树怎么长得这么矮呢？堂哥说："高处风险大嘛！"果然一句没了，忽地吹来，我未站住，险些滚下山去，帽子就如树叶一般飘走了。

两人忙伏在一块巨石下，等风过后，赶忙再往上爬，那些矮树就全然没有了，只是些草，也尽长尖叶。

堂哥就领我四处觅寻药草，自然是有收获，但我却感到呼吸紧张，嘴始终大张，还觉得憋得厉害。身上又发起冷，用力裹紧衣服，也不停地哆嗦。堂哥将他的衣服脱下一件给我，又领我上了一段，但越到上边，越是没了草，一色光秃秃的石崖，连一只鸟儿也不见了。高高的主峰上，眼瞧得一片白光，如镀了银箔，堂哥说那是终年积雪不化所结的坚冰。我要上去看看，他不让，说上去会冻死人的，两人就找柴生火，在缸子煮起米来。但烧了好大一堆柴，那水还不开，好歹将米煮下，到底米不能成饭。我不知这是怎么啦，堂哥也莫名其妙，两人都害怕起来，说："高处不能待，赶快下山！"

下山却使我更作苦了，本来山很陡，上来时有一种新奇感所驱使，又是面对着山，现在仰身往下，那沟壑深渊，云聚云散，一看头就发昏，抬脚不敢下步了。沿着那一道梁脊，先是弯着腰，腿不能直起，接着侧起身，还是不行，再就蹲下来，以手为爪，攀扯着树枝野藤慢慢往下溜，但常常脚下的石头就松动了，满山嘟隆隆震响。到了此时，方才明白，上山难，山上待着亦难，从山上而下更难。

终在下一个斜坎时，堂哥已经下去了，我无论如何下不去，最后将背上的药篓也丢掉，还是不能下去，就哇哇大哭起来。末了还是堂哥又跑上来，在坎上撑了身子，让我踩在他的肩上小心翼翼爬下来的。

直到天黑了多时，我们才下了山，我双手空空，鞋也破了，衣也破了，满腿满肚皮都是血道，一到山下就瘫在那里不能动，说：山上有什么好处呀?! 我再也不到山上去了。

从那以后，一直五年里，我放牛放得很踏实。

一九八三年一月十四日静虚村

干雨松

商县城南六十里，山中藏有一寺，已经荒废了。夏末我们偶尔路过那里，前去看看，寺前石级三处断裂，衰草沿石隙而长，荒芜埋没入膝。葱籽大的黑蚊，无声附身，先不着意，后痛痒跳起，看腿上脚上手上已凸起桃核大的红包。四面墙全部倒塌，碎砖乱石，狼藉不堪，苔藓便布局其上，黑中显碧，灰中透红。殿堂左窗被挖去，右窗仅存三根檩条，有网织如席，中卧指蛋大一饱满黑蛛，一触网就沿丝迅走。嘎喇喇一阵惊叫，三只土灰色扑鸽从木梁上飞出，鸽粪落地已三寸有余，却不污臭，踢之如响沙。

殿侧一古松，身扭弯如绳索，作努力挣扎之形状。两人合抱，余一拃二指，主干却仅高三尺，便向右屈拱，枝横出蔓延，擦瓦檐而行，如手掌反撑，呈偌大扇面，匍匐院中竟达六十平方米的面积。人跃之便可摸，双手攀吊作秋千晃荡，树则纹丝不动。坐在树下望松针密布，其色深者碧碧，浅者青青，了了划天均匀，阳光从中激射，红绿光影相衬分外妖娆。我们一行四人，无不咋舌惊奇，立在树下拍照，有议论松的年代，见近旁泥土之中有一残碑，但可惜字迹脱落，揩擦了半日竟一字未见。

向导说："怪了，寺庙荒成这样，这松倒如此新鲜？"

我说："世人都知'走了和尚走不了庙'，但烂了寺庙烂不了松，却只有咱们四人知道了。松，香火盛时不自矜，香客绝时不自弃，这是松的可贵啊！"

说话间，山雨骤至，寺庙里雨漏如注，全避于松下，滴水不湿。遂一时劣性儿兴起，用小刀刻字在树身曰：干雨松。松树却懒懒作抖，似有感动之情。

玉虚洞

　　洛南县城北三十里有座山，山下人家都种桑麻，桑麻成熟后，村人喜欢燃麻秆火把到半山上的一个洞里玩耍。洞很大，结构错综复杂，钟乳石以其形态分人间和佛界两大景区，人间万类莫不逼真，佛界则是几大水潭，悬浮大小莲花荷盘，踏步而进，水幽黑清净，倒映洞顶，水域贯通，一片透澈，人有飘然欲仙之感。洞中有无数石隙窟穴，不时有蝙蝠飞出，以石子丢进，豁朗朗有响声，火把扔下去却立即熄灭，无人敢探究深浅。匍匐过一窟道，窟石洁白晶莹如雪砌，寒气销骨，用石敲顶，空音嘭嘭犹似楼板；用脚跺地，地亦空然，且微微晃动，知洞上洞下仍有一层，就怀疑整座山都是空的。

　　陕西发现大型溶洞有两处，一处在柞水县，早已成为游览胜地；再就是这个溶洞，五年前洛南文化局来人找我写玉虚洞洞名，准备开发，我问为什么叫玉虚洞，他们说当地人历来这么叫的，并不知其意。写时我没有去过，今年十月去洞里看了，大为惊奇，在洞深处的那个龙形潭边掬水洗眼，抬头看见石壁上有密密麻麻一片黑字，是麻秆炭写的，凑近用手拭拭，拭不掉。其中有一行是："嘉庆二年六月，知县求水，大雨即霖"，悚然敬畏。出洞下山，在村口人家问今年桑麻收成，吃了一碗苞谷面漏鱼，十分爽胃，又吃了一碗。

二〇〇二年十月六日